Madeleine Kochner

RODNEY BENNETT

DER MAGISCHE BOGEN

RODNEY BENNETT

DER MAGISCHE BOGEN

Deutsch von Astrid von dem Borne

VERLAG FREIES GEISTESLEBEN

1. Auflage 2015

Verlag Freies Geistesleben
Landhausstraße 82, 70190 Stuttgart
www. geistesleben.com

ISBN 978-3-7725-2695-4

Umschlagillustration: Sünne van der Meulen
Gestaltung & Satz: Bianca Bonfert
Druck: GGP Media, Pößneck
Printed in Germany

ELIZABETH BARRETT -
KURZ LIZZIE GENANNT - WAR
ELF. SIE WAR NICHT SEHR
GROß, ABER KRÄFTIG GEBAUT
UND HATTE EIN MARKANTES
GESICHT UND EIN STARK
AUSGEPRÄGTES KINN.

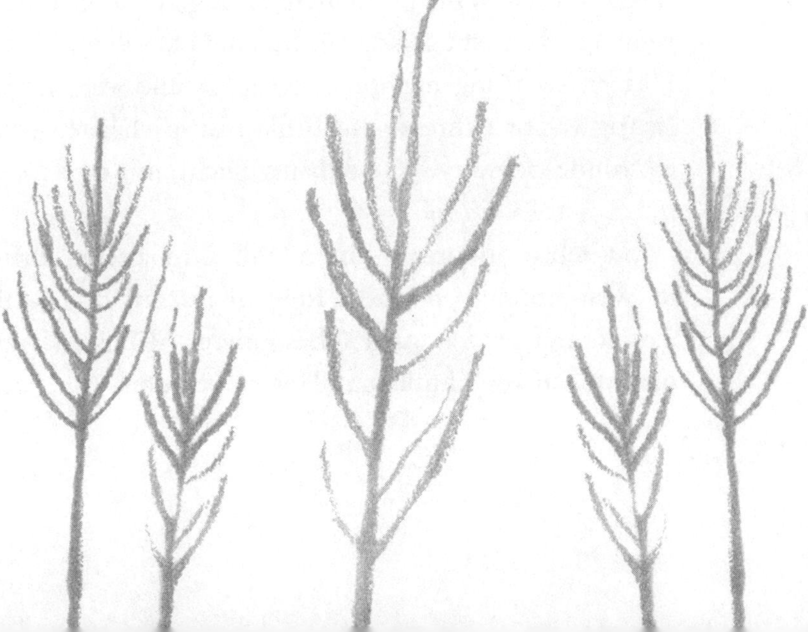

KAPITEL EINS

«Lizzie! Hör mit dem verfluchten Gefiedel auf!»

Lizzie fixierte ungerührt die Noten auf dem Pult und spielte weiter.

«Ich kann bei dem schrecklichen Gekratze nicht denken!», rief ihr Bruder.

Dass er bei der Musik denken konnte, mit der er sich selbst die Ohren volldröhnte, war auch schon ein Wunder.

«Wenn du nicht sofort aufhörst», schrie er, «komm ich und hau' sie in Stücke!»

Lizzie beachtete ihn gar nicht. Sebastian stieß immer solche Drohungen aus.

Elizabeth Barrett – kurz Lizzie genannt – war elf. Sie war nicht sehr groß, aber kräftig gebaut und hatte ein markantes Gesicht und ein stark ausgeprägtes Kinn. Sie galt als «schwierig», was nichts weiter bedeutete, als dass sie gern ihren Willen durchsetzte. Es gab heftige Szenen, wenn ihr das nicht gelang. Sie bestand darauf, ihr braunes Haar in zwei langen Zöpfen zu tragen, und weil sie kurzsichtig war, brauchte sie eine Brille. Natürlich hatte sie sich ein rundes schwarzes Gestell ausgesucht, mit dem sie erst richtig «toll» aussah.

Sie lebte mit ihren Eltern und dem älteren Bruder in West London in einem Reihenhaus mit drei Schlafzimmern. Das war nichts Besonderes. Ringsum waren die Straßen von ähnlichen Häusern gesäumt. Alle hatten kleine Vorgärten, Garagen an der Seite und nach hinten größere Gärten.

Wie alle Familien hatten die Barretts ihre Hochs und Tiefs, aber im Allgemeinen waren sie ganz glücklich miteinander. Das heißt, sie waren es bis vor etwa einem Jahr gewesen, als Lizzie verkündet hatte, Geige spielen zu wollen. Sie hatte immer schon gern gesungen und Musik gehört. In der Grundschule hatte sie Blockflöte gespielt und mit der Klarinette angefangen. Aber damit war sie überhaupt nicht zurechtgekommen und hatte bald aufgegeben. Dann wollte sie plötzlich am allerliebsten Geige spielen. Sie wusste nicht warum. Sie wollte es einfach.

Nach dem Reinfall mit der Klarinette waren ihre Eltern zurückhaltend gewesen, was ein weiteres Instrument betraf. Aber Lizzie hatte sie unentwegt gequält, bis sie schließlich mit einem Lehrer der Abteilung für Schulmusik sprachen. Der war ihnen behilflich gewesen, über das Internet eine Geige zu kaufen, und hatte ihnen eine Musiklehrerin empfohlen. Damals ahnten sie nicht, was für Probleme damit auf sie zukommen sollten.

Alles begann damit, dass Lizzie fest entschlossen war, das Geigenspiel schnell zu beherrschen. Aus irgendeinem Grund hatte sie das Gefühl, verlorene Zeit aufholen zu müssen. Sie übte jeden Tag nach der Schule, machte aber überhaupt keine Fortschritte. Ja, je mehr sie übte, desto schlechter schien sie zu werden. Das war schrecklich frustrierend und sie wurde dadurch verkrampft und unsicher. Besonders der rechte Arm wurde so steif, dass sie den Bogen nicht mehr richtig unter Kontrolle hatte. Aber sie wollte sich nicht geschlagen geben und machte verbissen weiter, in der Hoffnung, dass es eines Tages schon gut werden würde.

Sie wurde aus dem Wohnzimmer verbannt und musste bei geschlossener Tür in ihrem eigenen Zimmer üben. Aber da Sebastians Zimmer daran angrenzte, bekam er jeden schrägen Ton in voller Lautstärke ab. Er war ein hoch aufgeschossener Vierzehnjähriger, der seine Schwester bestenfalls als nervtötend empfand. Und ihr Spiel machte ihn rasend.

An diesem Abend waren die Töne, die sie mit ihrer Geige produzierte, wirklich nicht zum Aushalten. Man konnte unmöglich sagen, ob sie sauber spielte oder nicht, denn wenn sie mit dem Bogen hin und her strich, kratzte und rutschte er über die Saiten, dass es fürchterlich schrill klang.

«Lizzie», das war die Stimme ihrer Mutter unten vom Treppenabsatz. «Kannst du bitte leiser spielen?»

«Ich versuche, meine Hausaufgaben zu machen», schrie Sebastian.

«Ich muss üben», konterte Lizzie und sägte weiter mit ihrem Bogen auf und ab. «Ich habe morgen Unterricht.»

Ihre Mutter seufzte hilflos. «Meinetwegen, noch fünf Minuten.»

Fünf Minuten! Lizzie hob die Schultern und schnaubte: *Pah!* Sie schnaubte so heftig, dass der Bogen über die Saiten abrutschte und gegen den Steg stieß.

«Hörst du, was wegen dir passiert ist!», rief sie.

Lizzies Geigenlehrerin war eine ältere Frau, sie hieß Mrs. Stokes. Sie war im Alter korpulent geworden und langsamer in ihren Bewegungen. Aber von ihrer Geigenkunst hatte sie nichts verloren und ihr Gehör war so gut wie je.

Sie war in Deutschland geboren, sprach mit deutschem Akzent und trug entsprechende Kleidung: bestickte Blusen mit kleinem Stehkragen und weite Röcke. Ihr graues Haar war immer zu einem ordentlichen Knoten gedreht, der von einem Schildpattkamm zusammengehalten wurde. Bevor sie einen Engländer heiratete, hatte sie in einem Berufsorchester in Deutschland gespielt. Inzwischen war sie Witwe und lebte mit ihrer Katze in einer kleinen Erdgeschosswohnung.

Mrs. Stokes gab seit fast vierzig Jahren Geigenunterricht und im Lauf der Zeit waren viele Schüler unterschiedlichster Begabung durch ihre Hände gegangen. Aber kein Einziger war wie Lizzie gewesen. Selbst ihre Katze, die es gewöhnt war, allerlei komische Geräusche zu hören, konnte Lizzies Spielen nicht ertragen. Beim ersten Ton rannte sie aus der Wohnung.

Jeden Mittwoch, wenn sich die Zeit von Lizzies wöchentlichem Unterricht näherte, fühlte Mrs. Stokes wachsendes Unbehagen. Manchmal hoffte sie sogar, Lizzie könnte krank sein und wegbleiben. Aber Lizzie war nie krank.

In dieser Woche kam sie wie immer Punkt fünf Uhr mit ihrem Geigenkasten und einer Plastiktüte mit Noten. Es war ein kalter Oktobernachmittag und sie war fest in eine wattierte Jacke eingepackt. Neben dem Eingang befand sich ein Schild mit Klingelknöpfen für jede Wohnung und dem Namen der Bewohner daneben. Lizzie drückte fest auf den Knopf neben Mrs. Stokes' Namen.

Kurz darauf knisterte es und eine blecherne Stimme tönte aus der kleinen Sprechanlage: «Wer ist da?»

«Ich bin es, Mrs. Stokes», erwiderte Lizzie.

«Oh, Lizzie ...» Die Stimme klang resigniert. «Ich lasse dich rein.»

Das Schloss summte kurz, Lizzie stieß die Tür auf und ging in den Hausflur, von dem eine Treppe nach oben zu den anderen Wohnungen führte; noch nicht abgeholte Post lag auf einem Tisch.

Mrs. Stokes wartete im Eingang ihrer Wohnung, sie hatte sich einen Wollschal um die Schultern gewickelt.

«Da bin ich», verkündete Lizzie fröhlich. Sie verehrte Mrs. Stokes, weil sie so wunderbar Geige spielte.

«Hallo Lizzie», antwortete ihre Lehrerin, wobei ihr ein Lächeln gelang. «Komm rein.»

Sie trat zur Seite, um Lizzie vorbeizulassen, schloss die Tür, seufzte und folgte ihr durch den Flur ins Wohnzimmer.

Es war ein kleiner Raum, vollgestellt mit altmodischen Möbeln. Überall lagen Fotos herum, die Mrs. Stokes in jüngeren Jahren oder zusammen mit ihrem Mann zeigten, und an den Wänden hingen Bilder mit Ansichten von den Alpen. Ein Klavier, auf dem sich Noten stapelten, war zwischen dem Kamin und der Stirnwand eingezwängt. Durch die Verandatür blickte man auf einen überwucherten Garten.

Lizzie fühlte sich hier ganz zu Hause. Sie legte ihre Jacke ab und wischte mit ihrem Pulloverärmel kurz über ihre Brillengläser, die von der Wärme des kleinen elektrischen Kaminfeuers beschlagen waren. Dann öffnete sie eifrig den Kasten und nahm Geige und Bogen heraus. Mrs. Stokes' rote Katze lag zusammengerollt auf ihrem Lieblingsstuhl und beobachtete wachsam, wie Lizzie den Bogen spannte und die Haare kräftig mit Kolophonium bearbeitete.

«Fertig zum Stimmen.»

Ihre Lehrerin wappnete sich für das, was auf sie zukam, ging ans Klavier und schlug ein A an. Sie zuckte zusammen, als Lizzie anfing, die A-Saite mit dem Wirbel zu spannen, wobei sie gleichzeitig mit dem Bogen auf und ab säbelte.

«Lass mich es für dich machen», schlug sie vor.

«Ich kann es doch», sagte Lizzie, die immer darauf bestand, alles selbst zu tun.

Als sie alle vier Saiten gestimmt hatte, war von der Katze nichts mehr zu sehen und Mrs. Stokes war dabei, sich Watte in die Ohren zu stopfen.

«Möchten Sie meine Tonleitern hören?», fragte Lizzie.

«Ja bitte», sagte ihre Lehrerin – sie gab sich Mühe, es so zu betonen, als wollte sie das wirklich.

Lizzie begann mit der tiefsten Saite und spielte die G-Dur Tonleiter. Sie war noch nicht weit, als ihre Lehrerin schrie: «Halt! Halt!»

«Stimmt was nicht?»

«Großer Gott! Kind!», rief Mrs. Stokes und ihr deutscher Akzent wurde deutlicher, wie immer, wenn sie sich aufregte. «Dein Bogen verrutscht ständig, halte ihn ruhig.»

«Das versuch ich doch.»

«Entspanne deinen rechten Arm, er ist so steif ... wie soll ich sagen ... so steif wie ein Schürhaken. Bitte schau mir zu.»

Mrs. Stokes nahm ihre eigene Violine und führte mit fließenden Bewegungen ihres Bogens vor, wie die Tonleiter gespielt werden sollte.

«Jetzt mach du es», sagte sie, «aber halte den Bogen ruhig.»

Mit grimmiger Entschlossenheit gab Lizzie ihr Bestes, aber der Bogen schien nach wie vor ein Eigenleben zu führen. In ihrer Verzweiflung packte Mrs. Stokes Lizzies rechte Hand und bewegte ihren Arm für sie hin und her. Aber kaum ließ sie sie los, begann das schreckliche Getöne von Neuem.

«Nicht so fest!», schrie sie. «Arm locker!»

Lizzie ließ mit dem Druck nach, aber der Bogen hüpfte nach wie vor über die Saiten. Dann drückte sie etwas fester und versuchte, den lockeren Armbewegungen ihrer Lehrerin nachzueifern. Das Ergebnis war katastrophal, der Bogen rutschte hin und her und brachte schrille Quiekser hervor, die Weingläser hätten zum Platzen bringen können.

Mrs. Stokes stand da und schwieg schaudernd. Was hätte sie auch sagen sollen, wo sie doch seit Wochen versuchte, Lizzies Bogenführung zu verbessern?

«Wie war das?», fragte Lizzie, als sie endete.

«Vielleicht ein bisschen besser», antwortete Mrs. Stokes ohne rechte Überzeugung.

Lizzie fasste das als Lob auf und freute sich entsprechend. «Ich wollte, meine Familie könnte das hören, sie mögen mein Geigenspiel nämlich nicht.»

«Ach wirklich?» Mrs. Stokes konnte den leisen Spott in ihrer Stimme nicht unterdrücken.

«Die meinen, ich soll aufgeben.»

Ihre Lehrerin war geneigt, dem zuzustimmen.

«Sie denken doch nicht, dass ich aufgeben soll?»

Die Antwort «Ja!» lag Mrs. Stokes auf der Zunge. Aber sie konnte es nicht über sich bringen. Sie hatte Schüler gehabt, die von sich aus beschlossen aufzuhören, aber noch keinem hatte sie es selbst empfohlen. Das widersprach all ihren Prinzipien als Lehrerin, und bei einer so eifrigen Schülerin war es undenkbar.

«Nein, natürlich nicht», fühlte sie sich verpflichtet zu sagen.

«Dann ist ja alles klar», sagte Lizzie und lächelte erleichtert. «Soll ich die Tonleiter noch einmal spielen?»

«Nein!» Der entsetzte Schrei rutschte Mrs. Stokes heraus, bevor sie daran denken konnte, ihn zurückzuhalten, und brachte sie ganz außer Atem. Sie legte eine Hand auf ihre wogende Brust und keuchte: «Nein, danke.»

«Ich bin sicher, dass ich's jetzt besser kann.»

«Heute nicht mehr, Kind», wehrte ihre Lehrerin standhaft ab, «ein anderes Mal. Nehmen wir jetzt die Musikstücke dran.» Dabei gab es wenigstens die Begleitung auf dem Klavier, mit der sie alles übertönen konnte.

Lizzie war im sechsten Jahr an der Gesamtschule. Sie war eine der Jüngsten in ihrer Klasse. Sebastian besuchte dieselbe Schule, aber wie das bei älteren Brüdern oft der Fall ist, tat er sein Möglichstes, um ihr dort nicht zu begegnen.

Lizzie mochte die verschiedenen Fächer und sie war eine gute Schülerin, besonders in Mathematik und in den Naturwissenschaften. Sie sang auch gern im Unterstufenchor. Aber am meisten freute sie sich auf die Donnerstage. Da versammelte sich das Unterstufenorchester während der Mittagspause zur Probe in der Aula. Die Musiker durften an der ersten Essensrunde mit den Oberstufenschülern teilnehmen, damit ihnen möglichst viel Zeit blieb, bis die Glocke zum Nachmittagsunterricht ertönte.

Das Orchester stand allen Schülern der unteren Klassen offen und verfügte über eine ganze Bandbreite an Instrumenten: Violinen, Celli, Flöten, Klarinetten, Trompeten, Posaunen und verschiedene Schlaginstrumente. Der Leiter war Mr. Grimshaw, ein begeisterter junger Lehrer. Er war ein zierlicher blonder Mann, der Geografie unterrichtete und, weil er ein guter Pianist war, in der Musikabteilung aushalf.

Am Anfang hatte sich Lizzie zu den ersten Violinen gesetzt. Aber nachdem Mr. Grimshaw sie einmal gehört hatte, wies er sie zu den zweiten Violinen, den weniger guten Spielern. Keiner wollte Lizzie neben sich haben und bald wurde sie allein an das letzte Pult der Violinen gesetzt, wo alle hofften, dass die Trompeten sie übertönen würden.

Unglücklicherweise war das nicht so.

In dieser Woche hatten sie gerade mit einem der Musikstücke angefangen, die sie beim Halbjahreskonzert aufführen sollten, als Mr. Grimshaw mit einem harten *Tata ta ta* seines Taktstocks unterbrach.

«Elizabeth Barrett», rief er, «du bist viel zu laut. Kannst du bitte leiser spielen.»

Lizzie rümpfte die Nase, als es von allen Seiten Gekicher und unfreundliche Blicke gab.

«Sie bringt uns raus, Sir», sagte ein Trompeter.

«Uns auch», tönte eine Stimme aus den zweiten Geigen.

«Es ist fürchterlich», rief eine Klarinettistin.

«Das reicht», tadelte Mr. Grimshaw, obwohl er ihnen insgeheim recht gab. «Alle noch einmal von vorn. Nach vier ...»

Als er den Taktstock hob, erklärte ein dicker Junge aus den ersten Geigen laut: «Sie sollte überhaupt nicht spielen.»

«Sagen Sie ihr, sie soll gehen», rief jemand aus der Gruppe der Schlagzeuger und andere fielen mit ein. Sie waren alle aufgeregt wegen des Konzerts, zu dem die Eltern eingeladen waren.

Wütend warf Lizzie ihnen finstere Blicke zu.

Mr. Grimshaw klopfte heftig an sein Pult.

«Ich werde keinen auffordern zu gehen», sagte er mit fester Stimme. «Ich will also nichts mehr davon hören. Von vorne.» Er hob den Taktstock und hoffte, dass die Sache damit erledigt wäre. Aber das war sie nicht.

«Wenn sie bleibt», verkündete der dicke Junge aus der

ersten Geige, «spiele ich nicht.» Zum Beweis nahm er die Geige vom Kinn und stützte sie auf sein Knie.

«Ich auch nicht», stimmte das Mädchen neben ihm mit ein und tat dasselbe wie er. Sie war die Konzertmeisterin und hatte eine hohe Meinung von ihrem Geigenspiel. «Ich möchte nicht ausgelacht werden», fügte sie geziert hinzu.

«Sie eignet sich höchstens für die Triangel!», rief ein Posaunist, und alle brachen in Gelächter aus.

Das war zu viel für Lizzie. Mit feuerrotem Gesicht sprang sie so abrupt auf, dass ihr Stuhl umkippte. Mit einem lauten Krach fiel er auf den Boden. Aber das war ihr egal. Sie drängte sich durch die Spieler, warf Notenpulte um und rannte an die Seite der Aula, um ihren Geigenkasten zu holen.

Als sie Geige und Bogen einpackte, eilte Mr. Grimshaw zu ihr. «Es tut mir so leid», sagte er nervös. «Bist du sicher, dass du es nicht mit einem Schlaginstrument versuchen willst?»

Lizzie warf ihm einen verächtlichen Blick zu und rauschte aus dem Saal, den Geigenkasten unterm Arm. Hinter ihr fiel die Tür mit einem so lauten Knall zu, dass es im ganzen Saal widerhallte.

Sie lief durch den Gang zu den Umkleideräumen, warf sich ihre Jacke über und hastete in den Pausenhof. Er war voll von Schülern, die die letzten freien Augenblicke genossen, bevor der Nachmittagsunterricht begann. Lizzie bahnte sich ihren Weg zwischen ihnen durch und stürzte zum Schultor hinaus.

Als sie fast zu Hause war, begann es zu regnen. Aber

sie war viel zu wütend, um das zu bemerken. Sie lief zum Hintereingang und platzte in die Küche. Ihre Mutter saß bei einer Tasse Tee am Tisch, sie war gerade von ihrem Halbtagsjob als Sekretärin in einem Anwaltsbüro heimgekommen.

«Lizzie», rief sie überrascht. «Was um Himmels willen machst du hier?»

Ohne zu antworten stürmte Lizzie durch die Küche und die Treppe hinauf in ihr Zimmer. Sie knallte die Tür hinter sich zu, ließ sich auf das Bett fallen und brach in Tränen aus.

Kurz darauf klopfte es leise und ihre Mutter trat ein.

«Was ist denn nur los?», fragte sie ganz besorgt.

«Sie wollen mich nicht im Orchester», schluchzte Lizzie.

Mrs. Barrett lächelte teilnahmsvoll und setzte sich neben sie. «Das ist doch nicht so schlimm», sagte sie, «das ist doch kein Weltuntergang.»

«Sie haben gesagt, ich soll Triangel spielen.»

«Das hört sich doch gut an.»

«Gut!» Lizzie war empört, sie legte den Geigenkasten aufs Bett und rannte aus dem Zimmer.

«Wo gehst du hin?», rief ihre Mutter.

«Fort! Rad fahren!»

«Es regnet.»

«Ist mir egal!»

ES WAR EIN MUSIKPAVILLON,
EIN RUNDBAU MIT SCHLANKEN
SÄULEN, DIE EIN PAGODEN-
FÖRMIGES DACH STÜTZTEN,
RINGSHERUM FÜHRTEN STUFEN
AUF DAS PODIUM.

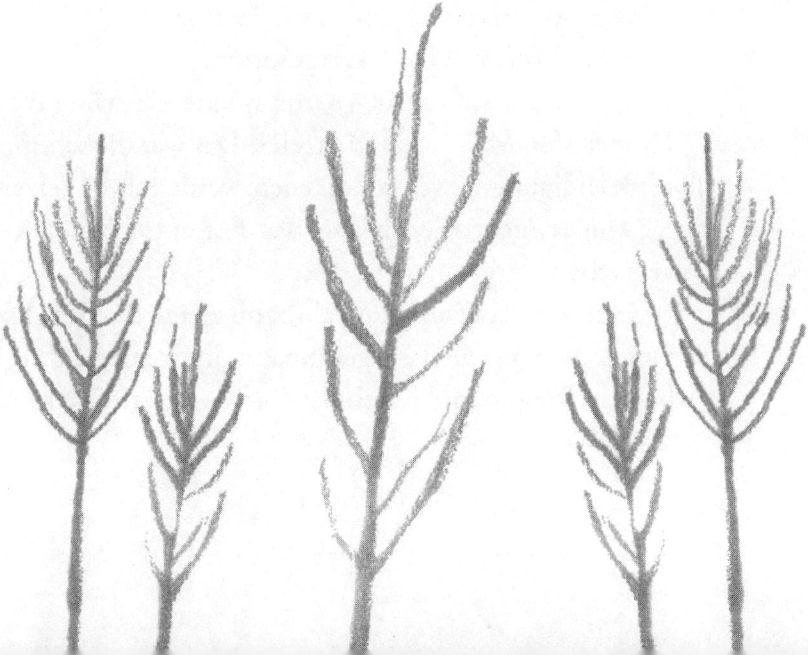

KAPITEL ZWEI

Den Kopf dicht über dem Lenkrad, die Füße in die Pedale gestemmt, sauste Lizzie ans Ende der Straße und um die Ecke in die nächste. Rechts und links glitten die Häuser verschwommen vorbei. Sie fuhr so schnell über den Zebrastreifen, dass sich die Reifen von ihrem Rad holpernd vom Boden abhoben. Kurz darauf flitzte sie durch das schmiedeeiserne Eingangstor in den Park.

Er war sehr groß, es gab weite Wiesen, auf denen verstreut alte Eichen und Kastanien standen, und ganze Waldflächen. Versteckt hinter den Bäumen waren Seen, wo Teichhühner, Enten und Wildgänse lebten. An Sommerwochenenden wimmelte der Park von Menschen und Fahrzeugen. Aber an einem feuchten Nachmittag mitten in der Woche war er ganz verlassen.

Lizzie bog in den Rundweg ein und fuhr dann in die entgegengesetzte Richtung. Es regnete jetzt ziemlich stark und ihre Brille war bald nass gespritzt.

«Dass die sich trauen», murmelte sie wütend zum hundertsten Mal, «die Triangel!» Das war die schlimmste Beleidigung gewesen. «Denen werde ich es zeigen!» Sie wusste nicht wie, aber sie war fest entschlossen, es zu versuchen.

Eine Zeit lang war die Fahrbahn ziemlich eben. Dann ging es einen steilen Hügel hinauf. Sonst stieg Lizzie auf halbem Weg ab und schob das Rad das letzte Stück. Aber jetzt hatte sie keine Lust dazu. Sie schaltete den Gang runter, trat verbissen noch fester in die Pedale und fuhr weiter nach oben. Ein zwei Autos spritzten mit rotierenden Scheibenwischern und eingeschalteten Scheinwerfern vorbei.

Oben wurde die Straße wieder eben, aber Lizzie war jetzt erschöpft und musste bald stehen bleiben, um zu verschnaufen. Sie brachte ihr Fahrrad mit quietschenden Bremsen zum Halt und glitt aus dem Sattel. Die Brust bebte, das Haar tropfte, Jacke, Rock und Strumpfhose waren durchnässt, breitbeinig stand sie über der Querstange und schaute um sich. Durch ihre beschlagene Brille sah alles verwischt aus, auch das vertraute Wahrzeichen, das sich etwa hundert Meter von der Straße auf einer ungemähten Wiese befand.

Es war ein Musikpavillon, ein Rundbau mit schlanken Säulen, die ein pagodenförmiges Dach stützten, ringsherum führten Stufen auf das Podium. Lizzie hatte sich oft gefragt, wozu es diente, denn sie hatte noch nie erlebt, dass eine Musikkapelle dort spielte.

Sie warf nur einen flüchtigen Blick darauf, aber gerade als sie weiterfahren wollte, wurde ihre Aufmerksamkeit von etwas angezogen. Sie wischte mit dem Ärmel über die Brillengläser und schaute noch einmal. Es gab keinen Zweifel: Jemand war auf dem Podest. Eine kleine dunkle Gestalt lief darauf herum. Es sah nach einem Mann aus, der aber sehr eigenartig gekleidet war. Aus dieser Entfernung, dazu im Dämmerlicht, war kaum zu erkennen, was er tat. Dann fingen ihre Ohren schwache Musikfetzen auf.

Er spielte Geige! Von Neugier getrieben stieg Lizzie rasch ab, ließ ihr Rad am Wegrand stehen und lief durch das nasse Gras zu dem Pavillon. Die Musik wurde ihr vom Wind in Wellen zugetragen. Es war ein fremdartiger, eindringlicher Klang, der sich da in das Rauschen von Wind und Regen und das Rascheln der Blätter mischte.

Sie blieb vor dem Pavillon stehen, denn sie fürchtete den Geiger zu stören, wenn sie zu nahe kam. Aber er schien sie gar nicht wahrzunehmen, schlurfte über das Podium und spielte dabei weiter.

Es war ein uralter Mann mit zerfurchtem Gesicht und einem langen weißen Bart. Auf dem Kopf trug er einen verbeulten Hut mit breiter Krempe, die im Wind flatterte. Darunter hingen weiße Haarbüschel hervor. Sein Mantel war zerknittert und für ihn viel zu groß. Er war mit einer Sicherheitsnadel am Hals zusammengehalten und mit einem Stück Kordel um die Taille gebunden. Seine Schuhe waren völlig verdreckt und abgetreten. Er sah wie ein Landstreicher aus. Aber sein Geigenspiel ...!

Noch nie hatte Lizzie ein solches Spielen gehört, nicht einmal von Mrs. Stokes. Den Regen spürte sie nicht, so gebannt lauschte sie. Vor allem war sie von seiner Bogenführung fasziniert. Langer Bogen. Kurzer Bogen. Abstrich. Aufstrich. Feiner Strich an der Spitze. Sicherer Ansatz am Frosch. Er war ein wahrer Meister.

Als er das Tempo beschleunigte, prickelte es unter ihrer Haut und ihr Herz klopfte vor Erregung. Schneller und schneller ging es, bis der aufblitzende Bogen nur noch ein schemenhafter Strich war, und seine Finger schienen überhaupt nicht nachzulassen. Die Musik schwoll zu einem mächtigen Crescendo an. Und dann endete sie plötzlich mit vier majestätischen Akkorden.

Lizzie musste nach Luft schnappen.

Eine ganze Weile stand der Mann bewegungslos da und der Bogen ruhte auf den Saiten. Dann ließ er die Arme sinken und blickte sich um. Als er Lizzie entdeckte, änderte sich seine Haltung unmittelbar.

«Da bist du ja», rief er und winkte ihr. «Komm rauf!»

Lizzie war sprachlos. Es klang, als hätte er sie erwartet.

«Komm her. Ich kann nicht lange bleiben.»

Lizzie stand unsicher im Gras. Die Mutter hatte ihr gesagt, sie dürfe nicht mit Fremden reden. Aber es war doch gewiss nicht gefährlich, mit einem großen Geiger zu sprechen? Ein wenig fürchtete sie sich, aber sie stapfte in ihren durchnässten Schuhen die Stufen zum Podium hinauf.

Der alte Mann trat ihr mit breitem Lächeln entgegen. «Wie hat dir die Musik gefallen?», fragte er mit einer Stimme. die für einen so armselig gekleideten Mann überraschend tief und kultiviert klang.

«Super!», brach es aus ihr hervor.

Er zuckte bescheiden die Achseln. «Ach, das habe ich mir nur ausgedacht. Ich wollte lediglich die Zeit nutzen, bis du kommst.»

Lizzie war überrascht. Wie in aller Welt konnte er gewusst haben, dass sie genau in diesem Moment vorbeiradeln würde? Gerade als sie ihn das fragen wollte, zog er den Hut und verbeugte sich.

«Alexander Rostikoff», stellte er sich vor. «Und wer bist du?»

«Elizabeth Barrett», stammelte sie.

Er strahlte. «Großartig! Ich wollte es nur prüfen.» Er setzte den Hut mit einem Ruck wieder auf und blickte ihr direkt ins Gesicht. «Du hast also Probleme mit deinem Bogenstrich?»

«Woher wissen Sie das?», fragte sie atemlos.

Er tippte sich mit dem Zeigefinger auf die Nase. «Ich lausche mit meinem Ohr an der Erde», sagte er und zwinkerte ihr verschmitzt zu. «Ich glaube, ich kann helfen. In der Tat, ich weiß, dass ich es kann.»

«Wie denn? Keiner kann es. Meine Lehrerin versucht es seit Monaten.»

«So! Aber sie hat nicht das, was ich habe.» Mr. Rostikoff fummelte unter seinem Mantel herum und zog einen Geigenbogen hervor. «Der ist schon oft nützlich gewesen. Er wurde von François Tourte gemacht. Ich nehme an, du hast noch nicht von ihm gehört?»

Lizzie schüttelte den Kopf.

«Sagt dir der Name Stradivari etwas?»

«Ich glaube, ich habe von Stradivarius gehört», sagte sie unsicher.

«Ich wünschte, die Leute würden ihn nicht so nennen», sagte Mr. Rostikoff ärgerlich, «sein Name ist Stradivari.»

«Hat er Geigen gebaut?»

«Aber sicher! Die besten, die es je gab! Die großartigsten! Und Tourte ist der Stradivari des Geigenbogens!» Damit reichte er ihr den Bogen. «Hier. Nimm ihn.»

Lizzie starrte ihn mit offenem Mund an.

«Los. Nimm ihn.»

Der alte Mann war so hartnäckig, dass sie das Gefühl hatte, gehorchen zu müssen, aber ihre Hände zitterten, als sie den Bogen entgegennahm.

«Gehe achtsam mit ihm um. Er ist über zweihundert Jahre alt.»

Lizzie hätte ihn beinahe fallen lassen. «Mit dem kann ich nicht spielen!»

«Und ob du das kannst», Mr. Rostikoff kicherte, «du wirst staunen, was er für einen Unterschied macht. Er hat schon vielen jungen Geigern geholfen: Niccolò Paganini, Fritz Kreisler ...», stieß er die Namen hervor. «Aber ich muss dich warnen», jetzt klang seine Stimme ernst, «es gibt gewisse Bedingungen. Du darfst niemandem sagen, woher du ihn hast. Und du darfst keinen anderen damit spielen lassen. Wenn du das tust, wird er dir nichts nützen. Und du darfst ihn nur drei Monate behalten. Es gibt für ihn eine lange Warteliste. Eine lange Liste, das kann ich dir sagen. So muss ich ihn zurückbekommen am ...», er runzelte die Stirn, «was für ein Datum ist heute?»

Für einen Augenblick konnte Lizzie nicht denken: «Hm ... hm ...»

«Beeile dich», drängte er.

Plötzlich fiel es ihr ein: «Der sechste Oktober.»

«Also in drei Monaten von heute an ist», sein Gesicht erhellte sich, «Dreikönig! Ausgezeichnet. Ein äußerst passender Tag.» Er klang erfreut. Doch plötzlich geschah etwas Seltsames mit ihm. Er verblasste immer mehr.

«Vergiss nicht. Sechster Januar», fuhr er hastig fort. «Viel Glück!»

Seine Gestalt war jetzt so dünn, dass Lizzie durch sie hindurch den Park sehen konnte.

«Wo treffen wir uns?», rief sie verzweifelt.

«Du wirst es wissen» sagte er, während er verschwand. «Und lass die Zöpfe», tönte seine körperlose Stimme.

Lizzie starrte verwirrt auf die leere Stelle, wo er gerade noch gestanden hatte. Aber es gab nirgends mehr ein Zeichen von ihm.

War alles nur ein Traum? Aber noch während sie das dachte, wusste sie, dass es nicht die richtige Antwort war. Denn sie hielt den Bogen, den Mr. Rostikoff ihr gegeben hatte, immer noch in der Hand.

DAS HOLZ HATTE EINE WUNDERSCHÖNE SATTE FARBE UND GLÄNZTE, ES ERINNERTE SIE AN ALTE MÖBEL. DER BOGEN WAR ELEGANT GEFORMT, DAGEGEN SAH IHR EIGENER ZIEMLICH GROB AUS.

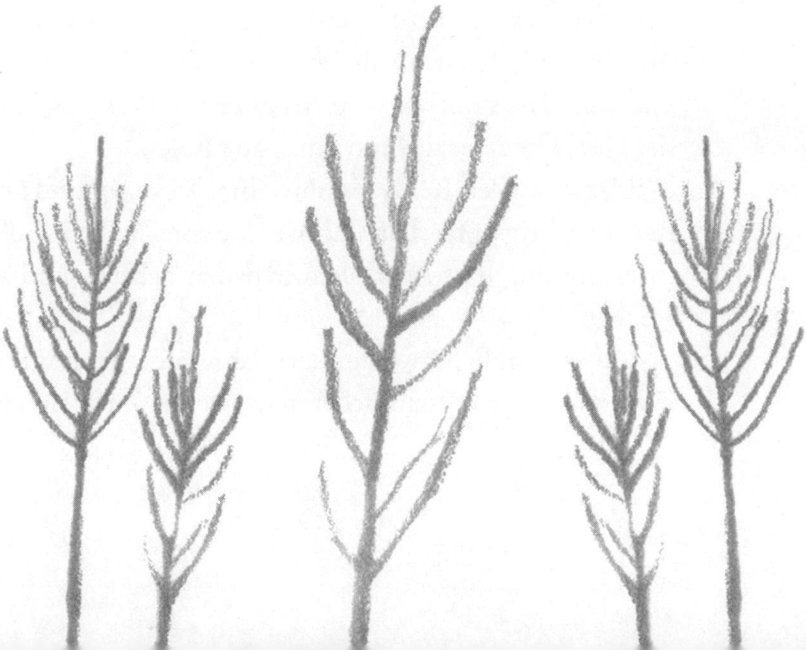

KAPITEL DREI

Es war nicht leicht, nach Hause zu radeln und gleichzeitig den Bogen trocken zu halten. Lizzie versuchte, ihn unter die Jacke zu stecken, aber er stand unten heraus. Dann verstaute sie ihn unter ihrem Pullover und schob ihn durch den lockeren Rockbund. Trotzdem musste sie ganz aufrecht sitzen und den Arm an die Seite pressen, damit der Bogen nicht wegrutschen konnte, und das bedeutete, dass sie die meiste Zeit einhändig fahren musste.

Endlich zu Hause angekommen, fuhr sie ihr Rad in die Garage und schob es zwischen die Wand und das Auto. Sie hatte gehofft, unbemerkt ins Haus schleichen zu können. Aber als sie aus der Garage kam, sah sie Licht in der Küche.

«Verdammt», murmelte sie und warf einen Blick auf ihre Uhr. Sie war überrascht, als sie feststellen musste, dass die Schule schon seit einer halben Stunde aus war. Sebastian war wohl zu Hause und trank mit der Mutter Tee. Nie würde sie an ihnen vorbeikommen, ohne dass man sah, dass sie etwas trug. Sie konnte den Bogen nur in der Garage verstecken und ihn später holen.

Lizzie zog den Reißverschluss ihrer Jacke auf und holte ihn vorsichtig unter dem Pullover hervor. Zu ihrer großen Erleichterung hatte er keinen Schaden gelitten und war trocken.

Ob er wirklich zweihundert Jahre alt war, fragte sie sich, als sie ihn im schwächer gewordenen Licht betrachtete. Das Holz hatte eine wunderschöne satte Farbe und glänzte, es erinnerte sie an alte Möbel. Der Bogen war elegant geformt, dagegen sah ihr eigener ziemlich grob aus. Die Spitze lief in einem eleganten Schwung aus und am Griff war der Frosch auf beiden Seiten mit einem Perlmuttstern verziert. Die Schraube zum Spannen der Haare war aus Ebenholz und Messing mit einem eingelassenen Silberring. Im Gegensatz zu allem Übrigen schienen die Bogenhaare neu und unbenutzt. War der Bogen eigens für sie neu bespannt worden?

Es war ein einziges Rätsel, wie alles, was Mr. Rostikoff betraf. Wer war er? Was war er? Er schien kein Geist zu sein. Aber er war eigentlich auch nicht ganz Wirklichkeit. War er eine Art Zauberer? Egal was er war, der Bogen fühlte sich echt genug an und sie war begierig darauf, ihn auszuprobieren. Doch zunächst einmal musste sie ihn verstecken.

Sie drückte sich am Auto vorbei zur Rückwand der Garage und legte den Bogen vorsichtig hinter ein paar gebrauchten Farbdosen ab, die auf einem alten Hasenverschlag aufgetürmt waren. Dann lief sie aus der Garage durch den Regen zur Hintertür.

Wie sie schon gedacht hatte, saßen Sebastian und die Mutter beim Tee.

«Lizzie», rief ihre Mutter, «wo in aller Welt bist du gewesen?»

«Ich hab es dir doch gesagt, ich bin Rad gefahren.»

«Du bist klatschnass!» – Die Mutter stand vom Tisch auf. – «Runter mit der Jacke und den Schuhen. Dann nach oben zum Umziehen.» Sie wollte, dass Lizzie schnell aus dem nassen Zeug kam, öffnete die Jacke und zog sie ihr aus. «Warum hast du keinen Regenmantel genommen?», fuhr sie fort, während sie die Sachen über einen Stuhl neben dem Boiler hängte.

Sebastian schaute von einem Ohr zum anderen grinsend zu. «Du hörst also mit dem Geigen auf?»

«Du spinnst.»

«Hätte gedacht, du tust es, nach dem, was gelaufen ist.»

«Sebastian ...», die Mutter versuchte ihn zu bremsen.

«Das weiß doch jeder, Mum. Das Orchester hat sich geweigert, mit ihr zu spielen.»

«Sebastian, es reicht», warnte die Mutter jetzt in entschiedenem Ton, denn sie fürchtete einen von Lizzies Wutausbrüchen.

Aber Lizzie war viel zu aufgeregt wegen des Bogens, um sich von ihrem Bruder reizen zu lassen.

«Schon gut, Mum», sagte sie unbekümmert, «er kann sagen, was er will. Es macht mir nichts.» Sie gab ihr die Schuhe und rauschte aus dem Zimmer.

Nachdem sie sich trockene Sachen angezogen und die Zöpfe mit einem Handtuch trocken gerieben hatte, setzte sie sich an den Tisch, an dem sie ihre Hausaufgaben erledigte, und machte ihren Laptop an. Sie wollte sehen, ob Google ihr etwas über François Tourte sagen konnte. Das Problem war, sie wusste nicht, wie man seinen Nachnamen buchstabiert. Sie versuchte «Tort», «Turt» «Turte» – ohne Erfolg. In ihrer Verzweiflung fing sie mit den Buchstaben T-O-U-R-T an und ja! ja! da war es: «François Tourte».

Es stand eine ganze Menge über ihn da – zu viel, um alles zu lesen, denn sie konnte es kaum erwarten, den Bogen auszuprobieren. Aber sie erfuhr schnell, dass er 1747 in Frankreich geboren und 1835 dort gestorben war. Ursprünglich hatte er Uhrmacher gelernt und war später der berühmteste Bogenbauer seiner Zeit geworden. Lizzie staunte, als sie las, dass kürzlich ein Bogen von ihm für über 30.000 Pfund verkauft worden war!

War der, den Mr. Rostikoff ihr gegeben hatte, so viel wert? Was war, wenn sie einen Unfall hatte und er kaputt ging? Das musste er bedacht haben, sonst hätte er ihn ihr doch nie geliehen? Egal, wenn sie ihn nun einmal hatte, beabsichtigte sie keineswegs, ihn nicht auszuprobieren.

Sie schaltete den Laptop aus, nahm den Notenständer, den Geigenkasten und ihre Noten und trug alles nach unten.

Ihre Mutter war allein in der Küche, Sebastian war mit dem Tee fertig und saß oben in seinem Zimmer bei den Hausaufgaben.

«Warum bringst du alles runter?», fragte Mrs. Barrett beunruhigt, als Lizzie die Sachen auf dem Tisch deponierte. Sie befürchtete, Lizzie wollte hier üben.

«Ich nehme sie mit in den Gartenschuppen», sagte Lizzie, als sie rausging, um ihren Regenmantel zu holen. Sie hatte beschlossen, den Bogen heimlich auszuprobieren, damit es keine lästigen Fragen gab.

«Warum?»

«Ihr hasst es alle, wenn ich spiele», erwiderte Lizzie und zog beim Reinkommen den Regenmantel über, «also mach ich es da, wo ihr es nicht hören könnt.»

«So sehr hassen wir es auch nicht.»

«Doch.»

«Aber da draußen ist es kalt.»

«Ich will es aber.»

Mrs. Barrett seufzte. Aus bitterer Erfahrung wusste sie, dass es praktisch unmöglich war, Lizzie von etwas abzubringen, das sie beschlossen hatte.

«Was ist mit deinem Tee?»

«Ich mag jetzt nicht.»

Damit packte Lizzie ihre Sachen zusammen und verschwand durch die Hintertür.

Inzwischen war es ziemlich dunkel geworden und es regnete immer noch. Lizzie machte ein paar Schritte in den Garten, für den Fall, dass die Mutter ihr nachschaute, und kehrte dann in Richtung Garage um. Um nicht gesehen zu werden, wollte sie kein Licht machen, deshalb musste sie sich zu den Farbdosen vortasten. Sie fühlte dahinter nach dem Bogen. Einen schrecklichen Moment lang konnte sie ihn nicht finden. Erleichtert atmete sie auf, als ihre Finger ihn berührten. Ein paar Minuten später rannte sie, den Bogen sicher in ihrem Geigenkasten verstaut, auf dem Gartenweg zum Schuppen. Drinnen drückte sie auf einen Schalter, und im steilen Dach leuchtete eine nackte Birne auf. Sie schloss die Tür, legte ihre Musikutensilien auf einen staubigen alten Tisch und zog den Regenmantel aus.

Eine Weile war sie eifrig damit beschäftigt, den Schubkarren und die Gartengeräte zur Seite zu schieben, um Platz zu machen. Dann stellte sie das Pult auf und platzierte die Noten darauf. Sie nahm die Geige heraus und zupfte an den Saiten, um die Stimmung zu überprüfen, und langte nach Mr. Rostikoffs Bogen. Ein Schauer der Erregung durchlief sie, als sie ihn aufnahm. Voll gesteigerter Erwartung spannte sie die Haare und rieb sie mit Kolophonium ein. Sie schob die Geige unter ihr Kinn und wollte gerade anfangen, als ihr ein schrecklicher Gedanke kam: Was, wenn es nicht funktionierte?

«Sei kein Waschlappen», sagte sie sich. «Los, tu's!»

Sie nahm die Geige fest unters Kinn und zog den Bogen über die A-Saite.

Das Ergebnis war erstaunlich. Ihr Arm entspannte sich plötzlich, und der Bogen blieb in seiner ganzen Länge vollkommen gradlinig und es entstand etwas, worauf zu hoffen sie schon fast aufgegeben hatte: ein vollkommener Ton.

Um sicherzugehen, dass es kein Zufall gewesen war, wiederholte sie es. Noch ein vollkommener Ton.

Sie versuchte einen Aufstrich – das war ihr vorher immer misslungen. Statt abzurutschen, blieb der Bogen unbeirrt gerade, vom Frosch bis zur Spitze, und ließ die Saite mit einem vollen Ton erklingen, dass ihr eine Gänsehaut über den Rücken lief.

Das Ergebnis war genauso gut, wenn sie über die anderen Saiten strich, selbst die höchste, die E-Saite, die oft am schlimmsten von allen gekratzt hatte.

Nach all den Monaten voll Anstrengung und Enttäuschung konnte Lizzie es fast nicht glauben. Ganz hingerissen und begeistert stürzte sie sich in ein wildes Durcheinander von Bogenstrichen: ab und auf, langsam und schnell, lang und kurz, auf leeren Saiten, auch wenn sie mit den Fingern der linken Hand Läufe spielte. Gleich was sie machte, gleich wie fest oder leicht sie den Bogen aufdrückte, immer blieb er in vollkommenem Kontakt mit den Saiten.

«Es geht!», rief sie begeistert, Tränen liefen ihr übers Gesicht. «Oh! Danke Mr. Rostikoff!»

In diesem Augenblick kam Mr. Barrett durch die Haustür herein, er war schlecht gelaunt und triefnass. Jeden Tag fuhr er mit dem Zug zur Waterloo Station in das Versicherungsbüro, wo er arbeitete, und jetzt kam er gerade vom Bahnhof. Er hängte seinen Regenmantel im Flur auf und ging in die Küche.

«Hallo, Liebling», sagte Mrs. Barrett und kam gut gelaunt auf ihn zu.

«Jemand hat das Garagentor offen gelassen», brummte er.

«Das war wahrscheinlich Lizzie», sagte sie und gab ihm ein Küsschen auf die Wange.

«Typisch.»

Er nahm sich ein Küchenhandtuch und rubbelte sich die Haare am Spülbecken. «Wer hat das Licht im Schuppen angelassen?», fragte er aus dem Fenster blickend.

«Ach, nur Lizzie.»

«Dann kann sie wohl hingehen und es ausmachen.»

«Nein, denn sie ist drin.»

«Drin? Wozu?»

«Sie übt.»

«Übt? Im Schuppen? Na, dem werde ich gleich ein Ende bereiten.»

«Lass sie, John», drängte seine Frau, «du regst sie nur auf. Sie ist heute Mittag in einem fürchterlichen Zustand heimgekommen. Offensichtlich können die anderen Kinder im Orchester ihr Spiel nicht ertragen.»

Mr. Barrett schnaubte: «Das wundert mich nicht.»

«Sie schlugen ihr vor, lieber Triangel zu spielen.»

«Hört sich gut an.»

«Das habe ich auch gesagt.»

«Und – macht sie es?», fragte er hoffnungsvoll.

«Ich glaube nicht.»

Mr. Barrett grunzte: «Das hätte ich mir denken können.»

Er hängte das Handtuch auf und spähte hinaus auf das erleuchtete Fenster am Ende des Gartens.

«Vielleicht ist der Schuppen der beste Platz für sie», sagte er nachdenklich.

ALICE HATTE EIN KLEINES, REIZVOLLES GESICHT, BLAUE AUGEN UND BLONDES HAAR. AUFFALLEND FÜR EIN MÄDCHEN VON SO ZARTER GESTALT WAR IHRE LAUTE UND BARSCHE STIMME, DIE WIE EIN NEBELHORN KLANG.

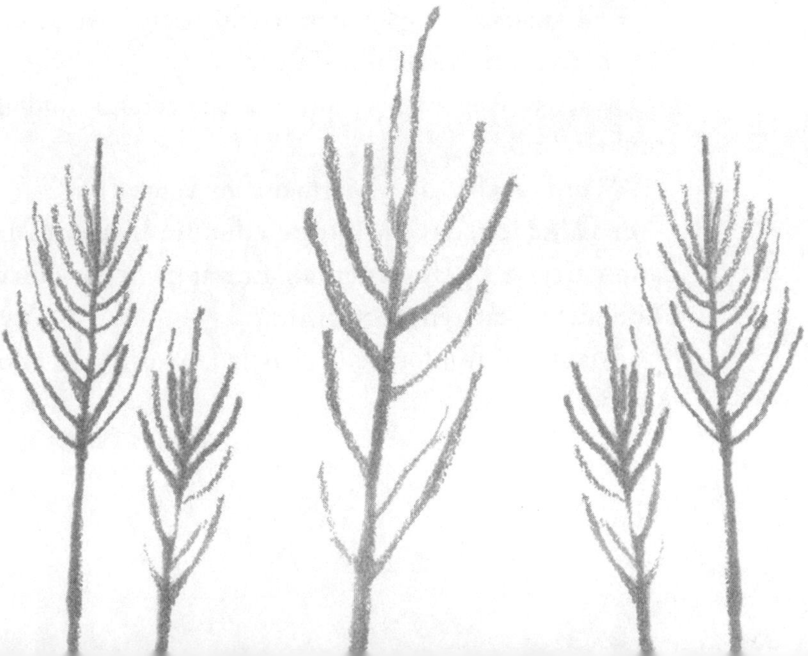

KAPITEL VIER

Am nächsten Morgen gab es beim Frühstück immer noch kein Zeichen von Lizzie, als alle anderen ihre Müslischalen schon leer gegessen hatten.

«Kommt das Mädchen denn überhaupt nicht mehr runter?», fragte Mr. Barrett, ohne jemanden direkt anzusprechen.

«Es sieht Lizzie überhaupt nicht ähnlich, zu spät zu kommen», stimmte Mrs. Barrett ihm zu.

«Vielleicht geht sie heute nicht in die Schule», sagte Sebastian und stocherte in dem Glas mit Orangenmarmelade herum.

«Wieso nicht?» Sein Vater horchte auf.

Sebastian seufzte tief. «Ach weißt du, Dad, das Orchester.»

Mr. Barrett stöhnte.

«Ich glaube, ich gehe besser mal nach oben», sagte Mrs. Barrett und setzte ihre Tasse ab.

In diesem Augenblick kam Lizzie angerannt und glitt auf ihren Stuhl.

«Wurde auch Zeit», murmelte ihr Vater.

Er stellte fest, dass sie ihre Schuluniform anhatte, und dann starrte er sie entgeistert an. Er war nicht der Einzige. Die anderen starrten sie auch an.

«Mann», frohlockte Sebastian, «es gibt noch Wunder!»

Lizzie warf ihm einen giftigen Blick zu und langte nach den Cornflakes.

«Was hast du mit deinen Haaren gemacht?», fragte Mr. Barrett, er konnte seinen Blick nicht von ihr lösen.

«Was soll damit sein?»

«Nichts. Sie sehen ... anders aus ... das ist alles.»

Das Lachen, das Sebastian mühsam unterdrückt hatte, explodierte plötzlich und der Tisch wurde von Toastkrümeln übersät.

«Sebastian!», rief die Mutter, aber sie war zu sehr mit Lizzie beschäftigt, um ihm zu sagen, dass er die Schweinerei beseitigen sollte.

Zum ersten Mal seit Menschengedenken war Lizzies Haar nicht zu Zöpfen geflochten. Es war zu einem Pferdeschwanz zusammengebunden, der ziemlich lockig war, obwohl sie sich wirklich abgemüht hatte, das vom gestrigen Regen gekräuselte Haar glatt zu bekommen.

«Warum hast du das gemacht?», fragte ihre Mutter, die immer wieder erfolglos versucht hatte, sie zu einer anderen Frisur zu überreden.

«Zöpfe sind für mich aus», verkündete Lizzie mit einer Stimme, gegen die keiner einen weiteren Einwand wagte.

Mr. und Mrs. Barrett blickten sich ratlos an. Schweigend fragten sie einander: «Was hat das alles zu bedeuten?» Sie wussten nicht, dass Mr. Rostikoff Lizzie überredet hatte, die Zöpfe zu lassen, so konnten sie nur die Achseln zucken.

Als Lizzie zur Schule ging und immer mehr Scharen von Schülern den gleichen Weg nahmen, ertönte eine vertraute Stimme hinter ihr: «Lizzie!» Sie blieb stehen und wartete, bis ihre Freundin Alice sie einholte.

«Das hast du gestern vergessen», keuchte Alice und gab ihr den kleinen Rucksack, in dem Lizzie immer ihre Schulbücher trug.

«Danke.» Lizzie streifte die Träger über ihre Arme und ging weiter.

«Beinahe hätte ich dich nicht erkannt», grinste Alice und rückte neben sie.

«Keine Witze über meine Haare», warnte Lizzie, «sonst rede ich nie mehr mit dir.»

«Aber es steht dir.»

«Findest du?»

«Ehrlich, es gefällt mir.»

Lizzie war zugleich erleichtert und erfreut. Sie war sehr unsicher gewesen, ob sie mit der neuen Frisur zur Schule gehen sollte.

«Du hast immer so ...» Alice suchte das passende Wort, «so streng mit den Zöpfen ausgesehen.»

Lizzie schnaubte: «Was du nicht sagst.»

Alice und sie waren seit der Grundschulzeit Freundinnen, und sie hatte Alice immer um ihr Aussehen beneidet. Selbst ohne Brille, das wusste sie, war sie nicht so hübsch wie Alice. Alice hatte ein kleines, reizvolles Gesicht, blaue Augen und blondes Haar. Auffallend für ein Mädchen von so zarter Gestalt war ihre laute und barsche Stimme, die wie ein Nebelhorn klang.

«Habe gedacht, du würdest heute nicht kommen», dröhnte Alice, als sie zusammen weitergingen. «Ich habe den Lehrern gesagt, du wärst ... indisponiert.» Sie benutzte gern Erwachsenenwörter.

«Danke.»

«War es schlimm?»

Lizzie verzog das Gesicht. «Ziemlich scheußlich. Aber das war gestern. Macht mir jetzt nichts mehr.»

Alice blickte sie voll Bewunderung an. «Du bist so tapfer, Lizzie. Ich würde eine Woche lang heulen.»

«Ehrlich, Alice», sagte Lizzie vorwurfsvoll, «manchmal bist du echt eine Flasche.»

Alice nahm es ihr nicht übel. Sie war es gewöhnt, von Lizzie beschimpft zu werden. «Machst du weiter im Orchester mit?»

«Klar.» Nachdem Lizzie die Wunderwirkung von Mr. Rostikoffs Bogen erfahren hatte, zweifelte sie nicht daran, dass man sie gerne wieder aufnehmen würde.

Alice war beeindruckt. «Wahnsinn!»

Sie gingen schweigend ein Stück weiter, dann packte Alice Lizzie plötzlich am Arm.

«Schau da!»

Trotz ihrer Zuversicht setzte Lizzies Herz einen Schlag aus, als sie die Gruppe sah, die direkt im Schultor stand. Es waren die Mitglieder des Unterstufenorchesters, die die Revolte gegen sie angeführt hatten.

«Was sollen wir machen?», flüsterte Alice.

«Ignorieren.»

Aber das erwies sich als unmöglich. Als sie durch das

Tor kamen, stellten die anderen sich ihnen absichtlich in den Weg.

«Wen haben wir denn da?!», rief die Konzertmeisterin des Orchesters, die an der Spitze der Gruppe stand. Sie war ein Jahr älter als Lizzie und viel größer, langes braunes Haar hing über ihren Rücken herab. «Die schlechteste Geigerin der Welt.»

Das Gelächter ließ Lizzie vor Wut kochen. Aber sie war fest entschlossen, würdevoll zu reagieren. Also sagte sie nichts.

Alice, die nicht unter einem solchen Druck stand, schrie erregt: «Lass sie in Ruhe, Helen Pratt!»

«Hau du ab», forderte Roger Edwards, der mollige Junge aus der ersten Geige, der mit Streik gedroht hatte.

«Das werde ich nicht!», sagte Alice wütend, ihr Gesicht war rot vor Empörung.

«Dann bleib, es ist uns egal», schimpfte Helen Pratt. Drohend baute sie sich vor Lizzie auf. «Wir wollen dich nicht im Orchester», zischte sie, «komm also nicht wieder.»

Lizzie richtete sich zu voller Größe auf, trotzdem reichte sie Helen nur bis zur Schulter. «Du tust mir leid», sagte sie verächtlich. «Denkst, du bist so gut, stimmt's? Komm, Alice.»

Sie packte Alice am Arm, drängte vorwärts und zwang die Gruppe, Platz zu machen. Ihr Spießrutenlauf wurde von Gelächter begleitet und einer der Posaunisten zog Lizzie an ihrem Pferdeschwanz.

«Bimmeling-bimmeling», spottete er.

Der Rest fand das sehr witzig und begann Triangeln zu imitieren.

«Bimmeling-bimmeling» tönten sie im Chor, als Lizzie und Alice über den Pausenhof hasteten.

«Helen Pratte ist eine Ratte», rief Alice, als sie außer Hörweite waren. Sie zitterte am ganzen Körper und war den Tränen nahe.

«Himmel noch mal, heul doch nicht», befahl Lizzie. «Sie ist ein Idiot. Nur weil sie die Stufe vier mit der Geige bestanden hat, wie sie es dauernd jedem erzählt, denkt sie, sie wäre Fritz Kreisler oder Niccolò Paganini!»

ES GAB KEIN KRATZEN, KEIN
SCHRILLES GETÖNE MEHR,
SONDERN WUNDERBARE MUSIK.
DER BOGEN STRICH MÜHELOS
ÜBER DIE SAITEN, ENTSPANNTE
IHREN ARM UND ZOG DIE
RECHTE HAND MIT, ALS FÜHRTE
IHN EIN ANDERER.

KAPITEL FÜNF

Lizzie war fest entschlossen, mit Helen Pratt und dem Orchester abzurechnen. So übte sie noch intensiver als zuvor. Wenn sie ihren Tee getrunken, zwei Sandwiches hinuntergeschlungen und die Hausaufgaben erledigt hatte, nahm sie die Noten und den Geigenkasten – denn beides bewahrte sie sicherheitshalber in ihrem Zimmer auf – und ging zum Gartenschuppen. Damit ihre Mutter kein Theater mehr machte, trug sie ihre wattierte Jacke, wenn sie das Haus verließ. Aber sobald sie den Schuppen betrat, zog sie sie aus. Das Hochgefühl, das sie beim Spielen überfiel, hielt sie warm.

Die Familie ließ sie ganz in Ruhe. Alle waren glücklich, dass sie ihr nicht mehr beim Üben zuhören mussten. Sie dachten immer noch, dass sie schreckliche Töne produzierte. Wie sehr sie sich täuschten!

Lizzies Spiel veränderte sich mithilfe von Mr. Rostikoffs Bogen. Es gab kein Kratzen, kein schrilles Getöne mehr, sondern wunderbare Musik. Der Bogen strich mühelos über die Saiten, entspannte ihren Arm und zog die rechte Hand mit, als führte ihn ein anderer. Lizzie zweifelte nicht daran, dass es ein magischer Bogen war.

Jetzt konnte sie sich frei darauf konzentrieren, mit der linken Hand die Töne zu greifen. Bald konnte sie die Tonleitern über zwei Oktaven spielen, sie rasselte ihre Übungen herunter und spielte mühelos ihre einfachen Stücke.

Sie konnte kaum die nächste Unterrichtsstunde erwarten. Als der Tag kam, war sie so ungeduldig anzufangen, dass sie zu Mrs. Stokes Entsetzen ein paar Minuten zu früh kam.

Sie wollte ihr Geheimnis hüten und beschloss, sich nicht zu verraten, indem sie die Geige selbst stimmte. Bevor sie ihre Jacke auszog, nahm sie die Geige aus dem Kasten und hielt sie Mrs. Stokes hin.

«Können Sie sie bitte für mich stimmen?», fragte sie.

Die Lehrerin wunderte sich, nahm die Geige aber gern entgegen. «Gib mir deinen Bogen.»

«Hab ihn noch nicht draußen», sagte Lizzie und beschäftigte sich umständlich mit dem Reißverschluss ihrer Jacke. «Können Sie bitte Ihren nehmen?»

Mrs. Stokes fand das ein bisschen eigenartig. Aber alles war besser, als wenn Lizzie es tat. Sie griff nach ihrem eigenen Bogen und fing an, die Geige zu stimmen.

Jetzt zog Lizzie mit einem Ruck den Reißverschluss auf und warf ihre Jacke auf einen Stuhl. Sie unterdrückte ihre Aufregung, nahm den magischen Bogen heraus, spannte die Haare und rieb sie mit Kolophonium ein. Die Katze lag zusammengerollt auf ihrem Stuhl und beobachtete sprungbereit jede ihrer Bewegungen.

Die Geige war gestimmt, Mrs. Stokes gab sie Lizzie zurück.

«Soll ich meine Tonleitern spielen?», fragte Lizzie unschuldig.

«Ich denke schon», antwortete ihre Lehrerin so widerwillig, dass Lizzie fast laut aufgelacht hätte.

Sie zählte vier Schläge vor und begann mit der G-Dur Tonleiter. Auf das Schlimmste gefasst, stand Mrs. Stokes halb abgewandt mit geschlossenen Augen da. Aber nach ein paar Tönen fuhr sie herum, als hätte sie einen elektrischen Schlag bekommen. Fassungslos starrte sie auf die fließenden, gleichmäßigen Bewegungen von Lizzies Bogen. Ab – auf, ab – auf ging es über zwei Oktaven und jeder Ton war vollkommen sauber.

Als sie endete, war Mrs. Stokes vollkommen sprachlos, sodass Lizzie fragen musste: «Soll ich die G-Moll spielen?»

Die Lehrerin nickte völlig benommen.

Als Lizzie diese Tonleiter mit der gleichen Leichtigkeit spielte, sank Mrs. Stokes entwaffnet auf den Klavierschemel.

«Möchten Sie die Arpeggios auch hören?», fragte Lizzie.

Wieder konnte Mrs. Stokes nur nicken.

Lizzie begann schwungvoll die perlenden Akkorde zu spielen, wobei der Bogen mühelos über die Saiten sprang. Zwei Oktaven aufwärts, zwei Oktaven wieder hinab. Dur und Moll. Als sie endete, war das einzige Geräusch, das zu hören war, das Schnurren der roten Katze.

Einige Augenblicke starrte Mrs. Stokes sie wie versteinert an, unfähig zu sprechen oder sich zu bewegen. Dann wurde sie schlagartig lebendig, schob den Klavierschemel hastig beiseite und rief: «Das ist ein Wunder! Ein Wunder!» Sie warf ihre Arme um Lizzie und küsste sie auf beide Wangen.

«Wie ist das geschehen, Kind?»

Lizzie zuckte die Achseln. «Einfach Übung.»

«In einer Woche?» Mrs. Stokes schüttelte den Kopf. «Das ist unmöglich.»

«Es ist einfach passiert», sagte Lizzie, als sei es nichts Besonderes.

«Aber wenn ich nur an letzte Woche denke ...» Mrs. Stokes fasste sich an den Kopf. «Großer Gott! Und ich war nahe dran, dir zu sagen, du solltest aufgeben.»

«Sie meinen also, dass ich mich verbessert habe?» Lizzie konnte sich die Frage nicht verkneifen.

«Verbessert? Du spielst wie ... wie ein Engel! Schnell, Kind, lass mich deine Stücke hören.»

Lizzie legte ihre Geige und den Bogen auf einen kleinen Tisch und lief durch das Zimmer zu ihren Noten.

Mrs. Stokes lächelte über ihren Eifer und wollte sich schon zum Klavier wenden, als ihr Blick auf den Bogen fiel.

«Ist der neu?», fragte sie.

Lizzie schoss herum und sah voller Entsetzen, dass Mrs. Stokes den magischen Bogen in die Hand nahm.

«Berühren sie ihn ja nicht!», schrie sie.

Mrs. Stokes war fassungslos. «Warum denn nicht?»

«Sie ...Sie ... könnten ihn kaputt machen.»

«Sei nicht albern, Kind.» Interessiert betrachtete sie den Bogen. «Woher hast du ihn?»

«Aus ... von einem Trödler.» Lizzie schob ihr die Noten hin – sie hoffte, sie damit von dem Bogen abzulenken. «Hier sind die Stücke.»

Aber Mrs. Stokes hatte keine Eile, sie entgegenzunehmen. Sie betrachtete den Bogen immer noch.

«Du hattest Glück, ihn zu bekommen, das ist ein wunderschöner Bogen. Er ist wunderbar ausgewogen und in ausgezeichnetem Zustand. Darf ich ihn ausprobieren?»

«Nein!», schrie Lizzie in Panik.

«Warum nicht?»

«Weil ...» Lizzie suchte verzweifelt nach einem Grund, «weil ich wahnsinnig gern meine Stücke spielen will. Bitte, geben Sie ihn mir!»

Mrs. Stokes wunderte sich über die heftige Reaktion ihrer Schülerin, schrieb sie aber ihrer überspitzten Begeisterung zu. Sie schaute den Bogen noch einmal nachdenklich an und gab ihn zu Lizzies großer Erleichterung zurück.

«Ein anderes Mal», sagte sie.

Nie!, dachte Lizzie. Mr. Rostikoffs Bedingung ließ das nicht zu.

STUFE VIER! LIZZIES HERZ KLOPFTE VOR AUFREGUNG. MITHILFE DES MAGISCHEN BOGENS KÖNNTE SIE DIE STUFE DREI SCHAFFEN. ABER STUFE VIER! DA WÜRDE HELEN PRATT WIRKLICH VOR NEID PLATZEN.

KAPITEL SECHS

«Sie hat sie dabei!»

Die Posten am Eingangstor posaunten die Nachricht heraus, als sie über den Schulhof zu der Gruppe liefen, die bei den Fahrradständern wartete. Helen Pratts hohe Gestalt war dabei und auch ihr pummeliger Verbündeter, Roger Edwards.

Es war Donnerstagmorgen und sie waren höchst gespannt, ob Lizzie es wagen würde, bei der Orchesterprobe aufzutauchen. Die Tatsache, dass man sie mit der Geige in die Schule kommen sah, bedeutete, dass sie genau das beabsichtigte.

«Das miese Dreckstück», fluchte Helen.

«Was sollen wir tun?», fragte ein Mädchen aus der zweiten Geige.

Helen warf ihr Haar über die Schultern zurück und hob die Nase in die Luft, als denke sie darüber nach. In Wahrheit war sie ratlos, abgesehen davon, dass sie Lizzie am liebsten den Hals umdrehen wollte.

«Wir klauen ihre Geige und verstecken sie», schlug ein Trompeter vor.

«Das bringt nichts», widersprach ein Flötist, «sie wird sich denken, dass wir es waren, und es dem alten Grimshaw sagen.»

«Dann machen wir die Geige kaputt», sagte ein Posaunist.

«Und sie gleich mit», lachte ein Schlagzeuger, der ein besonders aggressiver Typ war.

«Sei nicht dumm», zischte Helen, «da kriegen wir nur Probleme.»

«Na ja, aber irgendwas müssen wir tun», beharrte der Trompeter.

«Das werden wir auch», gab Helen zurück, aber sie sagte nicht, was.

Roger Edwards, ihr Stellvertreter, griff ein: «Wir haben nur eine Möglichkeit. Wir streiken.»

Und dabei beließen sie es, als die Schulglocke zum Unterricht rief.

Während des Vormittags spürte Lizzie eine Menge böser Blicke, aber niemand sprach sie an. Am Ende des Unterrichts packte sie Alice am Arm, als sie aus dem Klassenzimmer gingen.

«Komm», sagte sie, «wir gehen zur ersten Essgruppe.»

«Aber ich darf nicht», protestierte Alice.

«Sei doch kein Feigling. Das wird lustig!» Dann lief sie den Gang hinunter mit der nervösen Alice im Schlepptau.

Als sie in den Speisesaal kamen, blickte Lizzie kurz über die Tische. Sebastian war da mit seinen Freunden und auch die meisten vom Orchester.

Wenn Blicke töten könnten, wäre sie auf der Stelle tot umgefallen. Sie nahm einfach ihr Essen von der Durchreiche und ging extra an so vielen Orchestermitgliedern wie möglich vorbei, bevor sie sich an einen freien Tisch setzte.

«Schau sie an», flüsterte sie vergnügt, als Alice zu ihr

kam, «Helen Pratt sieht aus, als ob sie einen Kolikanfall hätte.»

«Willst du wirklich hingehen?», fragte Alice und schaufelte gierig Würstchen und gebackene Bohnen in sich hinein.

Lizzie grinste. Nach dem vergangenen Zusammenstoß mit dem Orchester hatte sie beschlossen, so gut wie möglich zu werden, bevor sie wieder teilnahm, und dann sollte ihr Spiel allen den Atem verschlagen.

«Nein! Ich will ihnen nur die Hölle heiß machen. Die glauben, dass ich meine Geige dabei habe. In Wirklichkeit habe ich nur einen leeren Kasten mitgebracht.»

Das Telefon klingelte, als Mrs. Barrett nach der Arbeit zur Haustür hereinkam. Sie ließ ihre Handtasche und zwei Plastikeinkaufstüten im Flur fallen und eilte in die Küche, um den Hörer abzunehmen.

«Hallo?», sagte sie atemlos.

«Renate Stokes am Apparat», tönte eine Stimme am anderen Ende.

Im ersten Moment konnte Mrs. Barrett nichts mit dem Namen anfangen. Dann fiel der Groschen. «Oh, Mrs. Stokes! Tut mir leid, ich bin gerade erst heimgekommen. Wie geht es Ihnen?»

«Könnte nicht besser sein. Ist es nicht wunderbar mit Elizabeth?»

«Wieso?»

«Ich habe noch nie einen Schüler gehabt, der so große Fortschritte macht. Und so schnell.»

«Wirklich?»

«Sie müssen ganz beglückt sein.»

Mrs. Barrett war weit davon entfernt, beglückt zu sein. Sie war so verwirrt, dass sie verstummte.

«Sind Sie noch da?», fragte Mrs. Stokes.

«Ja, ja, ich bin noch da.»

«Das ist gut. Ich habe darüber nachgedacht, was wir als Nächstes tun sollten.»

«Als Nächstes?»

«Es ist sehr wichtig, für ein begabtes Kind die richtige Entscheidung zu treffen.»

«Begabt?» Mrs. Barretts Stimme überschlug sich.

«Das müssen Sie doch bemerkt haben.»

Mrs. Barrett musste sich setzen. «Sie sprechen über Elizabeth Barrett?», fragte sie langsam. Vielleicht hatte Mrs. Stokes ihre Schüler verwechselt?

«Aber sicher. Nun würde ich sie mit Ihrer Erlaubnis gerne für die Prüfung Stufe drei anmelden. Ich habe auch an Stufe vier gedacht, aber das wäre im Augenblick vielleicht zu viel für sie.»

«Aber sie hat ja noch nicht einmal Stufe eins», wandte Mrs. Barrett ein.

«Das ist viel zu leicht für sie. Ist Ihnen Stufe drei also recht?»

«Was auch immer Sie für das Beste halten», sagte Mrs. Barrett hilflos.

«Gut. Wissen Sie, wenn sie weiter solche Fortschritte macht, denke ich an ein Vorspiel im Royal College of Music.»

«Royal College!» Mrs. Barrett verschlug es den Atem.

«Ich kenne einen der Professoren dort. Er ist mit jungen Spielern besonders gut. Aber wir wollen nichts überstürzen. Wir haben viel Zeit.»

«Das ist gut», murmelte Mrs. Barrett etwas erleichtert.

«Ach übrigens», fuhr Mrs. Stokes fort, «ich hoffe Sie denken nicht, ich wollte mich einmischen, aber ist ihr Bogen versichert?»

Mrs. Barrett versuchte nachzudenken. Sie wünschte, ihr Mann wäre da. «Ich glaube, er ist über die allgemeine Hausratsversicherung gedeckt.»

«Ich bezweifle, dass das ausreichend ist. Er kann sehr wertvoll sein.»

Mrs. Barrett war ganz verwirrt. «Aber er war doch bei der Geige und dem Kasten dabei. Ich glaube, alles zusammen kostete zwanzig Pfund.»

«Also der gewiss nicht. Den hat sie bei einem Trödler aufgetrieben.»

Trödler? Jetzt verstand Mrs. Barrett gar nichts mehr.

«Ich bin nicht sicher, was für einer es ist», sagte Mrs. Stokes, «aber ich kenne einen Geigenbauer, der es Ihnen sagen kann. Er wird auch den Wert des Bogens zuverlässig für Sie schätzen können. Ich gebe Ihnen seine Adresse.»

Zitternd suchte Mrs. Barrett in einem Becher mit Stiften und alten Schreibfedern nach einem Kugelschreiber und schrieb die Angaben auf einen Notizblock.

«Berichten Sie mir, was er sagt», bat Mrs. Stokes, «es interessiert mich ungeheuer. Grüßen Sie Elizabeth», fügte sie lebhaft hinzu.

Mrs. Barrett legte nachdenklich den Hörer auf, saß eine Weile da und versuchte das, was Mrs. Stokes gesagt hatte, zu begreifen.

«Ich brauche eine Tasse Tee», sagte sie schließlich und erhob sich, um sie zuzubereiten. Erstaunt stellte sie fest, dass sie immer noch ihren Mantel anhatte und dass ihre Handtasche und die Einkaufstüten noch im Flur lagen.

«Was war los?»

Lizzie sah ihren Vater finster an und durchbohrte Sebastian mit Blicken. Der Mistkerl!, dachte sie. Er hat vom Orchester erzählt. Sie war fest entschlossen, ihre Eltern da nicht hineinzuziehen, und erwiderte achselzuckend: «Nichts, Dad.»

«Erzähl mir nichts. Deine Mutter hatte heute einen Anruf von Mrs. Stokes.»

Lizzie erstarrte. «Oh?»

«Offensichtlich hält sie viel von deinem Geigenspiel. Kannst du das erklären?»

Lizzie schüttelte den Kopf; sie durfte ihm nichts von dem Bogen erzählen.

«Es muss dafür eine Erklärung geben», fuhr ihr Vater hartnäckig fort, «wir wissen doch alle, wie du spielst.»

«Vielleicht hat Lizzie sie bestochen», witzelte Sebastian. Er fing an zu lachen, aber ein Blick von seinem Vater brachte ihn zum Verstummen.

Sie saßen um den Küchentisch beim Abendessen. Mrs. Barrett hatte von dem Telefonanruf nichts gesagt, als Lizzie von der Schule heimkam. Sie hatte es für besser gehalten, zuerst mit ihrem Mann zu sprechen.

«Ich warte immer noch», sagte Mr. Barrett.

Lizzie fühlte sich gezwungen, etwas zu sagen, und stotterte: «Vielleicht bin ich ein bisschen besser geworden.»

«Mrs. Stokes denkt, dass du sehr begabt bist», sagte die Mutter.

«Begabt», spottete Sebastian. «Die muss verrückt sein!»

«Es reicht», schimpfte der Vater. «Hör mal, Lizzie, wir wissen nicht, was wir davon halten sollen. Du verziehst dich in den Gartenschuppen ...», es klang wie eine Anklage, «was passt dir nicht im Haus?»

«Ihr hasst es alle, wenn ich spiele», gab Lizzie zurück, «außerdem mag ich den Schuppen.»

«Es muss sehr kalt da draußen sein», sagte ihre Mutter.

«Ist es nicht.»

«Die Sache ist die», unterbrach Mr. Barrett, fest entschlossen, beim Thema zu bleiben, «wir wissen nicht, was los ist, deine Mutter fühlte sich wie ein Idiot.»

«Das stimmt nicht», protestierte Mrs. Barrett, «ich war nur etwas überrascht.» Sie lächelte Lizzie zaghaft an. «Mrs. Stokes möchte, dass du die Prüfung zur dritten Stufe machst; sie hat sogar an die vierte Stufe gedacht, meinte aber, das könnte noch zu schwierig sein.»

Stufe vier! Lizzies Herz klopfte vor Aufregung. Mithilfe des magischen Bogens könnte sie die Stufe drei schaffen. Aber Stufe vier! Da würde Helen Pratt wirklich vor Neid platzen.

«Also?», fragte der Vater.

Lizzie schob ihre Brille hoch auf die Nase. «Ich würde lieber Stufe vier nehmen», sagte sie nachdenklich.

«Du bleibst bei Stufe drei», riet ihr Vater. «Es hat keinen Sinn, deine Zeit auf etwas zu verschwenden, das zu schwierig ist.»

«Und wenn du es gut machst», fügte ihre Mutter heiter hinzu, «schlägt Mrs. Stokes dich vielleicht für ein Vorspiel am Royal College of Music vor.»

«Donnerwetter», gluckste Sebastian, «Lizzie wird eine Konzertgeigerin.»

Lizzie streckte ihm die Zunge raus.

«Hört auf, ihr zwei», befahl der Vater, «das ist eine bedeutende Angelegenheit. Aber was anderes: Was ist das mit dem neuen Bogen?»

Lizzie wurde es eiskalt. «Was für ein Bogen?»

«Der, den du beim Trödler aufgetrieben hast. Welcher Laden war das übrigens?»

«Der ... der ... bei der High Street», stammelte Lizzie, sie hoffte inbrünstig, dass er nichts Näheres darüber wissen wollte.

Zum Glück brummte er nur etwas. Aber dann fuhr er fort: «Es sieht so aus, als müssten wir ihn versichern.»

«Wieso?», rief sie in Panik.

«Mrs. Stokes meint, dass er möglicherweise wertvoll ist», sagte die Mutter. «Sie schlägt vor, dass wir ihn von einem Experten schätzen lassen.»

«Aber der ist nicht wertvoll. Er hat nur ein Pfund gekostet.»

«He, warum verkaufen wir ihn nicht?», schlug Sebastian vor. «Wow, das könnte unser Glückstag sein!»

«Nein!», schrie Lizzie.

Sie konnte es nicht mehr ertragen. Sie floh aus der Küche und die Treppe hinauf in ihr Zimmer. Der Türknall erschütterte das ganze Haus.

«Was ist in sie gefahren?», fragte Mr. Barrett. «Ich habe nur gesagt, dass wir den Bogen vielleicht versichern müssen.»

ER BEUGTE SICH VOR UND KAM IHR MIT SEINEM GESICHT GANZ NAH. «VERGISS EINES NICHT: DIE ANGST IST DER FEIND EINES JEDEN MUSIKERS.»

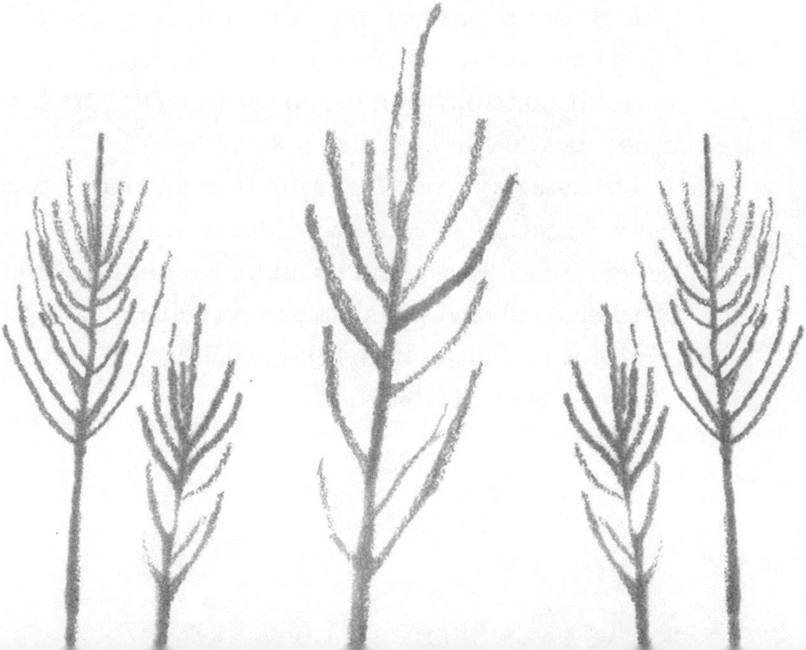

KAPITEL SIEBEN

Wie immer war es Mrs. Barrett überlassen, sich um Lizzie zu kümmern. Sie fand sie wie eine Kugel zusammengerollt, ein Kissen fest umklammernd, auf ihrem Bett. Sie setzte sich neben sie und versuchte vorsichtig herauszufinden, was sie bedrückte. Aber sie bekam von Lizzie nur zu hören: «Ihr dürft den Bogen nicht verkaufen!» Nachdem sie ihr wiederholt versprochen hatte, dass sie es niemals tun würden, war Lizzie schließlich beruhigt und Mrs. Barrett versuchte sie dazu zu bewegen, dass sie herunterkam und fertig aß. Aber Lizzie weigerte sich, das Zimmer zu verlassen. Sie konnte und wollte keine weiteren Fragen um den Bogen ertragen.

«Soll ich dir ein Glas Milch heraufbringen?», bot ihr die Mutter an.

«Nein, danke.»

Mrs. Barrett seufzte und lächelte Lizzie liebevoll an. «Ich weiß, wir waren nicht nett wegen deinem Geigenspiel. Aber offensichtlich hatten wir Unrecht. Mrs. Stokes denkt, dass du sehr begabt bist, weißt du.»

Lizzie sagte nichts. Das ganze Gerede über «begabt sein» war wirklich entnervend. Nicht sie war es, es war der magische Bogen. Und sie durfte ihn nur drei Monate behalten. Und eine Woche war schon vorbei.

«Möchtest du wirklich keine Milch?»

Lizzie schüttelte den Kopf.

«Ich komme dann nachher noch mal zum Gute-Nacht-Sagen.»

Später am Abend machte sich Lizzie fertig fürs Bett, und wie versprochen kam die Mutter, um ihr Gute Nacht zu wünschen. Aber Lizzie war zu aufgeregt, um schlafen zu können. Sie drehte und wälzte sich, endlos kreisende Gedanken plagten und quälten sie. Sie war immer noch wach, als ihre Eltern zu Bett gingen.

Es war gut und schön, den magischen Geigenbogen zu haben. Aber Mr. Rostikoffs Bedingungen waren eine schreckliche Last, viel schrecklicher, als sie es je geahnt hatte. Es war schlimm genug, dass sie niemandem sagen konnte, dass ihr Fortschritt mit dem magischen Bogen zusammenhing. Aber die Aussicht darauf, ihn von einem Experten schätzen lassen zu müssen, machte alles noch schlimmer. Damit würde die Katze aus dem Sack gelassen. Und was sollte sie dann tun? Wenn alles so ausweglos war, wäre es ihr lieber, dass Mr. Rostikoff ihr den Bogen nie geliehen hätte. Aber dann hätte sie nie das Glück erfahren, mit ihm zu spielen, und sie hätte auch keine Chance, mit dem Orchester abzurechnen. Hin und her gerissen zwischen all diesen Fragen hörte sie ihre Eltern aus dem Bad kommen und ihre Schlafzimmertür schließen. Kurz darauf stoppte das Summen des Heizkessels. In die Stille hinein vernahm sie das Klicken der Nachttischlampen im Elternschlafzimmer. Alles kam jetzt zur Ruhe, nur sie nicht.

Warum hatte Mr. Rostikoff ihr den Bogen geliehen? Hatte er es nur aus Mitleid getan?

«Oh, Mr. Rostikoff», jammerte sie innerlich, *«ich wünschte, Sie wären hier, um es mir zu sagen.»*

Kurz darauf schreckte sie ein Geräusch am Fenster auf, es klang wie Hagel oder wie ein Ast, der gegen die Scheibe geweht wird. Aber in der Nähe des Hauses gab es keine Bäume und die Nacht schien vollkommen ruhig. Angespannt lag sie unter ihrer Decke und fragte sich, woher dieses Geräusch kam. Als es wieder auftrat, wusste sie plötzlich, was es war. Jemand warf kleine Kieselsteinchen gegen die Scheibe.

Sie kletterte aus dem Bett, eilte ans Fenster und spähte hinaus. Der Garten war in silbrig blaues Mondlicht gehüllt, alles sah verzaubert aus. Direkt unter ihr, am Rand des Rasens, stand eine dunkle Gestalt. Beim Anblick des breitrandigen Hutes und des langen Mantels machte ihr Herz einen Sprung. Mr. Rostikoff!

Schnell öffnete sie das Fenster und steckte den Kopf raus.

«Ich bin gleich unten», rief sie leise, und er winkte zurück.

In großer Eile zog sie ihren Bademantel und die Hausschuhe an, setzte ihre Brille auf und schlüpfte in ihre Jacke, um es warm genug zu haben. Dann öffnete sie ganz sachte die Tür und schlich, sie wagte kaum zu atmen, über den Gang und die Treppe zur Küche hinunter. Sie nahm den Schlüssel für die Hintertür vom Haken und öffnete sie. Kalt schlug ihr die Nachtluft entgegen, aber sie war zu aufgeregt, um es zu spüren. Sie rannte zu Mr. Rostikoff, der ihr entgegenschlurfte.

«Ach, Mr. Rostikoff», flüsterte sie, «ich bin so froh, Sie zu sehen.»

«Ich sollte gar nicht hier sein», sagte er und grinste wie ein frecher Schuljunge. «Was ist das Problem?»

«Sie wissen von dem Bogen!»

Er blickte sie scharf an. «Wie viel wissen sie?»

«Nur, dass ich ihn habe. Ich habe ihnen gesagt, dass ich ihn bei einem Trödler gekauft habe.»

Er lächelte anerkennend. «Das war klug. Aber was stimmt denn nicht? Ist der Bogen nicht in Ordnung?»

«Er ist zu gut!», antwortete sie leidenschaftlich. «Die glauben, dass ich eine hochbegabte Geigerin bin. Meine Lehrerin redet vom Vorspiel im Royal College of Music.»

«Das ist ein hervorragender Ort.»

«Aber ich bin es nicht! Es ist der Bogen!»

«Ah», er nickte verständnisvoll, «du machst dir Sorgen um die Zukunft.»

«Aber sicher tu ich das!»

«Lass es! Überlass das den Spießbürgern.»

«Den wen?»

«Das sind solide, anständige Leute, wie dein Vater. Er macht sich Sorgen um die Zukunft. Das soll er auch. Er ist Versicherungskaufmann. Aber das geht Musiker nichts an. Glaubst du, Beethoven hat sich Sorgen um die Zukunft gemacht, als er taub wurde? Oder Händel, als er blind wurde? Bestimmt nicht. Sie haben weiter große Musik komponiert.»

«Aber ich bin nicht wie sie. Und ich weiß nicht, was ich tun soll.»

Er breitete seine Arme aus und zuckte die Achseln. «Ich kann es dir nicht sagen. Du musst entscheiden. Folge einfach deinem Gefühl.» Er hob plötzlich den Kopf, als hätte man ihn gerufen. «Ups, ich muss fort.» Er beugte sich vor und kam ihr mit seinem Gesicht ganz nah. «Vergiss eines nicht: Die Angst ist der Feind eines jeden Musikers.»

Damit richtete er sich auf und begann sich zu entfernen.

«Warten Sie!», rief Lizzie verzweifelt. «Ich habe Ihnen noch nicht gesagt, dass sie den Bogen versichern wollen.»

Er winkte abwehrend und löste sich in einen dunklen Schatten auf.

Allein in dem vom Mond beschienenen Garten zurückgelassen, kuschelte Lizzie sich in ihre Jacke, sie war verwirrt und enttäuscht. Er hatte ihr in keiner Weise gesagt, was sie tun sollte, er hatte die Entscheidung ganz in ihre Hände gelegt. Und was hatte seine letzte Geste zu bedeuten? Hieß es, dass er sich wegen der Versicherung keine Sorgen machte? Oder meinte er, sie sollte die anderen ruhig machen lassen und den Bogen versichern lassen? Es war ihr ein Rätsel.

Wenigstens hatte er ihr gesagt, dass sie sich um die Zukunft keine Sorgen machen musste. Das war ein gewisser Trost, aber es war leichter gesagt als getan. Und mit der Angst hatte er recht. Sie war ein Feind, das wusste sie nur allzu gut.

«Folge einfach deinem Gefühl ...» Seine Worte hallten in ihrem Gedächtnis wider.

Ob sie das wagte?

In diesem Moment schrie eine Eule. Es klang Lizzie wie ein Ruf der Bestätigung.

Voll neuem Vertrauen zog sie ihre Jacke enger um sich und lief zurück zum Haus.

ER TESTETE DIE BALANCE, DREHTE IHN IN SEINER HAND UM, HIELT IHN SICH VOR DAS AUGE, SCHAUTE IHN VON OBEN BIS UNTEN AN, PRÜFTE DIE SPITZE UND DEN FROSCH UND DREHTE AN DER SCHRAUBE.

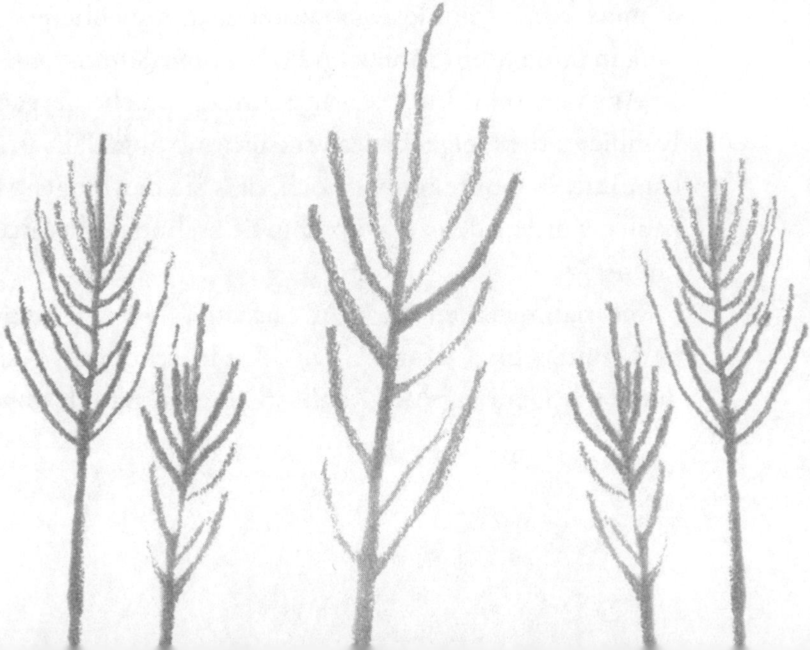

KAPITEL ACHT

«Ich habe mich entschieden», verkündete Lizzie, als sie zum Frühstück herunterkam, «ich möchte die Stufe vier machen.»

Mr. und Mrs. Barrett schauten sich an und seufzten. Warum musste ihre Tochter immer so schwierig sein?

«Und ich will den Bogen nicht versichern lassen», fuhr sie fort.

Was das anbelangte, fühlte Mr. Barrett sich nun auf sicherem Boden. «Das hast du nicht zu entscheiden», gab er zurück. «Ich bin derjenige, der die Prämie bezahlen muss.»

«Aber Dad ...»

«Kein Aber! Wir zeigen ihn diesem Geigenbauer. Und damit hat sich's.»

Lizzie merkte an dem unerbittlichen Ton in seiner Stimme, dass es sinnlos war, weiter zu argumentieren. Sie sank in ihren Stuhl zurück und sah sehr verstimmt aus.

Am nächsten Tag, es war Samstag, brach die ganze Familie zu der Geigenbauerwerkstatt auf. Sogar Sebastian kam mit. Er hoffte immer noch, dass sie den Bogen verkaufen würden, denn er wünschte sich sehnlich ein Smartphone.

Sie nahmen den Bus zur nächsten U-Bahn-Station und fuhren bis Oxford Circus. Dann schoben sie sich durch das Gedränge der Kauflustigen, Mr. Barrett voran, in altmodischer Weise mit dem Stadtplan von London bewaffnet. Der Rest der Familie konnte kaum mit ihm Schritt halten.

Nachdem sie etliche große Kaufhäuser passiert hatten, bog er in eine Nebenstraße ein und führte sie durch ein Gewirr kleiner Gassen, die allerlei Trödlern überlassen schienen. Lizzie lief langsam hinterher, ihren Geigenkasten unterm Arm. Sie fürchtete den Augenblick, wenn sie Mr. Rostikoffs Bogen dem Geigenbauer zeigen musste.

Als sie die richtige Straße gefunden hatten, wären sie beinahe an dem Laden vorbeigelaufen, denn er war zwischen einem Pub und einem Geschäft für Künstlerbedarf förmlich eingekeilt und die Fassade sah wenig ansprechend aus. Es gab nichts im Schaufenster außer einem halblangen grünen Vorhang, der jegliche Sicht ins Innere verwehrte. Aber auf der Scheibe stand in verblassten Goldbuchstaben:

GUISEPPE BARTOLI
GEIGENBAUER
RESTAURIERUNG UND REPARATUREN

«Das ist es», sagte Mr. Barrett.

Er stieß die Tür auf und ging von seiner Frau und Sebastian gefolgt hinein. Lizzie trottete unruhig und bedrückt hinterher.

Drinnen war schwaches Licht und es roch nach Holz und Leim. Ein altmodischer Ladentisch aus Mahagoni nahm die Länge des Ladens ein. An einer Wand waren verglaste Schränke, in denen sich verschiedene Geigen und Bögen befanden. Celli in festen Kästen oder weichen Hüllen waren an einer anderen Wand aufgereiht, und mehrere Kontrabässe lehnten in einer Ecke. Alle trugen die Namensschilder ihrer Besitzer.

Außer ihnen war niemand im Laden, aber von irgendwo im Hintergrund hörten sie ein Radio und das Geräusch einer Säge. Mr. Barrett drückte auf die Klingel auf dem Ladentisch, neben die ein Zettel mit der Aufschrift «Bitte läuten» geheftet war.

Als sich niemand rührte, drückte er noch einmal fester und länger, und dieses Mal gab es eine Reaktion. Das Sägen verstummte, das Radio wurde ausgemacht und ein großer, dünner Mann öffnete hinten im Laden eine Tür, sodass ein gelber Lichtstrahl in den Raum fiel. Er knipste die Beleuchtung an und trat zu ihnen. Er war etwa dreißig, hatte ein längliches, verdrießliches Gesicht und strähnige Haare, die ihm fast bis auf die Schultern reichten. Über einem alten Wollpullover und zerfransten Jeans trug er eine Schürze, die voll Sägemehl war.

«Warten Sie schon lange?», fragte er. «In der Werkstatt hört man die Klingel kaum. Was kann ich für Sie tun?»

«Mr. Bartoli?», fragte Mr. Barrett.

«Tut mir leid. Er ist nicht da.»

Drei der Barretts machten lange Gesichter. Aber Lizzies Gesicht leuchtete kurz voll Hoffnung auf.

«Erwarten Sie ihn bald zurück?», erkundigte sich Mr. Barrett höflich.

«Heute nicht mehr. Er ist nach Brighton gefahren.»

Lizzies Hoffnung schnellte in die Höhe.

«Ach», seufzte Mrs. Barrett, «und wir haben extra den weiten Weg gemacht.»

«Kann ich helfen?»

«Nun ...», Mr. Barrett zögerte.

«Vergiss es, Dad», drängte Lizzie und lief zur Tür.

Ihr Vater beachtete sie nicht. «Uns wurde empfohlen, mit Mr. Bartoli zu sprechen», sagte er zu dem Mann. «Aber da wir nun mal hier sind ... Wir brauchen einen Rat, wissen Sie, es handelt sich um den Geigenbogen meiner Tochter. Ihre Lehrerin meint, dass er vielleicht wertvoll ist. Es geht um die Versicherung. Können Sie ihn schätzen?»

«Sicher», erwiderte der Mann lässig, «schauen wir ihn mal an.»

Mr. Barrett winkte Lizzie, die zögernd an der Tür stand. «Komm Lizzie, zeig ihm den Bogen.»

Langsam, mit klopfendem Herzen kam Lizzie herbei und legte den Geigenkasten auf den Ladentisch. Ihre Hände zitterten, als sie am Verschluss herumhantierte.

«Beeil dich», sagte ihr Vater.

Sie schob ein paar Mal ihre Brille zurecht und schluckte schwer, schließlich öffnete sie den Deckel und nahm den Bogen aus der Halterung. Der Mann wischte sich die Hände an der Schürze ab und nahm ihn mit langen, knochigen Fingern von ihr entgegen.

Während der Rest der Familie gespannt auf sein Urteil wartete, verfolgte Lizzie jede seiner Bewegungen und versuchte seine Reaktion abzulesen. Aber sein Gesichtsausdruck verriet nichts. In ihrer Aufregung kam es ihr vor, als brauche er eine Ewigkeit, um den Bogen zu untersuchen. Er testete die Balance, drehte ihn in seiner Hand um, hielt ihn sich vor das Auge, schaute ihn von oben bis unten an, prüfte die Spitze und den Frosch und drehte an der Schraube. Als er endlich fertig war, sagte er gleichgültig: «Es ist ein ganz netter Bogen. Ich schätze ungefähr dreißig Jahre alt ...»

Lizzie hätte fast laut aufgejubelt. *Er hat es nicht erkannt! Er hat es nicht erkannt!*

«Er ist also wertvoll?», fragte Mr. Barrett.

Der Mann zuckte die Achseln. «Nicht wirklich. Ich würde sagen zwanzig ... vielleicht fünfundzwanzig Pfund.»

«Nicht mehr?», rief Sebastian enttäuscht.

«Mehr werden Sie dafür nicht bekommen», sagte der Mann und legte den Bogen auf den Ladentisch. «Fünfundzwanzig Pfund. Das Höchste!»

Lizzie war überglücklich, aber sie behielt ihre Gefühle für sich. Rasch schob sie den Bogen wieder in die Halterung und machte den Geigenkasten zu, bevor der Mann womöglich seine Meinung änderte.

«Aber geben Sie uns doch Ihre Adresse. Ich spreche mit Mr. Bartoli, wenn er am Montag wieder da ist.»

«Ich bin sicher, dass das nicht nötig ist», sagte Mr. Barrett. Er war erleichtert, nicht Unsummen für Versicherungsprämien ausgeben zu müssen.

«Man kann nie wissen. Ich könnte mich ja täuschen. Es schadet doch nie, eine zweite Meinung zu hören, oder?», sagte der Mann zu Mrs. Barrett.

«Vielleicht sollten wir sie ihm geben, John?»

Mr. Barrett seufzte: «Na gut.» Er gab dem Mann ihre Adresse und die Telefonnummer.

Lizzie konnte nicht schnell genug aus dem Laden kommen. Sie war schon durch die Tür und auf dem Bürgersteig, während die anderen sich noch verabschiedeten.

«Wir haben es geschafft, Mr. Rostikoff», murmelte sie, «wir haben es überstanden!» Aber als die anderen auftauchten, machte sie sofort wieder ein ernstes Gesicht.

«Hoffentlich bist du nicht zu enttäuscht», sagte die Mutter.

«Natürlich nicht. Ich habe doch gleich gesagt, dass Mrs. Stokes sich getäuscht hat.»

«Du hast trotzdem ein Geschäft gemacht», sagte ihr Vater, er klang erstaunlich heiter. «Ein Pfund für einen Bogen, der fünfundzwanzig wert ist, da kann man sich nicht beklagen. Kommt. Wir gehen in ein Café, bevor wir heimfahren.»

Dieses Mal bildete Sebastian das Schlusslicht. Er trottete, die Hände in den Hosentaschen, hinterher und tat sich selbst sehr leid. All seine Hoffnung auf ein Smartphone war zunichte gemacht.

Der Mann sah ihnen verstohlen über den Vorhang hinterher, bis sie verschwunden waren. Dann lief er eilig in die Werkstatt, riss den Telefonhörer von der Wand und tippte eine Nummer ein. Er pfiff vor sich hin, während er darauf wartete, dass jemand abnahm.

«Barry? Ich bin's, Greg. Du wirst es nicht glauben. Ich habe gerade einen François Tourte-Bogen gesehen.»

LANGSAM HOLTE SIE DEN BOGEN HINTER IHREM RÜCKEN VOR. BEVOR SIE IHN IHM GEBEN KONNTE, ENTRISS ER IHN IHREM GRIFF UND UNTERSUCHTE IHN GIERIG.

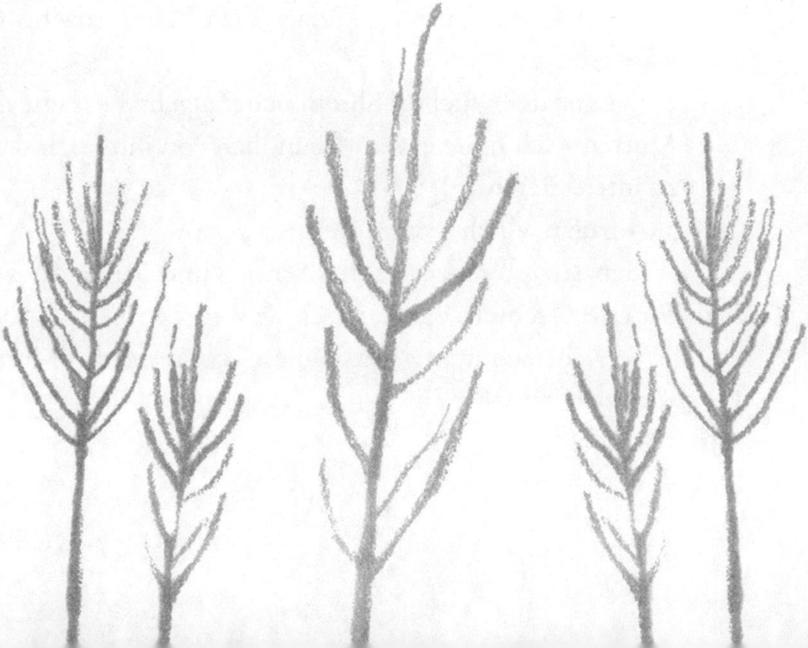

KAPITEL NEUN

Am darauffolgenden Montag fand Mrs. Barrett, als sie von der Arbeit kam, eine Nachricht im Briefkasten.

ICH BEDAUERE, DASS ICH SIE VERPASST HABE. KOMME HEUTE ABEND WIEDER. BARTOLI.

Mrs. Barrett schüttelte den Kopf. Dummer Kerl, dachte sie. Er hätte vorher anrufen müssen.

Als Sebastian und Lizzie von der Schule kamen und sie zusammen beim Tee saßen, erzählte sie ihnen von Mr. Bartolis Besuch.

«Du hast ihm doch nicht den Bogen gezeigt?», fragte Lizzie heftig.

«Nein, ich war ja nicht da. Er hat eine Nachricht hinterlassen.» Mrs. Barrett deutete auf ein Stück Papier auf der Anrichte. Sebastian griff hinter sich, um es anzuschauen. «Er kommt heute Abend wieder», sagte er.

«Oh nein», stöhnte Lizzie, «ich habe gedacht, das wäre erledigt.»

«Es ist doch nicht schlimm sicherzugehen», sagte ihre Mutter. «Ich finde es sehr freundlich von ihm, sich dafür zu interessieren.»

«Sagen wir eher: zu stören.»

Sebastian betrachtete den Schrieb und bemerkte: «Er hat eine fürchterliche Handschrift.»

«Nicht schlimmer als deine», konterte die Mutter, «er hatte es sicher eilig.»

«Ich zeige ihm den Bogen nicht», erklärte Lizzie entschlossen und erhob sich vom Tisch.

«Bitte mach jetzt keine Schwierigkeiten», flehte ihre Mutter, «wir wollen ja nur das Beste.»

Oben in ihrem Zimmer fing Lizzie mit ihren Hausaufgaben an. Aber es fiel ihr schwer, sich zu konzentrieren, ständig kreisten ihre Gedanken um Mr. Bartolis Besuch. Sie versuchte, sich die Sorge auszureden. Schließlich hatte der Mann in dem Laden den Bogen nicht erkannt. Da war es doch gut möglich, dass es Mr. Bartoli genauso gehen würde. Aber sie war trotzdem besorgt und überlegte angestrengt, wie sie verhindern konnte, dass er ihn zu sehen bekam.

Das Einzige, was ihr einfiel, war, ihn zu verstecken. Es gab viele Möglichkeiten: unter ihrem Bett, im Schrank, draußen in der Garage, im Schuppen. Aber sie wusste, dass keiner dieser Orte wirklich geeignet war. Ihre Mutter wollte sie zwingen, den Bogen zu zeigen. Und sie konnte ja nicht einfach behaupten, dass sie ihn verloren hatte.

Weil sie keine andere Idee hatte, mühte sie sich weiter mit ihrem Aufsatz über die Römer in Britannien ab. Aber ihr Herz war nicht bei der Sache, nach einer Weile stand sie auf und wanderte ans Fenster. Der Abend rückte näher und es war draußen schon fast dunkel.

«Oh, Mr. Rostikoff», murmelte sie», «können Sie nicht kommen und den Bogen mitnehmen, wenigstens bis der Geigenbauer wieder gegangen ist?»

Sie presste das Gesicht gegen die Scheibe und starrte hinaus, in der Hoffnung, ihn zu erblicken. Immer wenn sie in den Schatten eine Bewegung wahrnahm, hielt sie den Atem an. Aber es war nur der Wind, der durch die Bäume strich. Sie wartete einige Minuten. Dann ließ sie enttäuscht die Schultern sinken. Mr. Rostikoff kam nicht. Unglücklich trat sie vom Fenster zurück und machte sich wieder an die Hausaufgaben.

Als Lizzie einige Zeit später in ihrem Zimmer übte, klingelte es an der Haustür. Jetzt, nachdem alle von der Veränderung in ihrem Geigenspiel wussten, gab es kaum einen Grund, im Schuppen zu spielen. Mum sagte, sie freute sich, ihr zuzuhören, während sie das Abendessen zubereitete.

Ja, sie bat sie sogar, ihre Zimmertür offen zu lassen.

Bei dem Klingelton zuckte Lizzie zusammen und es lief ihr kalt über den Rücken. Angestrengt lauschte sie auf die Geräusche, die vom Öffnen und Schließen der Tür und von Stimmen im Flur kamen.

«Lizzie», rief ihre Mutter, «Mr. Bartoli ist da!»

Lizzie stöhnte. Sie hatte keine Eile, ihn zu sehen. Mit Sebastian war es anders. Seine Tür flog auf und seine Schritte polterten über den Gang und die Treppe hinunter.

Lizzie ließ sich Zeit, sie packte ihre Noten weg und legte die Geige in den Kasten. Sie wollte den Bogen draußen lassen, änderte aber ihr Vorhaben und steckte ihn in die Halterung. Wenn sie nun schon den Bogen zeigen musste, würde sie es nicht kampflos tun. Wild entschlossen presste sie die Lippen aufeinander und verließ schließlich das Zimmer.

Als sie die Treppe erreichte, hörte sie ihre Mutter fragen: «Leben Sie schon lange in England?»

«Schon viele Jahre», antwortete eine Männerstimme.

Lizzie verzog missbilligend das Gesicht über seinen breiten italienischen Akzent. Fest entschlossen, bei ihrem Plan zu bleiben, betrat sie leise die Küche. Ihre Augen wanderten sofort zu dem Besucher, der mit dem Rücken zur Tür saß. Beim Anblick seines kahlen Schädels und des dicken Mantels fasste sie unmittelbar eine Abneigung gegen ihn.

«Lizzie», rief ihre Mutter, «wo bleibst du? Du lässt Mr. Bartoli warten.»

Sie machte Tee, und Sebastian half erstaunlicherweise und holte einen Krug Milch aus dem Kühlschrank. Der Besucher wandte sich um und begrüßte Lizzie mit einem schmierigen Lächeln. Er war etwa vierzig, hatte rote Wangen und ein Doppelkinn. Sein offener Mantel enthüllte einen glänzenden Nadelstreifenanzug und einen kugeligen Bauch.

«Das ist also die junge Geigerin», sagte er. «Hast du den Bogen gebracht, um ihn mir zu zeigen?»

Trotzig schüttelte sie den Kopf

«Lizzie», empörte sich ihre Mutter, «geh und hole sofort den Bogen!»

Lizzie blieb standhaft. «Ich möchte nicht, dass er ihn sieht.»

«Lizzie!» Mrs. Barrett wandte sich entschuldigend an den Besucher: «Es tut mir sehr leid, Mr. Bartoli, ich weiß nicht, was in sie gefahren ist.»

«Machen Sie sich keine Sorgen, Signora», sagte er aalglatt. «Ich verstehe das. Es ist das künstlerische Temperament. Wie steht es mit einer Tasse Tee?»

«Ja, natürlich.» Sie goss Milch und Tee in eine Tasse mit Unterteller und reichte sie ihm. «Bitte bedienen Sie sich mit Zucker.»

Während er mehrere Löffel Zucker in die Tasse häufte, trat Mrs. Barrett rasch zu Lizzie, die noch immer an der Tür stand.

«Willst du bitte tun, was ich sage», flüsterte sie. «Geh und hole den Bogen!»

«Wozu?», forderte Lizzie laut. «Wir wissen, was der Mann in dem Laden davon gehalten hat.»

«Du meinst Greg?» Der Mann grinste und rührte in seiner Teetasse. «Ich glaube, er hat gesagt, dass der Bogen zwanzig Pfund wert ist.»

«Fünfundzwanzig», verbesserte Sebastian.

Der Besucher grinste wieder. «Na ja, vielleicht hat er recht. Manchmal verschätzt er sich aber auch.» Schlürfend nahm er einen Schluck Tee.

Mrs. Barrett schaute ihre Tochter streng an. «Hör auf mit dem Unsinn. Oder ich lasse Sebastian ihn holen.»

Lizzie verzog das Gesicht, sie wollte nicht, dass Sebastian in ihrem Zimmer herumwühlte.

«Soll ich mit dir raufkommen?», fragte der Besucher.

Ganz gewiss wollte Lizzie nicht ausgerechnet IHN in ihrem Zimmer. «Nein, ich hole ihn», murmelte sie verärgert und stürmte hinaus. Sie hatte ihr Möglichstes getan.

Mrs. Barrett kehrte unter tausend Entschuldigungen zum Tisch zurück. «Es ist mir wirklich unangenehm, Mr. Bartoli. Sie kann manchmal eine ganz schöne Plage sein.»

«Ach, Töchter ...», sagte er verständnisvoll und nahm noch einen Schluck Tee.

«Ich nehme an, Sie machen viele Schätzungen», sagte Sebastian, der dieses Mal auf ein besseres Ergebnis hoffte.

«Zu viele, um dir eine Zahl nennen zu können.»

«Haben Sie das in Brighton auch gemacht?»

«Brighton?»

«Am Samstag.»

«Ach ... ja.»

Der Besucher leerte die Tasse.

«Möchten Sie noch eine?», fragte Mrs. Barrett.

«Nein, vielen Dank, aber der Tee war sehr gut.»

Hoffnungsvoll blickte Mrs. Barrett zur Tür. Aber es gab immer noch kein Zeichen von Lizzie.

«Kennen Sie Mrs. Stokes gut?», fragte sie, um die Unterhaltung anzuregen.

«Na ja ... ziemlich gut.» Das klang nicht sehr überzeugend.

«Sie ist Lizzies Geigenlehrerin.»

«Ach wirklich? Eine ausgezeichnete Wahl.» Er klang jetzt sicherer. «Oh ja, Mrs. Stokes ist eine sehr gute Freundin. Ich lerne Englisch von ihr.»

«Aber sie ist Deutsche», widersprach Sebastian.

«Ja, ja, aber ...» Der Besucher verlor etwas die Fassung und wandte sich zur Tür. Lizzies Eintreten half ihm aus der Verlegenheit. «Da ist sie!» Er strahlte. «Aber wo ist der Bogen?»

Mit versteinertem Gesicht weigerte sich Lizzie zu antworten.

Er schaute sie einen Moment an. Dann schüttelte sich sein Körper vor schallendem Gelächter. «Ich weiß, wo er ist.» Er deutete hinter ihren Rücken.

Lizzie weigerte sich immer noch, ihn zu zeigen.

«Lass mich ihn sehen», befahl er ungeduldig und wackelte mit seinen pummeligen Fingern.

Nun konnte Lizzie den schrecklichen Augenblick nicht länger hinauszögern. Langsam holte sie den Bogen hinter ihrem Rücken vor. Bevor sie ihn ihm geben konnte, entriss er ihn ihrem Griff und untersuchte ihn gierig. Besonders schien er sich für die Perlmuttsterne zu interessieren.

«Ach Gregory, was bist du für ein dummer Kerl», sagte er scherzend, «stellt euch vor, nur zwanzig Pfund wert ...», er schaute Sebastian an, «Entschuldigung, fünfundzwanzig.»

«Sie glauben, dass er mehr wert ist?», fragte Sebastian eifrig.

«Oh, viel mehr.»

«Wie viel?»

Lizzie hielt den Atem an.

Der Besucher zog die Mundwinkel nach unten, während er über seine Antwort nachdachte. «Er ist für Ihre Tochter natürlich zu groß», wandte er sich tadelnd an Mrs. Barrett, «damit kann sie doch nicht spielen. Ich sage Ihnen, was wir machen: Ich gebe ihr einen hübschen kleinen Bogen und zahle Ihnen ... siebzig Pfund für diesen.»

Lizzie runzelte die Stirn. Hatte er es nicht erkannt? Er hatte mehr geboten als der Mann im Laden, aber er hatte nichts über den Bogen selbst gesagt.

«Das ist nicht genug», rief Sebastian. Wieder war seine Hoffnung auf das Smartphone zerstört.

«Dann fünfundsiebzig», entgegnete der Besucher. Er nahm an, Lizzies Bruder wollte den Preis steigern.

«Das reicht auch nicht», schimpfte Sebastian.

Der Besucher starrte ihn an. «Achtzig. Das ist mein letztes Angebot.»

«Aufhören!», rief Lizzie.

In diesem Moment fiel die Haustür ins Schloss und Mr. Barrett trat ein. «Was ist hier los?»

«Oh, John», rief seine Frau erleichtert, «das ist Mr. Bartoli. Er ist gekommen, um Lizzies Bogen anzuschauen.»

«Ach wirklich?» Mr. Barrett sah gar nicht erfreut aus bei der Aussicht auf drohende teure Versicherungsprämien.

Der Besucher legte den Bogen auf den Tisch und erhob sich schwerfällig vom Stuhl, um Mr. Barretts Hand zu schütteln. Lizzie ergriff die Gelegenheit, stürzte vor und packte den Bogen.

«Nun, was halten Sie davon?»

«Er will ihn kaufen», schaltete Sebastian sich ein.

«Ach wirklich? Für wie viel?»

«Achtzig Pfund», antwortete Sebastian verächtlich.

«Und ich gebe ihr einen hübschen kleinen Bogen obendrein zum Tausch», fügte der Besucher hinzu. «Dieser hier ...», er wandte sich zu dem Bogen auf dem Tisch und sah, dass Lizzie ihn hatte, «... dieser hier ist viel zu groß für sie.»

«Das ist er nicht», beharrte sie mutig.

«Ich zahle bar», sagte er zu Mr. Barrett und nahm sogleich einen Packen Geldscheine aus seiner Tasche.

«Dad», schrie Lizzie, «sag ihm, dass wir ihn nicht verkaufen!»

«Achtzig Pfund, was?», sagte Mr. Barrett nachdenklich.

«Einen besseren Deal werden Sie nicht bekommen.»

Mr. Barrett rümpfte die Nase. «Wir sind eigentlich nicht auf einen Deal aus, wir wollen nur eine Wertschätzung aus Versicherungsgründen.»

«Hundert.» Der Besucher wurde zunehmend nervös.

«Nimm es nicht, Dad», flehte Lizzie.

«Wir haben es versprochen, John», erinnerte ihn Mrs. Barrett.

Mr. Barrett dachte kurz nach, dann richtete er sich auf und sagte: «Stecken Sie Ihr Geld weg, Mr. Bartoli, wir verkaufen nicht.»

«Hurra», jubelte Lizzie.

«Aber er ist zu groß für sie», erregte sich der Besucher.

«Wir verkaufen trotzdem nicht.»

Der Besucher starrte Mr. Barrett an. Dann machte er plötzlich kehrt und stürmte aus der Küche. Mr. Barrett folgte ihm rasch zur Haustür.

Erleichtert und sehr erschöpft sank Lizzie auf einen Stuhl und presste den magischen Bogen an ihre Brust.

«Er hat einen komischen Akzent», sagte Sebastian, während Mrs. Barrett das Teegeschirr wegräumte. «Hast du gemerkt, wie das schwankte?»

«Eigentlich nicht», antwortete sie. Sein plötzlicher Aufbruch beunruhigte sie und sie hoffte, dass sie nicht unhöflich gewesen waren. Vielleicht hätte sie ihn besser in das Wohnzimmer eingeladen, statt ihm den Tee in der Küche anzubieten? «Jetzt aber aus dem Weg», sagte sie und schob Sebastian zur Seite, um an den Kühlschrank zu kommen, «ich bin spät dran mit dem Abendessen.»

«Tja, das ist eine wundersame Vermehrung», sagte Mr. Barrett, als er wieder in die Küche kam. «Der Wert deines Bogens scheint sprunghaft zu steigen.»

«Er fing mit siebzig an», sagte Sebastian.

«Wirklich? Was für ein Gauner. Ich wundere mich, dass Mrs. Stokes ihn empfohlen hat. Aber trotzdem sind hundert Pfund nicht zu verachten. Du kannst deinen Entschluss immer noch ändern, Lizzie.»

«Dad!» Lizzies Stimme war jetzt scharf.

Mr. Barrett lächelte verschmitzt, dies eine Mal war es nur ein Scherz. Selbst für hundert Pfund war der Bogen mit der allgemeinen Hausratsversicherung gedeckt.

«Wollte mich nur vergewissern», sagte er leichthin.

Als Lizzie zur nächsten Stunde kam, war Mrs. Stokes sehr interessiert zu erfahren, ob Mr. Bartoli den Bogen schon gesehen hatte.

«Er kam am Montagabend», sagte Lizzie, als sie ihn aus dem Kasten nahm.

«Er war bei euch zu Hause?», fragte Mrs. Stokes überrascht.

Lizzie nickte und spannte die Bogenhaare.

«Das war aber nett von ihm. Was hat er gesagt?»

«Nicht viel», sagte Lizzie und nahm das Kolophonium, um die Haare einzureiben.

«Er muss doch etwas gesagt haben», beharrte Mrs. Stokes.

«Nur, dass er ihn kaufen wollte.»

«Sonst nichts?»

«Nein.» Lizzie ließ das Kolophonium in den Kasten fallen und nahm die Geige heraus.

«Das sieht ihm gar nicht ähnlich. Normalerweise gibt er umfassende Informationen. Ich werde mit ihm sprechen.»

«Tun Sie das nicht!»

«Warum in aller Welt denn nicht?»

«Jedenfalls würde sich mein Vater sehr ärgern. Er denkt, dass er ein Gauner ist.»

«Ein Gauner!» Mrs. Stokes war empört. «Wie kannst du so etwas sagen? Mr. Bartoli ist ein hoch angesehener Geigenbauer.»

«Er hat sich nicht wie einer benommen. Er steigerte ständig den Preis. Und als mein Vater sagte, dass er nicht verkaufen will, wurde er sehr wütend und ging.»

«Großer Gott! Das klingt überhaupt nicht nach Mr. Bartoli. Wie viel hat er für den Bogen geboten?»

«Hundert Pfund – zuletzt.»

«Nicht mehr?»

«Es ist viel mehr, als ich dafür bezahlt habe.» Lizzie wollte der Diskussion ein Ende machen und ging zum Klavier und schlug ein A an.

Mrs. Stokes sah ihr zu, wie sie die Geige stimmte. Sie war sprachlos über die Reaktion von Mr. Bartoli. «Ich hätte geschworen, dass dein Bogen etwas Besonderes ist. Aber ich muss mich irren. Mr. Bartoli würde kein Fehler unterlaufen. Nun gut ...», sie seufzte und versuchte die Sache von sich zu schieben. «So, und was hältst du von der Stufe drei?»

«Ich möchte lieber die Stufe vier machen», antwortete Lizzie mit fester Stimme.

«Na, ich bin nicht so recht überzeugt ...», begann Mrs. Stokes.

«Oh bitte!», unterbrach Lizzie sie flehend, «ich bin sicher, dass ich es kann.»

Die Lehrerin dachte einen Moment nach. «Ich habe mich schon gefragt ...», sagte sie zögernd. «Natürlich würde das eine Menge harte Arbeit bedeuten.»

«Das macht mir nichts aus.»

«Und du brauchst ein besseres Instrument. Das hier wird deinem Bogenspiel nicht gerecht.»

Lizzie verzog ihr Gesicht. «Bestimmt wollen meine Eltern keine andere Geige kaufen.»

«Dann spreche ich mit einem Freund. Er hat ein sehr schönes Instrument. Vielleicht mag er es dir leihen?»

«Solange es nicht Mr. Bartoli ist.»

«Er ist es tatsächlich nicht», sage Mrs. Stokes spitz. «Es ist sehr unrecht von dir, dass du schlecht über ihn sprichst. Er ist ein sehr guter Freund von mir.»

Lizzie wurde rot. «Entschuldigung, Mrs. Stokes.»

«Nun gut. Ich will nichts mehr davon hören. Wo du

jetzt entschlossen bist, die vierte Stufe zu machen, sollten wir die Prüfung auf das nächste Quartal verschieben.»

«Tun Sie das nicht!», rief Lizzie alarmiert. «Es muss vor Weihnachten sein. Es MUSS!»

ES GAB KEINEN ZWEIFEL, JEMAND WAR WÄHREND IHRER ABWESENHEIT DA GEWESEN. DAS SCHLOSS DER HINTERTÜR WAR AUFGEBROCHEN.

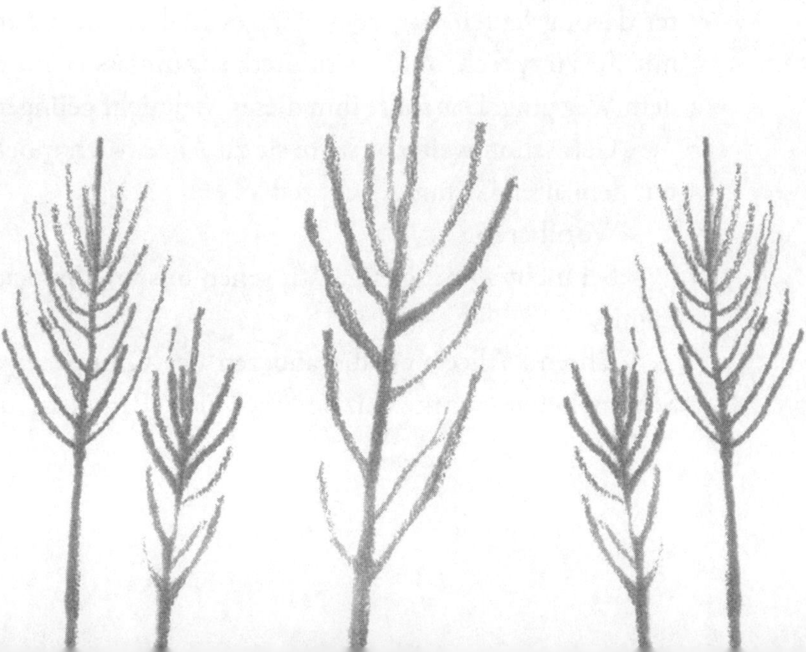

KAPITEL ZEHN

An einem nassen, trüben Nachmittag verließ Lizzie zusammen mit einer Gruppe Mädchen, die genauso voll Schlamm waren wie sie, den Hockeyplatz. Sie hatte Mitleid mit Alice, die nicht sehr sportlich war und im Tor hatte stehen müssen – ein Posten, den sie hasste, denn das bedeutete, dass man in einen Helm, wattierte Schutzpolster und schwerfällige Beinschienen gezwängt war, sodass man sich wie eine Schildkröte fühlte. Lizzie hingegen, die eine schnelle und entschlossene Läuferin war, spielte im vorderen Flügel. Sie hatte ihrer Seite zu zwei Toren verholfen.

Als sie um eine Ecke der Schulgebäude bogen, sah sie Mr. Grimshaw den Parkplatz überqueren. Er hatte einen Anorak an und trug einen Stoß Übungshefte.

Es war Freitag vor den Herbstferien und es ärgerte sie immer noch, dass er seit dem Tag, als sie aus dem Orchester davongelaufen war, kein einziges Mal versucht hatte, mit ihr zu sprechen. Sie vermutete sogar, dass er ihr aus dem Weg ging. Das sollte ihm dieses Mal nicht gelingen!

«Geh schon weiter», sagte sie zu Alice, «ich möchte mit dem alten Grimmgesicht reden.»

«Worüber?»

«Sei nicht so neugierig. Wir sehen uns im Umkleideraum.»

Während Alice und die anderen der Gruppe in die Schule liefen, rannte Lizzie über den Parkplatz und stellte sich lautlos hinter Mr. Grimshaw, der sich gerade ins Auto beugte, um den Stapel Hefte auf dem Rücksitz zu verstauen. Er richtete sich wieder auf, ohne Lizzie zu bemerken.

Sie wartete, bis er die Tür zugemacht hatte, und sagte dann: «Hallo, Mr. Grimshaw.»

Überrascht fuhr er herum. «Oh, Elizabeth», sagte er mit einem verlegenen Lachen. «Hast du mich erschreckt. Möchtest du mich sprechen?»

«Wie geht es im Orchester?», kam sie gleich zur Sache.

«Na ja, weißt du, ganz gut.» Er wirkte etwas befangen. «Übrigens, es tut mir leid wegen ...»

«Ist doch gut so.»

«Wirklich?» Er schien erleichtert. «Ich bin froh, dass du es von der Seite nimmst.» Er wischte sich eine nasse Haarsträhne von der Stirn. «Denkst du daran, wieder zu kommen – vielleicht nach den Ferien?»

«Nein danke, ich habe keine Lust auf die Triangel.» Lizzie konnte einfach nicht widerstehen, das zu sagen.

Der Hieb saß. Mr. Grimshaw verzog das Gesicht. «Tja, das habe ich verdient. Das war nicht sehr nett und ich hätte es unterbinden müssen. Und wenn du nach den Ferien wieder kommst, verspreche ich dir», fügte er mit einem verlegenen Grinsen hinzu, «keine Triangel!»

Lizzie musste einfach lächeln. Der Vorfall schien ihm wirklich leid zu tun und er versuchte offensichtlich, es wiedergutzumachen. Er wurde ihr fast sympathisch. «Na ja, es hängt davon ab, wie es mit meiner Geigenprüfung geht.»

«Prüfung?»

«Beim Prüfungsausschuss der Musikschulen. Ich mag die Stücke, vor allem einen Satz aus einer Corelli Sonate.»

Mr. Grimshaw sah sie ungläubig an. «Eine Sonate?»

«Meine Lehrerin sagt, dass meine Bogentechnik dadurch besonders zur Geltung kommt.»

«Deine Bogentechnik», murmelte er kaum hörbar, er musste daran denken, wie fürchterlich sie war. Er schüttelte den Kopf, als wollte er den Gedanken daran loswerden. «Welche Stufe willst du denn machen?», fragte er vorsichtig.

«Stufe vier.»

«Stufe vier! Glaubst du, dass du so weit bist?»

«Sicher.»

Ihr Selbstvertrauen steigerte seine Verwirrung noch.

In diesem Augenblick läutete es, die Schule war aus.

«Ich meine, würden Sie mich begleiten?», fragte Lizzie in einer plötzlichen Eingebung. «Meine Lehrerin spielt nicht so gut Klavier.»

«Nun ...»

«Das würde einen ganz großen Unterschied machen.»

«Nun ..., ich denke, wir könnten es versuchen», sagte er unsicher.

Lizzie strahlte. «Danke!»

Hinter ihnen strömten die Schüler aus dem Schulgebäude zum Tor. Bei den Ersten waren Helen Pratt und Roger Edwards. Als sie Lizzie im Gespräch mit Mr. Grimshaw sahen, blieben sie abrupt stehen.

«Was hat die vor?», fragte Roger.

«Sie bittet besser nicht darum, ob sie wieder kommen kann», meinte Helen. Sie glaubte, Lizzie endgültig los zu sein.

Tatsächlich aber fragte Mr. Grimshaw nur nach dem Termin der Prüfung.

«Es ist noch lange bis dahin», antwortete Lizzie, «nicht vor Anfang Dezember.»

Er nickte mit glasigem Blick. «Gut.» Er konnte seine Erinnerung an Lizzies Geigenspiel immer noch nicht mit dem Examen Stufe vier in Zusammenhang bringen. «Komm nach den Ferien zu mir», sagte er, während er ins Auto stieg, «dann machen wir einen Termin aus.»

«Danke, Mr. Grimshaw.»

Lizzie rannte ins Schulhaus und schwenkte ihren Hockeyschläger in der Luft. Als sie an ihren Erzfeinden auf der Treppe vorbeikam, schenkte sie ihnen ein breites Grinsen und bahnte sich ihren Weg durch das Gedränge der Schüler.

Helen war so wütend, dass ihre Ohren förmlich glühten. «Er lässt sie wieder mitmachen!»

«Ich will nicht fort!»

«Hör auf mit deiner Bockigkeit, Lizzie», sagte Mrs. Barrett, «du kannst doch nicht allein hier bleiben. Es ist alles organisiert.»

Es waren Herbstferien und sie wollten das Wochenende bei Mr. Barretts Bruder und dessen Familie verbringen, die in einem alten Bauernhaus in Somerset lebten.

«Die Landluft wird dir gut tun», fuhr Mrs. Barrett

fort, «und du hast Nick und Robert seit Ewigkeiten nicht gesehen.»

Lizzie stöhnte. Sie mochte ihre Vettern nicht, die elf und neun Jahre alt waren. Immer versteckten sie ihre Brille und zogen sie an den Zöpfen und meistens taten sie sich mit Sebastian gegen sie zusammen.

«Aber dann kann ich zwei ganze Tage nicht üben», maulte sie.

«Nimm deine Geige mit. Tante Jess hat bestimmt nichts dagegen. Ich bin sicher, dass sie deinem Spiel gerne zuhören.»

Lizzie murrte: «Ich werde Nick und Robert nicht vorspielen.»

Das Wochenende erwies sich als exakt so schrecklich, wie sie befürchtet hatte. Es hörte nie auf zu regnen. Und wenn sie versuchte, sich zum Üben zurückzuziehen, rannten ihre Vettern rein und raus aus dem Zimmer und machten dumme Bemerkungen. Wenigstens beteiligte Sebastian sich nicht daran.

Es war ihr furchtbar peinlich, dass sie am Samstagabend allen vorspielen musste. Es war kein Erfolg. Ständig wurden ihre Vettern wegen Streitereien geschimpft, und ihre Tante lief immer wieder in die Küche, um nach dem Abendessen zu sehen. Ihr Onkel Ted, der eine jüngere und stämmigere Ausgabe ihres Vaters war und als Betriebsleiter in einer Molkerei arbeitete, saß die ganze Zeit teilnahmslos dabei. «Hübsch», sagte er am Ende, «ein netter Versuch.» Lizzie hätte ihn ohrfeigen mögen. Zu allem Überfluss wurde sie gezwungen, bei Regen über die matschigen Felder zu stapfen. Sie war heilfroh, als es endlich zum Abschied kam.

Auf der Rückfahrt war es dunkel und nass, und alle waren erleichtert, als sie ankamen. Während sie zu dritt die Sachen aus dem Auto ausluden, lief Mrs. Barrett schon voraus, um die Tür aufzuschließen und Licht anzumachen. Doch gleich kam sie aus dem Haus gestürzt und schrie: «John! John! Komm schnell!»

Mr. Barrett ließ die Koffer aus den Händen fallen und rannte, dicht von Sebastian gefolgt, an Lizzie vorbei, die schwer beladen mit Geigenkasten, den Noten und einer Schultertasche auf dem Weg zum Haus war.

«Die Hintertür steht weit offen!», schrie Mrs. Barrett verzweifelt. «Ich wusste gleich, als ich reinkam, dass etwas nicht stimmt. Es war so kalt. Ich glaube, jemand ist bei uns eingebrochen!»

Alle liefen schnell hinein, um sich umzusehen. Es gab keinen Zweifel, jemand war während ihrer Abwesenheit da gewesen. Das Schloss der Hintertür war aufgebrochen.

Zimmer für Zimmer durchsuchten sie das Haus. Sie entdeckten, dass Möbel verschoben waren, Schranktüren standen offen und Kleider waren überall in den Schlafzimmern verstreut. Aber soweit sie sehen konnten, hatte man nichts entwendet, nicht einmal den Fernseher, den DVD-Player oder die Computer.

«Ich muss die Polizei verständigen», sagte Mr. Barrett, als sie schließlich alle in Lizzies Zimmer waren. «Nichts anfassen», fügte er hinzu, während er schon die Treppe hinunterlief.

Mrs. Barrett blickte verzweifelt auf das Durcheinander. «Wer könnte so etwas getan haben?», fragte sie erschüttert.

«Wahrscheinlich Jugendliche», sagte der Polizist, nachdem er die Hintertür untersucht und sich im Haus umgesehen hatte. «Wir haben große Probleme mit ihnen, meistens sind es Drogenabhängige. Sind hinter Geld her.»

«Wir lassen nie Geld im Haus, wenn wir fort sind», sagte Mr. Barrett steif.

«Das ist sehr klug, Sir, man kann nicht vorsichtig genug sein.»

«Wissen Sie, ich bin im Versicherungsgeschäft.»

«Können wir den Verhau aufräumen?», fragte Mrs. Barrett.

«Es gibt keinen Grund, warum nicht. Ich glaube nicht, dass sie noch mal kommen. Aber man kann nie wissen. Sorgen Sie dafür, dass die Tür heute Nacht gesichert ist. Ich werde selbstverständlich einen Bericht erstellen. Und Sie bekommen eine Kriminalfallnummer und Informationen von der Organisation für Opfer von Verbrechen. Aber ich fürchte, es gibt wenig Hoffnung, die Täter zu finden. Es tut mir leid, dass ich nicht mehr für Sie tun kann.»

Nachdem der Polizist gegangen war, räumten sie auf und setzten sich dann zu einem Resteessen zusammen. Es war nicht zu vermeiden, dass sich die Unterhaltung um den Einbruch drehte. Sie waren alle schockiert, aber gleichzeitig erleichtert, dass nichts gestohlen worden war.

Es schien keine andere Erklärung als die des Polizisten zu geben, was Mr. Barrett veranlasste, eine Rede über die Gefahren von Drogen zu halten.

So grau und unfreundlich das Wochenende auch gewesen war, Lizzie dankte ihrem Glücksstern, dass sie ihre Geige und den magischen Bogen mit nach Somerset genommen hatte. Es wäre furchtbar gewesen, wenn die Einbrecher ihn beschädigt oder gar gestohlen hätten.

Eine ganze Woche schulfrei lag vor Lizzie und sie wollte jede Minute zum Üben nutzen. So ging sie am nächsten Morgen gleich nach dem Frühstück in ihr Zimmer, um damit anzufangen.

Das Leben normalisierte sich wieder. Mr. Barrett ging zur Arbeit und Mrs. Barrett war während der ganzen Ferienwoche zu Hause. Sie rief einen lokalen Bauunternehmer wegen der Hintertür an. Den Rest des Tages putzte sie das Haus von oben bis unten, um alle Spuren der Eindringlinge zu beseitigen. Der Bauunternehmer kam am nächsten Tag, montierte ein neues Schloss und reparierte die Tür. Mr. Barrett füllte ein Versicherungsformular aus, um die Rückerstattung der Kosten zu beantragen. Sebastian machte Hausaufgaben, trödelte herum und traf sich mit Freunden.

All das berührte Lizzie nicht. Sie war in ihre Musik versunken, und die Stunden vergingen im Flug. Sie hatte so viel Freude daran, dass sie nicht einmal unterbrechen mochte, wenn sie zum Essen gerufen wurde. Gegen Ende der Woche fragte ihre Mutter: «Willst du dich nicht mit Alice treffen?»

«Sie ist nicht da.»

«Was ist mit deinen anderen Freundinnen?»

Lizzie schüttelte den Kopf.

«Das ständige Üben ist nicht gut für dich.»

«Warum nicht?»

«Du wirst ganz erschöpft sein, wenn die Schule wieder anfängt.»

«Quatsch.»

«Wie wär's mit einem Einkaufsbummel?»

Lizzie schnaubte verächtlich. «Bummel? Das ist so spießig, Mum.»

«Lizzie! Ich will nicht, dass du so mit mir sprichst!»

«Im Odeon läuft ein super Film», mischte sich Sebastian ein.

«Das hört sich gut an», lächelte die Mutter. «Wie wäre es damit, Lizzie?»

«Nein danke.»

«Kann ich mit Jason gehen?», fragte Sebastian. Er war fest entschlossen, sich nicht nur wegen Lizzie vom Kino abbringen zu lassen. «Der Film ist ab zwölf.»

«Ich denke schon.» Mrs. Barrett seufzte und wandte sich an Lizzie. «Ich weiß nicht. Du bist noch nie so gewesen.»

«Sie glaubt, sie ist ein Profi», lachte Sebastian.

«Und du bist blöd», konterte Lizzie und streckte ihm die Zunge raus. «Ich geh rauf zum Üben.»

LIZZIE STAND MIT GESENKTEM KOPF DA, DIE GEIGE BAUMELTE IN IHRER LINKEN HAND, SIE FÜHLTE SICH SEHR KLEIN UND DUMM. IHRE AUGEN FÜLLTEN SICH MIT TRÄNEN.

KAPITEL ELF

«Lizzie Barrett ist im Saal mit Mr. Grimshaw!»

Die Neuigkeit sorgte für Verwirrung unter den Orchestermitgliedern, die miteinander an einem Tisch im Speisesaal saßen. Seit über einer Woche waren sie wieder in der Schule.

«Was macht sie?», fragte Helen Pratt.

«Spielt Geige», keuchte der Klarinettist, der eilends mit der Neuigkeit hergekommen war.

«Das kann doch nicht sein!», rief Roger Edwards. «Los kommt.»

Die anderen brauchten keine zweite Aufforderung. Ohne sich Zeit zu nehmen, fertig zu essen, brachten sie ihre Teller und das Besteck zum Geschirrständer und rannten hinaus.

Geschlossen liefen sie den Gang hinunter zum Saal. Beim Näherkommen konnten sie von drinnen Musik hören. Als sie durch die Glasscheiben der Tür blickten, waren sie entgeistert, Lizzie hinten im Saal, von Mr. Grimshaw am Klavier begleitet, Geige spielen zu sehen. Beide hatten offensichtlich Freude daran, und als Mr. Grimshaw stecken blieb, lachten sie und fingen noch einmal an. Sie waren so vertieft in ihre Tätigkeit, dass sie die sprachlosen Gesichter, die durch die Scheibe starrten, nicht bemerkten.

Helen Pratt konnte sich nicht beherrschen. Sie öffnete

eine der Türen einen Spalt und steckte den Kopf hinein. Beim Ton von Lizzies Geige zitterte sie vor Wut.

«Das ist eins von meinen Stücken von der Stufe vier», zischte sie.

«Verdammt», flüsterte Roger Edwards, «sie ist fast so gut wie du.»

Das war zu viel für Helen, die den Gedanken, einer könnte besser sein als sie, nicht ertrug. Sie ließ die Tür los und sie fiel zu und auf Rogers Hand.

Er stieß einen Schmerzschrei aus und zog seine Hand vorsichtig weg. «Du hättest mir die Finger brechen können», klagte er.

Helen entschuldigte sich nicht einmal. «Dafür bring ich sie um», murmelte sie und ging einfach weg.

Die anderen schauten sich an, sie waren ganz durcheinander von dem, was im Saal vorging, und waren unsicher, was sie als Nächstes tun sollten. Schließlich rannten sie Helen nach.

Im Saal brachten die beiden Spieler das Stück zu einem fulminanten Abschluss.

«Gut gemacht!», rief Mr. Grimshaw und klatschte.

Lizzie errötete vor Freude und schob ihre Brille zurück auf die Nase.

«Danke.»

«Ehrlich, ich habe nicht geglaubt, dass du es kannst. Aber du kannst es unbedingt.»

«Wir waren nicht immer zusammen», tadelte sie.

«Gib mir eine Chance», lachte er, «ich habe nur vom Blatt gespielt.»

«Ach, ich wollte Sie nicht kritisieren, Mr. Grimshaw. Sie waren prima.»

«Nächstes Mal bin ich besser.» Er lächelte sie an und schüttelte den Kopf. «Ich kann es noch immer nicht glauben. Dein Spiel hat sich völlig verändert, es ist nicht mehr wiederzuerkennen. Wie ist das passiert?»

Lizzie zuckte die Achseln. «Ich glaube, ich bin einfach dahintergekommen.»

«Das bist du gewiss! Und mit dem Orchester ... Willst du nicht deine Meinung ändern und wieder kommen? Wir könnten dich in der ersten Geige brauchen.»

Lizzie verzog das Gesicht. «Ich möchte lieber nicht. Ich habe noch viel für die Prüfung zu tun. Und ich glaube auch nicht, dass es Helen Pratt und Roger Edwards gefallen würde.»

Er nickte. «Vielleicht hast du recht. Aber es wäre trotzdem schön, dich beim Konzert zu haben. Wie wäre es, wenn wir den Corelli zusammen spielten?»

Lizzie war überwältigt. Ein Solo beim Konzert! Das würde der Orchester-Clique den Rest geben.

«Das möchte ich gern», sagte sie aufgeregt. «Wir könnten die ganze Sonate spielen.»

«Nun ...»

«Ich bin sicher, dass ich es kann.»

Mr. Grimshaw lachte und sah auf seine Uhr. «Fünf Minuten bis zum Läuten. Ich muss mich beeilen. Um die gleiche Zeit nächste Woche?»

«Ja, bitte.»

Als Lizzie an diesem Nachmittag aus dem Schulhaus kam, wurde sie unten auf der Treppe von einer Abordnung aus dem Orchester erwartet. Wie immer stand Helen Pratt an der Spitze.

«Wozu hast du mit Mr. Grimshaw gespielt?»

«Das möchtest du wohl gerne wissen», sagte Lizzie schnippisch.

Roger Edwards baute sich vor ihr auf und sagte: «Du kommst nicht mehr ins Orchester.»

Lizzie lachte ihm ins Gesicht und erwiderte: «Ich würde es nicht einmal tun, wenn du dafür bezahlst.» Und damit lief sie erhobenen Hauptes an ihnen vorbei.

Sie schaute nicht zurück, aber sie konnte die Wut der beiden im Nacken fühlen, als sie auf das Tor zuging.

Auf dem Heimweg weidete sie sich an ihrem Triumph, und beim Tee prahlte sie die ganze Zeit damit. Sebastian wurde richtig wütend auf sie, und ihre Mutter warnte sie vor den Folgen von Hochmut. Aber Lizzie war nicht in der Stimmung, um zuzuhören. Als es Zeit für ihr tägliches Üben war, war sie immer noch so mit sich beschäftigt, dass sie sich weder um das Stimmen der Geige noch um das Einreiben des Bogens mit Kolophonium kümmerte. Sie machte sich sofort an ihre Tonleitern und war überzeugt, dass sie sie in einem Zug herunterspielen konnte.

Kaum hatte sie angefangen, fiel ihr der Bogen aus der Hand. Sie verzog ärgerlich das Gesicht, hob ihn auf und begann von Neuem. Wieder fiel ihr der Bogen aus der Hand und landete auf dem Boden. Das war unbegreiflich;

sie wischte ihre Hand am Rock ab, vielleicht war sie fettig. Sie wollte wieder anfangen, da flog der Bogen aus ihrer Hand durch das Zimmer und landete neben der Tür.

Erschrocken stampfte Lizzie mit dem Fuß auf: «Hör auf!» Sie wollte den Bogen an sich reißen. Aber als sie ihn nehmen wollte, dämmerte ihr mit einem Schlag die Wahrheit. Der Bogen wollte nicht, dass sie mit ihm spielte! Unmittelbar verschwand ihr ganzes Selbstvertrauen und ihre Knie wurden wachsweich.

«Was ist los?», rief sie.

«Kannst du es nicht erraten?», fragte eine Stimme hinter ihr.

Sie wirbelte herum, fast wäre sie vor Schreck in Ohnmacht gefallen. Da stand Mr. Rostikoff in seinem breitkrempigen Hut und dem zerknitterten alten Mantel. Aber er sah nicht so verschmitzt aus wie sonst, sein Gesicht war finster.

«Mr. Rostikoff», stieß sie hervor, «der Bogen lässt mich nicht mit ihm spielen.»

«Überrascht dich das?»

«Hm ... ja!»

Mr. Rostikoff schnalzte mit der Zunge und schüttelte missbilligend den Kopf. Er sah müde aus. «Darf ich mich setzen?» Ohne die Antwort abzuwarten, ließ er sich auf dem Bett nieder. Er zitterte leicht, obwohl es im Zimmer warm war, und zog sich seinen Mantel über die Beine.

Lizzie wartete darauf, dass er etwas sagte. Sie war sehr beunruhigt. Er schien wegen irgendeiner Sache böse zu sein. Machte sie vielleicht etwas falsch?

Sie warf einen kurzen Blick zur Tür. Hoffentlich kam niemand und entdeckte ihn.

«Keine Sorge», sagte er, «wir werden nicht gestört. Niemand kann uns hören.»

Lizzie wunderte sich. Hatte er sie verzaubert?

«Du bist nicht die Erste, die Schwierigkeiten hat», sagte er streng, «aber ich habe gedacht, du hättest mehr Verstand.»

Lizzies Wangen brannten bei diesem Vorwurf.

«Du erinnerst dich, dass ich dich vor Unsicherheit gewarnt habe?»

Lizzie nickte.

«Nun, Überheblichkeit ist genauso schlecht. Das führt dazu, dass sich Musiker für besser halten, als sie sind.»

«Ich denke das aber nicht», protestierte sie schwach.

«Warum hast du den Bogen denn nicht mit Kolophonium eingerieben?»

«Ich habe es vergessen.» Beschämt ließ Lizzie den Kopf hängen.

«Und weshalb hast du es vergessen?»

Diese Frage verlangte eine Antwort. «Ich habe an das Orchester gedacht», gestand sie und blickte weiter zu Boden.

«Genau. Du warst so sehr damit beschäftigt, dich selbst zu loben, dass du gar nicht an den Bogen gedacht hast. Ist es verwunderlich, dass er sich geweigert hat?»

Lizzie schüttelte kläglich den Kopf.

«Ich habe dir den Bogen nicht gegeben, damit du anderen Leuten eins auswischen kannst», fuhr er schonungslos fort. «Ich habe ihn dir gegeben, damit du Musik machst! Aber dein einziges Interesse war wohl, einen lächerlichen Streit mit deinen Schulkameraden zu gewinnen, und das ist kein Grund, Geige zu spielen.»

Lizzie stand mit gesenktem Kopf da, die Geige baumelte in ihrer linken Hand, sie fühlte sich sehr klein und dumm. Ihre Augen füllten sich mit Tränen. «Es tut mir leid», murmelte sie.

«Natürlich tut es dir leid», sagte er unerbittlich.

Langes, angespanntes Schweigen entstand. Lizzie wünschte, der Boden unter ihr würde sich öffnen.

Schließlich holte Mr. Rostikoff tief Luft und gab einen unzufriedenen Seufzer von sich. Er schaute Lizzie an, die niedergeschlagen vor ihm stand.

«Ach, es ist nicht gut», murmelte er vor sich hin. «Ich kann dir nicht mehr böse sein. Entschuldigung angenommen», sagte er rau. «Reicht das?»

Bei dem versöhnlichen Ton in seiner Stimme hob Lizzie ermutigt die Augen und schaute ihn scheu an. Er lächelte und reichte ihr in offensichtlich versöhnlicher Absicht die Hand. Sie nahm sie dankbar an, und er umfasste ihre Hand und zog sie näher zu sich.

«Ach, ich weiß, dass es nicht leicht ist», sagte er. «Manchmal machen wir uns alle schuldig und sind hochnäsig. Ich wurde oft deswegen zurechtgewiesen, als ich jung war.»

Lizzie unterdrückte ihre Tränen und blickte ihn überrascht an. Es war ihr nie in den Sinn gekommen, dass er auch einmal jung gewesen war.

Er erriet ihre Gedanken. «Es war einmal», sagte er mit schiefem Lächeln. «Das Problem mit Komplimenten ist, dass sie sehr schmeichelhaft sind, aber sie sind auch sehr verführerisch. Du hast schon ein paar bekommen, und ich denke, es werden noch viel mehr. Aber lass dich von ihnen nicht verleiten. Ganz gleich, wie gut du etwas spielst, du kannst es immer noch besser. Wirst du daran denken?»

«Ich will es versuchen», versprach sie.

«So ist es recht, meine Liebe!», rief er mit einem herzlichen amerikanischen Akzent, bei dem Lizzie lächeln musste. Zu ihrem großen Erstaunen küsste er ihre Hand und ließ sie schwungvoll los.

«Sind wir Freunde?», fragte er und blickte ihr ins Gesicht.

Für Lizzie war sein Augenzwinkern wie die Sonne, die hinter dunklen Wolken auftaucht. Glücklich nickte sie.

«Dann hebe den Bogen auf und mach dich an die Arbeit.»

Eifrig lief sie hin und holte ihn. Sie drehte sich um und erwartete, Mr. Rostikoff zu sehen, aber ihr Bett war leer. Das Einzige, was noch da war, waren die Falten in ihrer Bettdecke, wo er gesessen hatte.

Lizzie war untröstlich. Sie hätte gern noch so viel gefragt. Aber er war so plötzlich und geheimnisvoll verschwunden, wie er gekommen war. Das Haus, in dem es bis gerade eben so seltsam ruhig gewesen war, war wieder wie zuvor. Sie konnte das dumpfe, gleichmäßige Pochen von Sebastians Musikrekorder hören und schwach die Geräusche vom Radio in der Küche.

Sie berührte ihre Wange mit dem Handrücken, den er geküsst hatte.

«Danke, dass Sie gekommen sind», flüsterte sie und bereitete sich auf das Üben vor.

Sie rieb die Bogenhaare mit dem Kolophonium ein. Dann stellte sie sich vor den Notenständer und schob die Geige unter das Kinn. Zaghaft hob sie den Bogen und strich über die A-Saite. Zu ihrer großen Erleichterung und Freude benahm er sich vorbildlich.

«Danke, lieber Bogen», murmelte sie, «ich werde dich nie mehr für selbstverständlich halten. Und danke, Mr. Rostikoff, dass Sie mir die Meinung gesagt haben.»

Sie bildete sich ein, ein tiefes Kichern zu hören, aber vielleicht war es nur ein entferntes Motorrad gewesen.

Sorgsam prüfte sie die Stimmung der Saiten mit der Stimmgabel, die sie immer bei der Hand hatte, und kurz darauf übte sie fleißig ihre Tonleitern.

DER MANN, DER INS HAUS GEKOMMEN WAR, WAR NICHT DER ECHTE MR. BARTOLI. ABER WER WAR ER? WOHER WUSSTE ER VON DEM BOGEN?

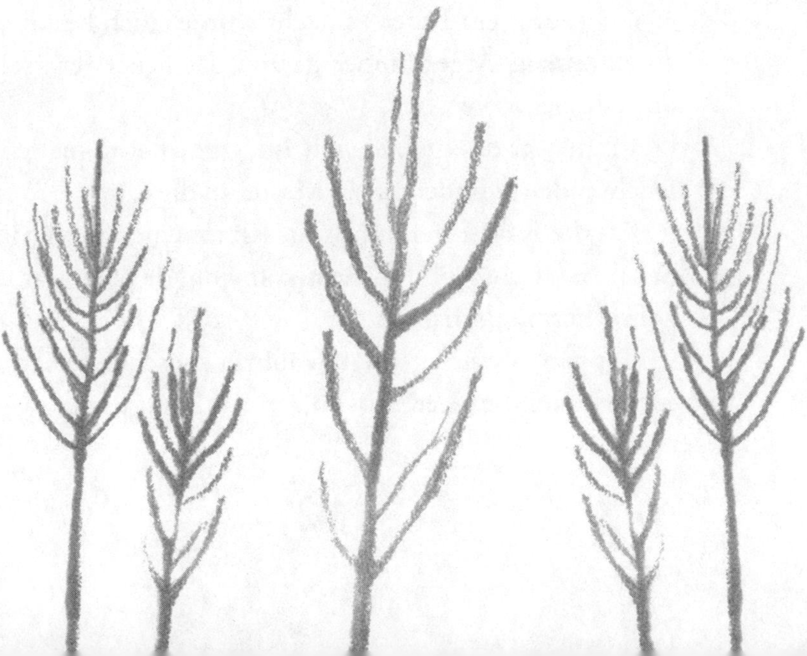

KAPITEL ZWÖLF

Wuuuuuusch!

Die kleine Rakete schoss aus einer leeren Flasche zischend hoch in die Luft.

Peng!

Begeistert schauten die Barretts zu, wie sie in einem leuchtend bunten Sternenregen explodierte.

Es war Guy Fawkes-Abend, und wie jedes Jahr feierten sie ihn mit einem kleinen Feuerwerk vor dem Abendessen. Es war kalt und neblig, und sie waren alle warm in Mantel und Schal eingepackt. Über dem Garten schwelten Rauchschwaden, und es roch nach Schießpulver. Auf dem Rasen steckten die verkohlten Reste von Raketen und Fontänen auf einem Blechtablett in einem kleinen Erdwall. In den Nachbargärten knallte und blitzte es und Feuer knisterten. Mr. Barrett war überaus vorsichtig, deshalb erlaubte er nicht, dass ein Feuer gemacht wurde, auch bestand er zu Sebastians Ärger immer darauf, das Feuerwerk selbst anzuzünden.

Lizzie war das egal. Sie schaute gern zu und malte mit leuchtenden Wunderkerzen Muster in die Luft.

Als die Rakete verglüht war, sah sie einen blinkenden Stern. Sie dachte, ob Mr. Rostikoff wohl da oben war und auf sie herunterschaute?

Oft hatte sie sich gefragt, wohin er zwischen seinen Besuchen ging. Löste er sich einfach am Himmel auf? Oder verschwand er in einem Nachbaruniversum? Oder war er immer unterwegs, um auch anderen Kindern zu helfen? Er schien es stets sehr eilig zu haben.

Sie hatte sich seine Lektion zu Herzen genommen und behandelte den Bogen achtsam und respektvoll. Und er belohnte sie, indem er alles tat, was sie verlangte, ja manchmal sogar darüber hinaus. Inzwischen spielte sie auf einer besseren Geige, die einen wunderbaren, weichen Ton hatte. Ein Freund von Mrs. Stokes hatte sie ihr geliehen. Vor lauter Üben für die Prüfung und das Konzert hatte sie die unangenehme Geschichte mit dem Einbruch ganz vergessen.

Als sie an einem Morgen auf dem Schulweg war, bemerkte sie ein Auto, das langsam hinter ihr herfuhr. Zuerst ignorierte sie es. Aber nach einer Weile begann sie sich durch seine ständige Anwesenheit unwohl zu fühlen. Sie lief ihren gewohnten Weg und bog in eine andere Straße ein. Erschrocken merkte sie, dass das Auto das Gleiche tat. Es gab keinen Zweifel: Der Wagen verfolgte sie.

Sie eilte weiter, um sich Mitschülern anzuschließen, die denselben Weg hatten. Im Schutz der Schülergruppe ging sie langsamer und drehte sich um. Das Auto war immer noch da. Es war ein großer schwarzer Wagen, zwei Männer saßen darin, durch die Scheibe konnte sie aber ihre Gesichter nicht erkennen.

Das Auto folgte ihr auf dem ganzen Weg bis zum Schultor, dann wurde es plötzlich schneller. Als es vorbeiraste, erkannte sie ein Gesicht – Mr. Bartoli!

An diesem Morgen fiel es ihr schwer, sich auf den

Unterricht zu konzentrieren. Warum war Mr. Bartoli ihr nachgefahren? War er immer noch hinter dem Bogen her? Sie konnte nicht begreifen, dass so ein grässlicher Mensch ein Freund von Mrs. Stokes war. Weshalb nur war Mrs. Stokes so empört gewesen, als sie ihn einen Gauner nannte? Aber Mrs. Stokes würde sich doch bestimmt nicht von ihm täuschen lassen? Alles machte gar keinen Sinn. Es sei denn …

Lizzie saß im Chemielabor, ihr Herz blieb plötzlich stehen. Vielleicht war er gar nicht der echte Mr. Bartoli, sondern ein Betrüger?

Die einzige Person, die man fragen konnte, war Mrs. Stokes. Aber Lizzie wollte nicht, dass sie sich wieder ärgerte oder sich von Neuem für den Bogen interessierte. Es hatte keinen Sinn, auch nur daran zu denken, noch einmal in den Laden des Geigenbauers zu gehen, denn sie wollte ihre Eltern nicht mit hineinziehen, und sie würden niemals erlauben, dass sie allein ins Zentrum von London ging.

Sie hörte dem Lehrer nur halb zu und ließ ihren Blick durch das Labor schweifen, während sie nach einer Lösung suchte. Sie sah Alice zwei Reihen weiter vorne sitzen, und da kam ihr plötzlich eine Idee. Als der Unterricht zu Ende war, holte sie Alice beim Rausgehen ein.

«Kann ich heute zu euch zum Tee kommen?»

«Klar.»

«Ich muss erst nach Hause, dann komme ich gleich rüber.»

«Super! Du kannst mir bei Mathe helfen.»

Nach der Schule eilte Lizzie nach Hause und überzeugte

sich, dass der Bogen sicher im Geigenkasten verstaut war. Dann sagte sie ihrer Mutter, dass sie zu Alice zum Tee gehen wollte, rannte hinaus und holte ihr Fahrrad.

Alice wohnte ein paar Straßen weiter in einem großen viktorianischen Haus. Ihr Vater arbeitete in der Werbung und sie waren ganz schön betucht. Als sie klingelte, wurde die Tür von einer von Alices jüngeren Schwestern geöffnet. Es war Sophie, sie war neun und hatte blondes Haar wie Alice. Aus dem Wohnzimmer hörte man den Fernseher: Kinderprogramm.

Von irgendwo oben kam eine Frauenstimme: «Wer ist da?»

«Es ist Lizzie!», rief Alice.

«Komm rein, Lizzie, ich mache gleich Tee», grüßte die Stimme.

Alices Mutter war Schauspielerin gewesen, bis sie den Beruf aufgab, um sich um ihre drei Töchter zu kümmern. Wenn sie Zeit hatte, malte sie zarte Blumen-Aquarelle, von denen das Haus übersät war. Sie arbeitete gerade an einem, während ihre Töchter Hausaufgaben machten und fernsahen.

Als Alice Lizzies Namen rufen hörte, kam sie die Treppe heruntergerannt und ihre jüngste Schwester Maggie lief aus dem Wohnzimmer herbei. Sie war sechs und blond wie die beiden anderen. Alle hatten die Haarfarbe ihrer Mutter.

«Können wir irgendwo allein reden?», fragte Lizzie.

Alice nickte. «Ab mit euch beiden», sagte sie grob zu ihren Schwestern und lief zwei Treppen voraus bis ins oberste Stockwerk.

Alices Zimmer befand sich unter dem Dach und hatte ein Giebelfenster. Die schrägen Wände waren mit großen Postern von Filmstars und Ausstellungen gepflastert, überall verstreut lagen Anziehsachen und in jedem freien Winkel waren Bücher, DVDs und CDs aufgehäuft.

«Was ist denn los?», fragte sie und warf sich auf ihr Bett zwischen eine ganze Kollektion von Stofftieren.

Lizzie setzte sich neben sie. «Kannst du ein Geheimnis für dich behalten?»

«Natürlich.»

«Hand aufs Herz und schwöre.»

Alice verzog das Gesicht. «Muss ich?»

«Ja!»

Alice seufzte. «Hand aufs Herz und der Schlag soll mich treffen», murmelte sie und tat, als machte sie das Kreuz. «Zufrieden?»

Lizzie nickte.

«Los, raus damit.»

«Ich habe für dich einen geheimen Auftrag.»

Sofort war Alice ganz Ohr. «Was denn?»

Lizzie griff unter ihren Pullover und zog ein Stück Papier hervor. «Ich möchte, dass du diese Nummer anrufst.» Sie hatte sie im Internet gefunden, während die Mutter in der Küche war.

«Was soll ich sagen?»

«Frag nach Mr. Bartoli.» Lizzie deutete auf seinen Namen auf dem Zettel. «Sorge dafür, dass du ihn persönlich sprichst.»

«Und dann?»

«Frag ihn, ob er Geigen repariert. Sag ihm, dass du eine hast, die kaputt gegangen ist.»

«Und wenn er wissen will, wie es passiert ist?»

Lizzie überlegte einen Moment. «Sag ihm, dass der Steg zerbrochen ist.»

«Der Steg», wiederholte Alice.

«Machst du es?»

Alice nickte.

«Verstell deine Stimme.» Das konnte Alice gut. Sie schwärmte fürs Theater und wollte einmal Schauspielerin werden wie ihre Mutter.

«Aber pass auf, dass dich keiner hört. Es ist ein absolutes Geheimnis.»

Alices Augen weiteten sich vor Aufregung. «Warum willst du, dass ich ihn anrufe?»

«Ich will wissen, wie er sich anhört.»

Am nächsten Morgen war dasselbe schwarze Auto wieder da, aber dieses Mal folgte es Lizzie nur eine kurze Strecke und drehte dann ab. Als es an ihr vorbeifuhr, sah sie drinnen zwei Männer. Keiner von ihnen war Mr. Bartoli.

Als sie Alice traf, ärgerte sie sich, dass sie noch nicht angerufen hatte.

«Mach es heute», forderte sie, und Alice versprach es ihr.

Alice hielt Wort, und kaum war sie zu Hause, ging sie in ihr Zimmer, schloss die Tür ab und tippte die Nummer in ihr Handy.

«Ja?», brummte jemand.

«Mh … kann ich bitte Mr. Bartoli sprechen?», fragte sie mit ihrer tiefsten und rauesten Stimme.

«Einen Moment», murmelte der Mann am anderen Ende. Dann rief er: «Mr. Bartoli, jemand will Sie sprechen!»

Alice lauschte und hörte eine Stimme im Hintergrund antworten.

«Er kommt gleich», sagte der Mann. Es gab unangenehm knallende Geräusche in Alices Handy, so als ob der Hörer hin und her baumelte und gegen eine Wand schlug. Nach längerem Warten knackste es, und eine andere Stimme ertönte.

«Tut mir leid, dass ich Sie warten ließ, Bartoli hier …»

«Wie hat er sich angehört?»

«Süß. Er meinte, wenn ich die Geige bringe, würde er gerne einen neuen Steg draufmachen. Ich hab gesagt, dass sie meiner Tochter gehört.» Alice lachte.

«Aber wie klang er?», drängte Lizzie.

«Ich habe es dir doch gesagt: Süß – CHARMANT!» Alice deklamierte das französische Wort mit einer theatralischen Armbewegung.

Lizzie fand das gar nicht lustig. «Hatte er einen italienischen Akzent?»

«Nicht, dass ich mich erinnere. Na ja … vielleicht einen ganz leichten. Eigentlich ziemlich sinnlich.»

«Bist du sicher?»

«Absolut.»

«Und einen Londoner Akzent?»

Alice schüttelte den Kopf. «Keine Spur.»

Lizzie zitterte in dem kalten Wind, der in die Ecke des Schulgebäudes blies, wo sie Schutz gesucht hatten. Alices Beschreibung von dem Mann, mit dem sie gesprochen hatte, klang überhaupt nicht nach dem Mann, der bei ihnen zu Hause gewesen war. Der sprach mit starkem italienischen Akzent, wenn er nicht in das Südlondoner Näseln verfiel.

«Hörte er sich fett an?»

«Fett?» Alice musste lachen. «Woher soll ich denn das wissen?»

«Lach nicht», zischte Lizzie, «versuche nachzudenken. Hörte er sich fett an?»

«Wenn du mit fett ‹schmierig› meinst, nein, das tat er nicht», antwortete Alice pikiert. «Er klang wie ein netter alter Mann. Ich hatte ein ziemlich schlechtes Gewissen, weil ich ihn belogen habe. Er hat wirklich gedacht, dass ich eine Erwachsene bin.»

«Das überrascht mich nicht bei deiner Stimme.»

Alice grinste. «Du bist ja nur neidisch. Aber was soll das denn alles, Lizzie? Warum die ganze Geheimnistuerei?»

Lizzie gab keine Antwort. Sie dachte so angestrengt nach, dass sie es kaum mitbekam, wie Alice sagte: «Ich weiß, wann ich nicht erwünscht bin», und ging.

Jetzt war sie sich sicher. Der Mann, der ins Haus gekommen war, war nicht der echte Mr. Bartoli. Aber wer war er? Woher wusste er von dem Bogen? Wer konnte ihm davon erzählt haben? Wer außer ihrer Familie und Mrs. Stokes hatte ihn gesehen? Blitzartig kam ihr die Antwort.

Der Mann in dem Laden! Im Gegensatz zu dem, was er gesagt hatte, musste er gemerkt haben, dass der Bogen alt und wertvoll war und es dem Betrüger gesagt haben. Die Vorstellung, dass sie unter einer Decke steckten, brachte ihr Blut zum Sieden und gleichzeitig machte sie ihr Angst.

Das Auto war am Morgen noch einmal aufgetaucht, aber es war bald wieder weggefahren. Ob die Männer darin hofften, sie zu erwischen, wenn sie die Geige in die Schule mitnahm?

Hilfe, dachte sie, *morgen übe ich mit Mr. Grimshaw!*

LIZZIE MACHTE EIN ENTTÄUSCHTES GESICHT. ALL IHRE HOFFNUNG HATTE SIE AUF IHN GESETZT. «DU BIST GEMEIN!», SCHRIE SIE UND RANNTE AUS DEM ZIMMER.

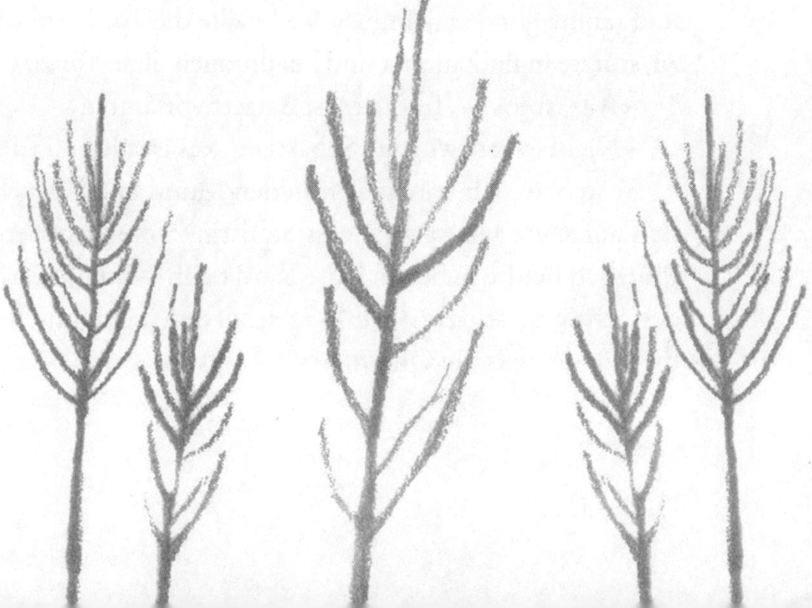

KAPITEL DREIZEHN

«Trag deine Geige selbst.»

«Aber ich kann nicht beide tragen.»

«Dann lass eine zu Hause.»

«Ich gebe dir auch mein Taschengeld.»

«Alles?»

«Jeden einzelnen Penny.»

Kurze Zeit schien Sebastian in Versuchung zu geraten. Dann aber blickte er sie ärgerlich an und schüttelte den Kopf. «Ich würde wie ein Idiot dastehen, wenn ich einen Geigenkasten in die Schule trage. Alle würden mich auslachen.»

«Lass sie doch. Bitte, Seb, es ist sehr wichtig.»

«Keine Chance», sagte er entschlossen und wandte sich wieder seinen Hausaufgaben zu.

Lizzie machte ein enttäuschtes Gesicht. All ihre Hoffnung hatte sie auf ihn gesetzt. «Du bist gemein!», schrie sie und rannte aus dem Zimmer. Sie knallte die Tür hinter sich zu, stürzte in ihr Zimmer und knallte auch diese Tür zu.

«Was ist los?», fragte Mrs. Barrett von unten.

«Nichts», antwortete Sebastian, «es ist bloß Lizzie.»

Er steckte sich seinen Stift in den Mund und versuchte sich auf seine Hausaufgabe in Statistik zu konzentrieren. Plötzlich heulte nebenan laute Musik auf. Wütend warf er den Stift weg, stützte die Ellbogen auf den Tisch und hielt die Hände über die Ohren.

«Verdammt! Verdammt! Verdammt!», fluchte er.

Während all der Jahre hatten er und Lizzie unzählige Male Streit gehabt, meistens hatte seiner Meinung nach Lizzie damit angefangen, aber oft war er deswegen ausgeschimpft worden. Doch in der letzten Zeit waren sie ganz gut miteinander ausgekommen. Ja, er hatte sogar allmählich gedacht, dass sie doch ein normaler Mensch war. Jetzt benahm sie sich wieder unmöglich, bloß weil er ihre Bitte abgelehnt hatte.

Niemand konnte behaupten, dass er gegen ihr Geigenspiel war, wenigstens jetzt nicht mehr. Er war sogar einverstanden gewesen, seine Musik mit Kopfhörern zu hören, wenn sie übte. Aber dass sie von ihm erwartete, ihren Geigenkasten zu tragen, ging entschieden zu weit. Das würden seine Kumpel nie vergessen. Bei ihnen ging es um Fußball, Computer und Mädchen und nicht um das Spielen im Orchester. Aber wieso wollte sie zwei Geigen mit in die Schule nehmen? Es war verrückt.

«Lizzie ...», kam jetzt Mrs. Barretts Stimme schwach durch den Lärm, «mach die Musik leiser.»

Sebastian schoss vom Stuhl hoch und riss die Tür auf. «Ich gehe!», schrie er nach unten.

Er ignorierte den Zettel «Vor dem Eintreten klopfen» an Lizzies Tür, platzte in ihr Zimmer und machte den CD-Player aus.

Die plötzliche Stille war betäubend.

«Was zum Teufel denkst du dir eigentlich?», fragte er.

Lizzie gab keine Antwort, sie saß mit dem Rücken an das Bett gelehnt auf dem Boden und starrte ins Leere.

«Ich trage deine Geige nicht», sagte er wütend, «vergiss es also und mach ja nicht die Musik wieder an.»

Als er sich zum Gehen wandte, ertönte hinter ihm eine klägliche, kleine Stimme: «Sie wollen meinen Bogen stehlen.»

Er drehte sich abrupt um. «Was?»

«Sie wollen meinen Bogen stehlen.»

«Wer?»

Lizzie antwortete nicht.

Sebastian war wütend über ihr Schweigen und zischte: «Okay, dann sag es mir halt nicht.»

«Geh nicht!», rief sie.

Er seufzte schwer. «Also was?»

«Mach die Tür zu und ich sage es dir.»

«Beeile dich aber», brummte er und schloss die Tür.

Lizzie wusste, jetzt durfte sie nicht zögern, aber es fiel ihr schwer zu sprechen.

«Du erinnerst dich an den Mann, der meinen Bogen kaufen wollte?»

«Natürlich tu' ich das – der fette Italiener.»

«Bartoli ist nicht sein richtiger Name.»

Sebastian zog die Augenbrauen hoch und fragte: «Was dann?»

«Ich weiß es nicht.»

«Du meinst, dass er ein Betrüger ist?»

«Ja. Und er ist immer noch hinter dem Bogen her.»

«Aber Dad hat gesagt, dass er ihn ihm nicht verkauft.»

«Das hält ihn nicht ab. Auf meinem Weg zur Schule bin ich vom selben Auto verfolgt worden – jetzt schon dreimal. Beim ersten Mal ist er gefahren. Dann waren es zwei andere Männer. Ich bin sicher, dass sie versucht hätten, mir meinen Geigenkasten wegzunehmen, wenn ich ihn dabei gehabt hätte.»

Sebastian verzog das Gesicht. «Hast du es Mum und Dad gesagt?»

Lizzie schüttelte den Kopf. «Sie dürfen es nicht erfahren. Sie würden sich nur Sorgen machen. Aber es ist so, morgen probe ich mit Mr. Grimshaw, also muss ich den Kasten mit in die Schule nehmen. Ich habe gedacht, wenn du ihn für mich trägst, kann ich meinen alten nehmen, und wenn sie versuchen, ihn mir aus der Hand zu reißen, kriegen sie den falschen.»

Sebastian pfiff durch die Zähne. «Das hört sich ganz schön gefährlich an, Lizzie.»

«Das ist mir egal. Ich tue alles, damit sie den Bogen nicht kriegen. Bitte, Seb, nur bis zum Schultor.»

«Und was ist mit dem Rückweg?»

«Das gleiche Spiel.»

«Du willst also, dass ich ihn auch wieder nach Hause trage?»

«Das ist sicherer.»

Sebastian lehnte sich gegen die Tür und blies die Luft durch die Backen. Er war noch nie vorher gebeten worden, als großer Bruder zu agieren, und zu seinem eigenen Erstaunen fand er die Aussicht darauf ganz verlockend. Sollten seine Freunde doch lachen. Ihnen würde das Lachen schon vergehen, wenn sie erfuhren, dass er es machte, um ein paar Gauner reinzulegen.

Seine Entscheidung war gefallen. Er löste sich von der Tür und sagte betont lässig: «Na ja. Warum nicht?»

Lizzies besorgtes Gesicht wich einem breiten Lächeln. «Danke, Sebastian, ich werde es wiedergutmachen.»

«Du hast Geld erwähnt», erinnerte er sie.

Sie wünschte jetzt, das nicht getan zu haben, aber sie konnte ihr Wort nicht brechen. «Okay.»

Sebastian hob die Augen gegen die Decke. «Ich habe doch nur Spaß gemacht, du Dumme», sagte er spöttisch. Da war Lizzie noch glücklicher.

Er wollte schon rausgehen, als ihm etwas einfiel. «Dein Bogen», sagte er nachdenklich, «muss viel mehr wert sein als hundert Pfund, wenn Gauner hinter ihm her sind.»

«Ach, das ist er nicht. Sie sind einfach nur dumm.»

KEINE MENSCHENSEELE
WAR ZU SEHEN UND IHR
HERZKLOPFEN SCHIEN LAUTER
ALS IHRE DUMPFEN SCHRITTE
AUF DEM PFLASTER. NUR NOCH
EINE STRAẞE UND DANN -
ZU HAUSE.

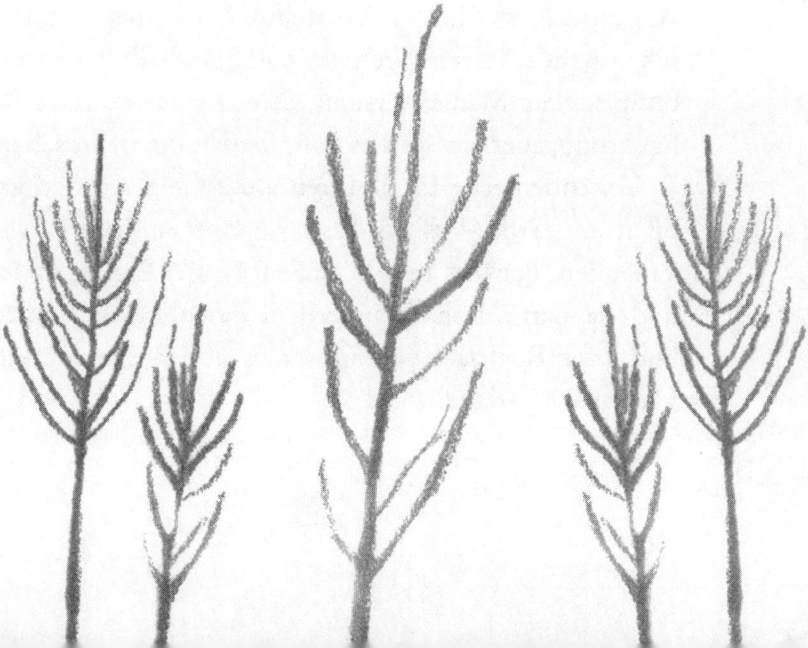

KAPITEL VIERZEHN

Am nächsten Morgen war es sehr neblig und durch die große Feuchtigkeit war alles tropfnass. Lizzie ging in Regenmantel und Wollmütze zur Schule. Sebastian folgte in etwa dreißig Meter Abstand mit seinem Freund Jason, der gleich zugesagt hatte, ihn zu begleiten, als die Möglichkeit, Verbrecher zu sehen, angedeutet wurde. Jason war so alt wie Sebastian, aber nicht so groß. Er war ein guter Fußballer und in der Schule beliebt.

«Mann», grinste er, «deine Schwester ist aber eine schnelle Läuferin.»

Sebastian grunzte irgendetwas. Er war mit einer abgenutzten Schultasche voller Ordner und Bücher beladen und unter seinem Regenmantel zeichnete sich ein sperriger Gegenstand ab. Das war der Holzkasten mit der geliehenen Geige und dem magischen Bogen. Im letzten Augenblick war ihm die Vorstellung, dass man ihn damit sehen würde, unerträglich gewesen. Deshalb hatte er ihn unter seinem Mantel verstaut. Es war eine deutliche Ausbuchtung, aber wenigstens konnte man ihn nicht sehen.

Vor ihnen trug Lizzie ihren alten Geigenkasten ganz offen am Griff – es war fast wie eine Aufforderung an jemanden, der ihn an sich reißen wollte. Es war Freitag, und sie hatte deshalb außerdem einen Hockeyschläger und ihren Rucksack voll Sportzeug und Bücher und ihre Hausarbeiten dabei.

Ihr Schulweg führte an einer Hauptstraße entlang, wo sich zur Hauptverkehrszeit die Autos mit eingeschalteten Scheinwerfern und Nebelleuchten vorbeischoben. Die Jungen waren sprungbereit, um einzugreifen, und schauten ständig hinter sich, aber es gab kein Zeichen von einem großen schwarzen Auto. Es war immer noch nicht aufgetaucht, als sie die Straße erreichten, in der sich die Schule befand.

«Das ist das letzte Mal, dass ich Lizzies Geigenkasten trage», schimpfte Sebastian.

«Vielleicht hat sie der Nebel abgehalten», meinte Jason.

Noch während er sprach, zog ein großes schwarzes Auto lautlos an ihnen vorbei und verlangsamte hinter Lizzie das Tempo.

Sebastian erstarrte. «Das sind sie!»

«Ein Mercedes», keuchte Jason.

Lizzies Herz klopfte, als das Scheinwerferlicht sie erfasste. Sie drehte sich nicht um, aber sie konnte das leise Brummen des Motors unheimlich dicht hinter sich hören. Instinktiv umfasste sie den Kasten fester und zwang sich weiterzugehen.

Die Jungen verringerten rasch den Abstand und schlichen hinter dem Auto her, jederzeit bereit, Lizzie zu Hilfe zu kommen. Viele neugierige Blicke anderer Schüler, die in die gleiche Richtung liefen, fielen auf sie, aber sie hatten nur für das Auto Augen. Durch das Rückfenster konnten sie die Hinterköpfe von zwei Gestalten erkennen, aber keiner hatte eine Glatze wie der Betrüger.

Plötzlich leuchtete der Blinker auf und das Auto bog in den Verkehrsstrom ein und fuhr davon.

«Wieso machen sie denn das jetzt?», rief Sebastian und blieb abrupt stehen.

«Vielleicht haben sie uns bemerkt», sagte Jason.

Sebastian schnaubte wütend und lief zu Lizzie, die vor ihnen stehen geblieben war. Ihr war schwindlig nach der Anspannung und sie war sich nicht sicher, ob sie froh sein oder bedauern sollte, dass nichts passiert war. Wenigstens konnte Sebastian jetzt nicht mehr behaupten, dass sie es erfunden hatte.

«Habt ihr sie gesehen?», fragte sie, als die Jungen zu ihr traten.

«Natürlich haben wir», gab ihr Bruder zurück, «wir sind doch nicht blind.»

«Denke, wir haben sie verjagt», kicherte Jason.

«Sie sollten Lizzies Geigenkasten schnappen», erwiderte Sebastian. Er hatte offensichtlich die Nase voll. «Hier, halt das für mich.»

Er gab Jason seine Schultasche und knöpfte seinen Regenmantel auf, um den Geigenkasten rauszuholen. Er gab ihn Lizzie und sagte: «Jetzt kannst du ihn nehmen, komm, Jason.» Dann griff er sich seine Schultasche und rannte mit flatterndem Regenmantel fort.

Jason blieb noch bei Lizzie und half ihr mit den beiden Kästen, der Plastiktüte mit den Noten und dem Hockeyschläger. «Schaffst du es allein?»

Lizzie blies sich einen Regentropfen von der Nasenspitze und nickte.

«Dann geh ich lieber», sagte er und jagte hinter Sebastian her.

«Vergesst nicht: nach der Schule!», rief sie.

Von Sebastian kam keine Antwort.

«Wir werden da sein!», kam es von Jason, als er ihm durch das Schultor folgte.

«Hast du ihn?»

«Nein, aber sie hatte ihn dabei.»

«So? Und warum hast du ihn dann nicht?»

«Da waren zu viele Kinder, Barry.»

Der Sprecher war ein stämmiger Mann mit großen Ohren und einem kahlen Schädel. Er sah aus wie ein Rausschmeißer in einem Club. Er trug eine Donkeyjacke über einem groben Hemd und sprach in ein Handy, während der Mercedes sich langsam im dichten Verkehr in der King's Road vorwärtsschob.

Der Fahrer war schlank, er hatte ein hartes Gesicht, fettes, zurückgekämmtes Haar und war ganz in Schwarz gekleidet – schwarze Lederjacke, schwarzer Rollkragenpullover, schwarze Hose und schwarze Schuhe.

«Zu viele Kinder!», explodierte die Stimme am anderen Ende. «Ich hab dir gesagt, du sollst ihn dir in der Nähe von ihrem Haus schnappen.»

«Wir war'n spät, Barry. Schrecklicher Verkehr heute Morgen. Es ist dicker Nebel, falls du es bemerkt haben solltest.»

«Natürlich hab ich es bemerkt», schimpfte die Stimme. «Jetzt hör' mir gut zu, Jim. Ich will den Bogen. Und ich will ihn heute! Also passe sie ab, wenn sie aus der Schule kommt.»

«Genau das haben wir gedacht, Barry.»

«Geht frühzeitig hin. Und bringt ihn sofort zu mir. Ich bin im *Prince of Wales*. Und ja nicht noch ein Parkticket.»

«Keine Sorge, Curly kann um den Block fahren.»

«Fährt er etwa jetzt?», fragte die Stimme alarmiert.

«Doch ...»

«Das darf er nicht! Er hat zwölf Monate Fahrverbot.»

Der Fahrer hörte das und grinste.

«Das macht ihm nichts», kicherte der Mann, der Jim hieß.

«Na, sag ihm, er soll vorsichtig sein. Schließlich fährt er mein Auto.»

«Ich sag's ihm.»

«Und vergiss nicht – im *Prince of Wales*. Und komm ja nicht mit leeren Händen.»

Es machte Klick und die Leitung war tot.

Jim schaltete das Handy aus. «Das war Barry», sagte er überflüssigerweise zu Curly.

Während des ganzen Tages hob sich der Nebel kaum. Die Spiele wurden abgesagt, und als Lizzie aus der Schule kam, wurde der Nebel noch dichter und es war schon ziemlich dunkel. Sie trug den Hockeyschläger und in jeder Hand einen Geigenkasten und ging schnell über den Pausenhof zum Tor, um auf Sebastian und Jason zu warten.

Die Probe mit Mr. Grimshaw in der Mittagspause war gut gelaufen. Sie hatten zum ersten Mal alle Sätze der

Corelli-Sonate und auch die anderen Stücke für das Examen gespielt. Als sie zusammenpackten, sagte er: «Ich organisiere eine Gruppe für ein Konzert in den Ferien in der Royal Festival Hall. Hättest du Lust mitzukommen? Ich denke, es würde dir gefallen. Sie spielen das Violinkonzert von Sibelius.»

Ganz aufgeregt sagte Lizzie: «Vielen Dank, Mr. Grimshaw, sehr gerne.»

«Dann gebe ich dir eine Notiz für deine Eltern mit.»

Die hatte sie jetzt in der Tasche ihres Regenmantels, aber im Augenblick drehten sich ihre Gedanken darum, dass sie den Bogen sicher nach Hause brachte.

Sie stand am Tor und suchte unruhig nach den beiden Jungen in den Horden von Schülern, die in ihre Richtung liefen. Kein Zeichen von ihnen. Ihr sank das Herz beim Anblick von Helen und einigen ihrer Clique.

«Schaut sie an», lästerte Helen, «eine Geige reicht jetzt nicht mehr für sie.»

«Das braucht sie, weil sie vier Augen hat», spottete einer von ihnen, und alle lachten.

Es fiel Lizzie schwer, den Mund zu halten. Aber nach Mr. Rostikoffs Belehrung war sie entschlossen, mit der Streiterei nichts mehr zu tun zu haben.

«Tingel – tangel – tingeling», witzelten sie.

Lizzie schluckte ihre Wut runter und blickte weiter den Schülern entgegen, die aus dem Gebäude strömten. Mittendrin entdeckte sie Alice, die länger geblieben war, um mit dem Lehrer des Theaterkurses zu sprechen.

«Was machst du denn hier?», fragte Alice.

«Hast du Sebastian gesehen?»

«Nein.»

Lizzie spitzte die Lippen. «Er sollte mich hier treffen. Aber er ist noch nicht aufgetaucht.»

Alice blickte sie neugierig an. «Warum hast du zwei Geigen?»

«Frag nicht.»

Alice grinste. Es war besser, nicht auf einer Antwort zu bestehen. Das wusste sie. «Er kommt sicher bald. Bis dann», sagte sie fröhlich und lief weiter.

Lizzie sah ihr nach und wandte sich dann wieder der Schule zu. Hinter dem Pausenhof leuchteten die erhellten Fenster verschwommen durch den Nebel.

«Jetzt kommt schon», drängte sie und stampfte mit den Füßen.

Die Jungen kamen so lange nicht, dass sie meinte, sie in dem allgemeinen Gedränge verfehlt zu haben. Aber die beiden hätten sie doch bestimmt gesehen? Es sei denn, sie waren früher rausgekommen und hatten sich nicht die Mühe gemacht zu warten. So war es wahrscheinlich.

Sie wartete ab, bis die Schüler nur noch tröpfchenweise herauskamen, und beschloss dann, einfach loszugehen. Die Jungen hatten sie im Stich gelassen – selbst Jason, der versprochen hatte zu kommen. Kalt bis auf die Knochen und voller Angst machte sie sich auf den Heimweg.

Zehn Minuten später platzten Sebastian und Jason aus dem Schulhaus und rannten über den Pausenhof zum Tor.

«Die dumme Ziege ist weg», rief Sebastian. «Los!»

Lizzie schleppte sich durch den Nebel, immer mit dem Blick auf die nächste Straßenlampe. Ihre Brille war beschlagen und die Arme taten ihr weh, aber sie dachte nicht daran, stehen zu bleiben.

Keine Menschenseele war zu sehen und ihr Herzklopfen schien lauter als ihre dumpfen Schritte auf dem Pflaster. Nur noch eine Straße und dann – zu Hause.

Als sie die Straßenlaterne erreichte, spürte sie plötzlich eine Bewegung in der Einfahrt neben ihr. Sie drehte sich um, und im selben Augenblick wurde sie von einem großen Mann angesprungen. Er riss ihr einen der Geigenkästen aus der Hand und warf sie mit einem heftigen Stoß zur Seite. Sie krachte in eine Ligusterhecke und stürzte auf den Bürgersteig. Der Hockeyschläger fiel ihr aus der Hand, aber irgendwie gelang es ihr, den zweiten Geigenkasten festzuhalten. Atemlos und benommen hörte sie die schweren Schritte des Mannes um die Ecke der nächsten Straße davonstampfen.

«Lizzie! Lizzie!» Die beiden Jungen tauchten aus dem Nebel auf.

In der Nebenstraße hörte man einen Motor anspringen, und mit quietschenden Reifen und aufheulendem Motor kam der Mercedes um die Ecke und schoss an ihnen vorbei.

«Halt! Halt!», brüllte Sebastian. Aber darauf würde der Wagen wohl kaum reagieren.

«Ich hab die Nummer», sagte Jason.

«Dann schreib sie auf, bevor du sie vergisst», befahl Sebastian. Er eilte zu Lizzie, die versuchte, sich aufzusetzen. «Alles in Ordnung?»

Sie nickte, aber sie zitterte vor Erregung.

Er half ihr aufstehen und setzte sie auf eine kleine Mauer unter der Ligusterhecke.

«Wo wart ihr?», heulte sie. «Ich hab ewig gewartet.»

«Der alte Fettwanst Presscott quasselte und quasselte ohne Ende. Wir haben gedacht, er hört gar nicht mehr auf.»

Im Pub *Prince of Wales* in Soho schaltete der Mann, der versucht hatte, Lizzies Bogen zu kaufen, sein Handy aus. «Die kommen gerade die Shaftesbury Road rauf», sagte er zu seinem Kumpan, der neben ihm auf einem gepolsterten Stuhl saß. «Können jede Minute hier sein.» Er sprach ohne den geringsten italienischen Akzent.

Der langhaarige Mann aus der Geigenbauerwerkstatt grinste und leerte sein Glas. «Willste noch eins, Barry?»

«Sehr freundlich, Greg.» Der andere grinste süßlich, seine Wangen waren von den Drinks, die er schon gehabt hatte, gerötet.

Während Greg die leeren Gläser zur Bar trug, lehnte sich der dicke Mann auf seinem Stuhl zurück und zog genüsslich an einer gleichfalls dicken Zigarre.

Greg kam mit zwei vollen Gläsern – Gin Tonic für den Betrüger und ein halbes Bier für sich – zurück.

«Prost», sagte er und hob sein Glas.

«Auf den Erfolg», der Dicke schlürfte seinen Drink und nahm noch einen Zug aus seiner Zigarre. «Er ist ein guter Kerl, Jim, das ist er», sagte er überschwänglich. «Ich wusste, dass ich mich auf ihn verlassen kann, dass er ihn kriegt.» Er zwinkerte seinem mageren Kumpan zu. «Bald ist Goldgräberzeit, Greg. Dann wird gefeiert.»

«Du vergisst meinen Anteil aber nicht?»

«Gregory», protestierte der Betrüger, er klang regelrecht verletzt, «wie kannst du nur an so was denken?»

«Hoffen wir, dass der Käufer ihn noch will.»

«Will? Er kann es nicht erwarten, ihn zu kriegen. Ruft mich ständig an.»

«Wer ist es?»

«Keine Ahnung. Ist alles sehr geheim. Aber ihm fehlt es nicht an Geld. Hat mir zehntausend bar als Anzahlung geschickt. Und er will mehr als üblich zahlen.»

«Wie steht es mit etwas für mich?»

Der Dicke grinste. «Tut mir leid, Greg, ich hab Ausgaben.» Er nahm noch einen Schluck und blickte zum Eingang. «Hierher, Jim!», rief er Lizzies Angreifer entgegen, der gerade durch die Tür hereinkam.

Der stämmige Schurke schob sich durch die Menge und hielt den Geigenkasten vor sich wie ein Maschinengewehr.

«Hier ist er», sagte er stolz.

«Dann wollen wir mal sehen.» Der Betrüger langte gierig nach dem Kasten, drückte einen schmatzenden Kuss darauf und legte ihn auf den Tisch.

«Jetzt ist es so weit, Greg», sagte er und seine Schweinsäuglein leuchteten vor Erwartung. «Der Augenblick, auf den wir gewartet haben.»

Greg rückte näher und sah zu, wie er den Verschluss zur Seite schob und den Deckel aufklappte.

Wie ein Mann beugten sie sich vor und schauten

hinein. Einen Moment gefror ihnen das Lächeln auf den Lippen. Dann verschwand es vollkommen. Bewegungslos starrten sie auf den Inhalt, als könnten sie nicht glauben, was sie sahen. Schließlich begann der Betrüger außer sich in einem Haufen von zerknülltem Papier herumzuwühlen.

«Was ist das?», fragte er und zog einen alten Schuh von Lizzie heraus.

«Sieht wie ein Schuh aus», antwortete Jim.

«Klar ist es ein Schuh! Aber wo ist der Bogen?»

Der Kerl, der Lizzie angegriffen hatte, machte ein verlegenes Gesicht. «Sie hatte zwei Kästen, Barry. Ich muss den falschen erwischt haben.»

In dem Augenblick trat der andere Kerl zu ihnen. «Dein Auto ist im Parkhaus», sagte er und ließ den Parkschein und die Autoschlüssel auf den Tisch fallen. Dann merkte er plötzlich, dass etwas nicht stimmte. «Was ist los?»

Statt einer Antwort warf der Dicke den Schuh nach ihm. «Raus!», brüllte er. «Raus ihr beiden! Und kommt mir nicht wieder, bis ihr ihn habt!»

Curly starrte ihn verständnislos an.

«Tu, was er sagt», murmelte Jim und zog ihn weg.

Curly begriff immer noch nicht, aber sie traten hastig den Rückzug an.

Der Betrüger ließ sich auf den Stuhl fallen, sein Gesicht war knallrot vor Wut.

«Ich kapier' es nicht», sagte Greg, «warum sind lauter alte Schuhe drin?»

«Sie weiß Bescheid, du Idiot!»

Der Dicke schloss den Kasten mit einem Knall, stellte

seinen Drink hastig hin, drückte die Zigarre aus und nahm den Parkschein und die Schlüssel. «Ich bin weg», sagte er und hievte sich von seinem Stuhl.

«Was ist mit dem Geigenkasten?»

«Verbrenn ihn!»

Greg trank hastig sein Bier aus. Er hatte keine Lust, zu bleiben oder überhaupt noch etwas mit dem Geigenkasten zu tun zu haben. So ließ er ihn auf dem Tisch und ging hinaus.

«DU VERSTEHST ES NICHT», PLATZTE LIZZIE HERAUS. «DER BOGEN GEHÖRT MIR NICHT.» WIE VOM BLITZ GETROFFEN BLIEB SEBASTIAN STEHEN.

KAPITEL FÜNFZEHN

«Du musst es Mum und Dad sagen!»

«Nein!»

«Dann mach ich es.»

«Untersteh dich!»

«Jemand muss es der Polizei melden.»

«Nein!»

«Begreifst du das nicht mit deinem Dickschädel? Wir haben die Autonummer. Damit kann die Polizei den Besitzer ausfindig machen.»

«Nein!»

Sebastian langte sich an den Kopf, er war sprachlos vor Frustration. Den ganzen Abend hatte er darauf gewartet, dass Lizzie etwas zu dem Überfall sagen würde. Aber sie hatte nichts gesagt. Als sie viel später als sonst nach Hause kamen, war Mum von Lizzies Zustand schockiert gewesen. Lizzie hatte lediglich gesagt, dass sie im Nebel hingefallen sei.

Inzwischen war das Abendessen längst vorbei und Lizzie war nach oben gekommen, um sich zum Schlafengehen fertigzumachen. Zum ersten Mal seit Wochen konnte sie einfach nicht üben, doch sie hatte sich überzeugt, dass die Geige und der Bogen unbeschädigt waren. Aber sie war immer noch um den Bogen besorgt und konnte nicht widerstehen, noch einmal nach ihm zu schauen, bevor sie sich auszog. Nachdem sie ihn beinahe verloren hatte, schien er kostbarer als je zuvor. Sie saß mit dem Bogen in den Händen auf dem Bett, als Sebastian eintrat.

«Warum willst du es ihnen nicht sagen?», fragte er in einem letzten Versuch, sie zur Vernunft zu bringen.

«Weil ich nicht will.»

«Warum?»

«Darum.»

Sebastian gab auf, er war überzeugt, dass seine Schwester die dickköpfigste Person auf der ganzen Welt war. «Wie du willst», sagte er verärgert, «aber erwarte nicht, dass ich dir noch einmal helfe.»

Er ging zur Tür und riss sie auf.

«Du verstehst es nicht», platzte Lizzie heraus. «Er gehört mir nicht.»

Wie vom Blitz getroffen blieb Sebastian stehen.

Lizzie schlug sich die Hand vor den Mund, entsetzt von dem, was sie gesagt hatte.

«Gehört dir nicht?»

Verzweifelt schüttelte sie den Kopf. «Nein.»

Sebastian verzog das Gesicht. «Wem dann?»

«Jemandem, den ich getroffen habe.»

«Wer?»

«Ich kann es nicht sagen.»

«Warum nicht?»

«Ich habe versprochen, es nicht zu verraten.»

«Ich sage es nicht weiter.»

«Ich kann nicht, Seb, ich habe es VERSPROCHEN.»

Sebastian seufzte resigniert. Er wusste, es hatte keinen Sinn, sie weiter unter Druck zu setzen. In die Stille hinein läutete unten das Telefon. Er schloss die Tür, damit man es nicht hörte.

«Also hast du ihn gar nicht beim Trödler gekauft?»

«Nein.»

«Kannst du ihn behalten?»

Lizzie schüttelte den Kopf- «Ich muss ihn nach Weihnachten zurückgeben.»

Sebastian pfiff durch die Zähne. «Kein Wunder, dass du dir um ihn Sorgen gemacht hast.» Er trat näher und setzte sich neben sie. «Du hättest es mir sagen müssen, Lizzie. Ich habe gedacht, du wärst nur ... na ja ....wie immer halt.»

Jetzt kam es Lizzie dumm vor. Aber sie waren es nicht gewöhnt, Geheimnisse miteinander zu teilen oder in das Zimmer des anderen zu gehen – ihres war immer sauber und aufgeräumt, seines sah immer wie ein Schuttplatz aus.

«Bitte, sag es Mum und Dad nicht», flehte sie, «das macht alles nur schlimmer. Und sie werden Fragen stellen wegen des Bogens. Und ich kann es ihnen nicht sagen. Ich habe es versprochen!»

Sebastian spitzte die Lippen und sah auf den Bogen in ihrer Hand.

«Was ist denn so besonders an dem Bogen?»

«Es ist einfach schön, mit ihm zu spielen.»

«Nein, ich meine, was ist er wert? Mehr als hundert Pfund?»

Lizzie nickte.

«Mehr als zweihundert?»

«Wahrscheinlich.»

«Sind die Kerle deshalb hinter ihm her?»

Lizzie nickte.

Beide waren gedankenverloren und schreckten hoch, als sich die Tür öffnete und Mr. Barrett eintrat.

«Du solltest klopfen, Dad», sagte Lizzie.

Ungeschickt murmelte er eine Entschuldigung. «Was gibt es?», fragte er. Es überraschte ihn, die beiden zusammen auf Lizzies Bett sitzen zu sehen.

«Ich habe Seb meinen Bogen gezeigt», antwortete sie.

Mr. Barrett räusperte sich. «Wir hatten gerade einen eigenartigen Telefonanruf, Lizzie. Anscheinend hat man deinen Geigenkasten in einem Pub gefunden – in Soho.»

Lizzies Herz stand still, dann begann es heftig weiterzuklopfen. Sie warf Sebastian, der genauso verblüfft war, einen Blick zu.

«Sie hatten unsere Nummer von dem Adressschild im Deckel», sagte ihr Vater. «Kannst du das erklären?»

Lizzie schluckte. «Ich … ich … habe ihn jemandem geliehen», sagte sie – das war das Erste, was ihr einfiel.

«War es nicht Mr. Grimshaw?», kam Sebastian ihr zu Hilfe.

«Richtig», Lizzie fing den zugespielten Ball auf, «er hat gesagt, dass jemand einen braucht, und ich habe gesagt, dass er meinen alten leihen kann.»

Mr. Barrett runzelte nachdenklich die Stirn. «So … du hast ihn also Mr. Grimshaw geliehen?»

Lizzie nickte.

«Ich finde, du hättest zuerst einen von uns fragen müssen.»

«Entschuldigung.»

«Offensichtlich ist der Kasten voll alter Schuhe», fuhr Mr. Barrett fort. «Hast du das gewusst?»

«Ja...a», antwortete sie und beschloss, es besser zuzugeben, da die Schuhe ihr gehörten. «Sie sind für Oxfam», sagte sie in einer plötzlichen Eingebung. «Wir sammeln in der Schule, ich hatte so viel anderes Zeug zu tragen, deswegen habe ich sie in den Geigenkasten gestopft. Und dann habe ich vergessen, sie rauszutun.»

Sebastian lächelte bestätigend. «Siehst du, Dad, Rätsel gelöst.»

Mr. Barrett rümpfte die Nase. «Du denkst also, dass Mr. Grimshaw ihn im Pub gelassen hat?»

«Muss er wohl», sagte Lizzie, «wahrscheinlich hatte er den Kopf voll. Er kann manchmal ganz schön vergesslich sein.»

Damit schien ihr Vater weitgehend zufrieden. «Na ja, wir können ohnehin bis nach dem Wochenende nichts unternehmen. Ich habe viel zu viel im Garten zu tun, um nach Soho zu fahren. Wir rufen am Montag in der Schule an und bitten, dass sie Mr. Grimshaw sagen, wo der Geigenkasten ist.»

Er wandte sich zum Gehen.

«Mir macht es nichts aus, ihn zu holen», sagte Lizzie rasch, «Sebastian kann mich ja begleiten.» Sie wandte sich Sebastian mit einem bedeutungsvollen Blick zu. «Du wolltest Dad sowieso fragen, ob du morgen mit Jason in die Stadt darfst, oder?»

«Wollte ich das?»

Lizzie sah ihn scharf durch ihre Brille an. «Du weißt doch, dass du es tun wolltest. Du wolltest das neue Computerspiel sehen, das er kaufen möchte.»

Der Groschen fiel. «Ach ja, stimmt. Da gibt es einen tollen Laden in der Oxford Street.»

«Das ist doch praktisch für das Pub.»

Mr. Barrett überlegte einen Moment und schüttelte dann den Kopf. «Ich kann kaum erlauben, dass ihr allein in das Pub geht – schon gar nicht in Soho.»

«Gib auf, Dad», protestierte Sebastian, «ich bin jetzt fünfzehn. Wir gehen nur rein, holen den Kasten und gehen wieder raus.»

«Ich dachte an deine Schwester», erwiderte Mr. Barrett.

«Sie ist bei uns sicher.»

«Mr. Grimshaw ist bestimmt sehr dankbar, wenn wir ihm den Weg ersparen», fügte Lizzie in ihrer charmantesten Art hinzu. «Er war so hilfsbereit, Dad. Es ist das Wenigste, was wir tun können.»

Damit traf sie bei ihrem Vater einen Nerv, denn er wollte wegen seiner Kinder mit den Lehrern immer gut gestellt sein.

«Nun ...», sagte er unsicher, «solange ihr versprecht, gut aufzupassen ... »

«Wir versprechen es!», riefen sie einstimmig.

«... und zum Mittagessen zurück zu sein.»

«Bestimmt!»

Mr. Barrett blickte seinen Sohn streng an. «Ich übergebe dir die Verantwortung, Sebastian.»

«In Ordnung, Dad.» Sebastian lächelte.

Mr. Barrett schaute ihn von der Seite an. Er hoffte, die richtige Entscheidung getroffen zu haben.

«Ich rufe im Pub an, dass ihr kommt», sagte er und verließ unmittelbar das Zimmer.

Als sich die Tür hinter ihm schloss, gaben Lizzie und Sebastian einen gedämpften Jubelschrei von sich.

Am nächsten Morgen fuhren sie mit der U-Bahn zum Oxford Circus und machten sich auf den Weg nach Soho. Der Nebel vom Vortag hatte sich gehoben, aber es war noch immer bedeckt und kalt. Sie trugen warme, sportliche Samstagvormittagskleidung. Sebastian eine Fleecejacke, Armeehosen und Turnschuhe; Lizzie ihre wattierte Jacke, einen Rock und Wollstrumpfhosen. Sie trug fast nie Jeans. Jason war nicht dabei. Er spielte in einer der Fußballmannschaften der Schule.

Es war erst halb elf, als sie das *Prince of Wales* erreichten. Sie wussten nicht, was sie erwartete, als sie hineingingen, und stellten etwas eingeschüchtert fest, dass es schon ziemlich voll war. Die meisten Männer standen vor einem Fernsehbildschirm, auf dem schlaue Experten die Fußballspiele diskutierten, die am Nachmittag stattfinden sollten.

Sebastian und Lizzie versuchten, sicherer aufzutreten, als ihnen zumute war, und gingen an die Bar, wo ein jugendlich aussehender Mann, der ein aufgedunsenes Gesicht und einen Ring in einem Ohr hatte, Getränke servierte. Er schaute sie schief an, als sie näher kamen, und zapfte eine Halbe für noch einen Gast. Sie mussten warten, bis er das Geld entgegengenommen hatte und es in der Kasse klingeln ließ, bevor er sie ansprach.

«Was wollt ihr?», fragte er. «Ich bediene euch nicht, ihr seid minderjährig.»

«Wir wollen nichts trinken», sagte Sebastian, «wir sind wegen dem Geigenkasten von meiner Schwester gekommen.»

Der Barkeeper sah sie verständnislos an.

«Er wurde gestern hier gefunden», sagte Lizzie. «Mein Vater hat angerufen und gesagt, dass wir deswegen kommen.»

Der Barkeeper murmelte: «Wartet», und verschwand durch eine Öffnung hinter der Bar.

«Der Kasten muss hier sein, sonst hätten sie nicht bei uns angerufen», sagte Lizzie.

«Der ist halt dumm», schnaubte Sebastian verächtlich.

Der Barkeeper tauchte wieder auf und sagte: «Ted kommt.» Dann ließ er sie stehen, um andere Gäste zu bedienen.

Kurz darauf kam ein älterer Mann in Hemdsärmeln durch die Öffnung und wischte sich die Hände ab.

«Tut mir leid, dass ich euch warten ließ. Ich war unten im Keller. Ihr seid die Kinder mit dem Geigenkasten?»

«Ja», sagte Sebastian.

«Haben Sie ihn?», fragte Lizzie.

Der Wirt nickte. «Ich hole ihn euch eben.» Damit ging er durch die Öffnung und kam mit dem Kasten zurück. «Wer will ihn?»

«Ich, bitte», sagte Lizzie.

«Da nimm ihn.» Er reichte ihn ihr über die Bar.

«Ein Glück, dass ich das Adressschild im Deckel gesehen habe. Ich wollte ihn für Mr. Coleman aufbewahren.»

Sebastian spitzte die Ohren und fragte: «Für wen?»

«Barry Coleman. Er war gestern hier, saß da drüben.» Der Wirt zeigte auf den Platz, wo der Betrüger und Greg gesessen hatten. «Jemand hat den Kasten auf dem Tisch gefunden, deshalb habe ich gedacht, dass er ihm gehört.»

«Ist er ein großer, dicker Mann?», fragte Sebastian.

Der Wirt lachte. «Das kann man wohl sagen. Kennt ihr ihn nicht?»

«Na ja ... ich nicht, aber meine Schwester.»

Der Wirt grinste sie an. «Bist du seine neueste Entdeckung?»

Lizzie begriff nicht. «Wie bitte?»

«Na ja, er ist wohl eine große Nummer in der Popwelt.»

«Oh ... so etwas spiele ich nicht.»

«Was ist denn dein Gebiet?»

«Sonaten ... Konzerte.»

Der Wirt verzog das Gesicht. «Klassisches Zeug? Habe gar nicht gewusst, dass Barry Coleman damit zu tun hat. Was macht er denn mit deinem Geigenkasten?»

«Ich ... ich habe ihn ihm geliehen.»

«Voll mit alten Schuhen?»

Lizzie starrte ihn an, ihr fiel keine Antwort ein.

«Wir müssen gehen», sagte Sebastian schnell, «danke für Ihre Hilfe.»

«Und danke dafür», sagte Lizzie und hob den Geigenkasten hoch.

«Schon gut», erwiderte der Wirt. «Ihr sagt Mr. Coleman, dass ihr ihn geholt habt?»

«Aber klaro!», versicherte ihm Sebastian und eilte mit Lizzie dicht hinter ihm zur Tür.

Als sie draußen auf dem Bürgersteig standen, schauten sie sich an und riefen gleichzeitig: «Mr. Coleman!»

«Ich habe gleich gewusst, dass er kein Italiener ist», fügte Sebastian wütend hinzu.

«Ich wüsste gern, wie der echte Mr. Bartoli ist», überlegte Lizzie. «He! Warum gehen wir nicht zu dem Laden? Vielleicht ist er heute Morgen da?»

Sebastian blickte auf seine Uhr. «Wir müssen uns beeilen.»

Schnell liefen sie zur New Oxford Street und gingen auf die andere Seite.

Um hinzufinden, mussten sie sich auf die Erinnerung an ihren damaligen Besuch verlassen. Nachdem sie ein oder zwei Mal falsch abgebogen waren, stießen sie schließlich zufällig auf den Laden. Er sah noch ganz gleich aus, mit dem gleichen Halbvorhang über dem Fenster.

«Ich gehe rein», sagte Lizzie.

Sebastian packte sie am Arm. «Das machst du nicht! Vielleicht ist dieser Gregory da.»

«Dann heb mich hoch, ich will reinschauen.» Sie stellte den Geigenkasten auf das Pflaster. «Mach schon!»

Widerstrebend kniete er sich hin, damit Lizzie auf seine Schulter steigen konnte, dann kam er schwankend mit ihr auf die Füße.

«Kannst du etwas sehen?»

Wenn sie den Hals reckte, konnte sie gerade über den Vorhang hinweg in den Laden schauen. Greg war hinter dem Ladentisch und nahm von einer Frau Geld entgegen. Ein grauhaariger Mann stand mit dem Rücken zu ihr und zeigte einem Kunden eine Geige. Als Greg sich zur Kasse wandte, erblickte er Lizzie und erstarrte. Nachdem er sich wieder gefasst hatte, legte er das Geld in die Kasse, gab der Frau das Wechselgeld und stürzte in die Werkstatt. Der grauhaarige Mann blickte ihm erstaunt nach und wandte sich an die Frau, um mit ihr zu sprechen.

Inzwischen wurden Sebastians Beine schwach und er musste Lizzie auf den Boden herunterlassen.

«Hast du ihn gesehen?», fragte er und lockerte seine schmerzenden Schultern.

«Ich bin nicht sicher. Ich habe Gregory gesehen und er mich. Er sah echt erschrocken aus und flüchtete aus dem Laden.»

«Geschieht ihm recht.»

Lizzie grinste und nahm ihren Geigenkasten. «Da war noch ein anderer Mann, aber ich weiß nicht, ob es Mr. Bartoli war. Könnte sein. Vielleicht gehen wir rein und fragen ihn?»

«Nein!»

In diesem Augenblick öffnete sich die Ladentür und eine Kundin kam mit einem grauhaarigen Mann heraus.

«Ich entschuldige mich wegen Gregory», sagte er. «Ich weiß nicht, was in ihn gefahren ist.»

Die Frau sagte, es sei kein Problem, und ging. Als der

Mann wieder in den Laden zurückwollte, bemerkte er Lizzie und Sebastian auf dem Bürgersteig.

«Wollt ihr reinkommen?», fragte er. Er war schon älter, trug eine Schürze über seiner Weste und ein gestreiftes Hemd mit Fliege.

«Sind Sie Mr. Bartoli?», fragte Lizzie unvermittelt.

«Der bin ich.»

«Sie kennen meine Lehrerin, Mrs. Stokes.»

Er lächelte anerkennend. «Wie geht es ihr?

«Danke, sehr gut.»

«Das freut mich zu hören. Wollt ihr bestimmt nicht reinkommen? Du könntest mir deine Geige zeigen.»

Lizzie, die wusste, was in dem Kasten war, wurde rot vor Verlegenheit. «Wir müssen gehen.»

«Dann ein anderes Mal ...» Höflich neigte Mr. Bartoli den Kopf und wandte sich zur Tür.

«Wissen Sie, dass er ein Gauner ist?» rief Sebastian plötzlich. «Der Mann in Ihrem Laden, dieser Gregory, er macht dunkle Geschäfte.»

«Das ist grässlich, so etwas zu behaupten», sagte der Geigenbauer vorwurfsvoll und ging hinein.

«Er steckt mit Mr. Coleman unter einer Decke», rief Sebastian, als die Tür ins Schloss fiel.

Lizzie war entsetzt. Ihr hatte die kurze Unterhaltung mit Mr. Bartoli so gut gefallen – er war genauso, wie Alice ihn beschrieben hatte: höflich und liebenswürdig.

«Warum hast du das gesagt?»

«Er muss es ja einmal erfahren.»

WIE EINE KUGEL AUS DEM GEWEHR SCHOSS JASON LOS. ER WAR EINER DER BESTEN SPORTLER SEINES JAHRGANGS UND WAR DEN KERLEN BALD WEIT VORAUS.

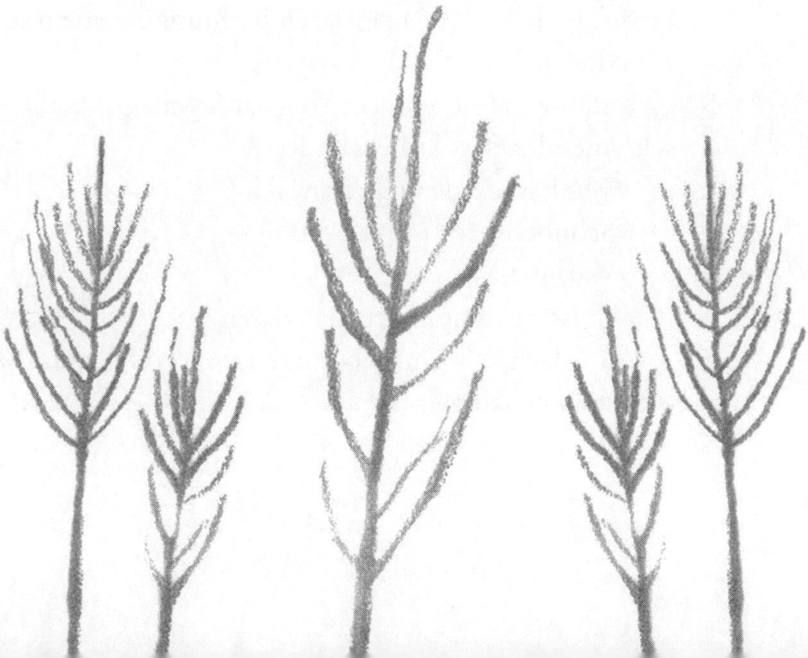

KAPITEL SECHZEHN

«Vergiss deine Schuhe nicht», rief Mrs. Barrett Lizzie nach.

Lizzie stöhnte und kehrte ins Haus zurück, um sie zu holen. Sie hätte sich denken können, dass ihr Vater ihrer Mutter erzählen würde, dass sie sie für Oxfam mit in die Schule nehmen wollte. Dann mussten die Schuhe eben in ihrem Schließfach in der Schule bleiben, bis es tatsächlich eine Wohltätigkeitssammlung gab. So verließ sie das Haus zum zweiten Mal mit den Schuhen in einer Plastiktüte.

Sie trat aus dem vorderen Tor und erschrak, als sie gegenüber auf dem Bürgersteig zwei Männer sah. Den einen mit dem Kahlkopf erkannte sie als den, der sie im Nebel überfallen hatte.

Beunruhigt eilte sie die Straße hinunter. Ein Stück weiter drehte sie sich um und stellte erleichtert fest, dass die beiden in der entgegengesetzten Richtung zu einem roten Auto liefen.

Zufällig traf sie auf dem Weg zur Schule Alice, die sich sehr über die Plastiktüte wunderte.

«Was hast du denn da drin?»

«Schuhe.»

«Warum?»

«Es ist zu kompliziert zu erklären.»

Alice lachte. «Du bist zurzeit voller Geheimnisse.» «Und du neugierig.»

Während sie zusammen weitergingen, redete Alice pausenlos von allem, was sie am Wochenende gemacht hatte. Lizzie sagte nicht viel, ab und zu brummte sie etwas vor sich hin. Sie dachte immer noch an die Männer, die sie gerade gesehen hatte, und an Barry Coleman. Sie kannte seinen Namen, wusste sonst aber sehr wenig über ihn. Plötzlich dachte sie, dass Alices Vater vielleicht helfen könnte. Er arbeitete in der Werbebranche und hatte wahrscheinlich alle möglichen Kontakte.

«Alice», unterbrach sie den Redefluss ihrer Freundin, «meinst du, dein Vater kann etwas für mich tun?»

«Was?»

«Kann er etwas über einen Mann herausfinden, der Barry Coleman heißt?»

Alice blickte sie fragend an. «Wer ist das?»

«Ich glaube, er hat etwas mit Popmusik zu tun.»

«Sag bloß, dass du damit was zu tun hast?» Alice grinste.

«Ich mag manches davon», erwiderte Lizzie empört.

Alice lachte. Es gefiel ihr, Lizzie damit aufzuziehen, dass sie so wenig Interesse an Popmusik hatte. «Wieso willst du etwas über ihn erfahren?»

«Ich habe ihn halt kennengelernt», sagte Lizzie unbestimmt.

Alice schaute sie spöttisch an. «Hat er etwas mit dem Geigenbauer zu tun? Du hast mir nie gesagt, warum du wolltest, dass ich ihn anrufe.»

«Du weißt, dass ich es nicht kann.»

«Dann erzähle mir von diesem anderen Mann.»

Lizzie wünschte allmählich, sie hätte ihn nie erwähnt. «Ich kann nicht», sagte sie hilflos.

Das war eins zu viel für Alice. «Bloß nicht noch ein Geheimnis! Ich habe gedacht, wir sind Freundinnen. Freundinnen müssen sich ihre Geheimnisse anvertrauen. Das machen sie in Büchern immer so.»

«Wir sind Freundinnen. Es ist nur ... ich kann es dir im Moment nicht sagen. Aber ich werde es irgendwann tun ... versprochen.»

Das besänftigte Alice nur teilweise und sie liefen ein Stück durch betretenes Schweigen getrennt weiter, bis Lizzie fragte: «Sprichst du also mit deinem Vater?»

Alice, die immer noch verärgert war, antwortete nicht gleich. Aber dann nickte sie widerstrebend. «Okay.»

Lizzies Gesicht hellte sich auf. «Danke, Alice», sagte sie, «du bist eine echte Freundin.»

Als Lizzie nach dem Unterricht nach Hause ging, gab es kein Zeichen von den beiden Kerlen. Aber am nächsten Morgen waren sie wieder da. Und auch am Morgen danach. Glücklicherweise machten sie sich nicht die Mühe, auch an den Nachmittagen zu kommen, wenn sie sahen, dass sie keinen Geigenkasten trug. So konnte sie problemlos zu ihrer gewohnten Unterrichtsstunde bei Mrs. Stokes gehen. Der kritische Tag war der Freitag, wenn sie die nächste Probe mit Mr. Grimshaw hatte.

«Ich muss wohl absagen», vertraute sie Sebastian an.

«Tu es nicht. Ich habe einen Plan.»

Donnerstagnacht war scharfer Frost und am Morgen waren der Garten und die Wege noch weiß, als Lizzie und Sebastian aus der Hintertür traten. Er sah auf die Uhr und murmelte: «Gut.» Der Erfolg seines Plans hing davon ab, dass sie Punkt fünf nach acht losgingen.

Geduckt rannten sie hinüber zur Rückseite der Garage und sortierten rasch, wer was tragen sollte. Lizzie hatte ihre für den Freitag üblichen Sachen: Hockeyschläger, Rucksack und die Plastiktüte mit Noten, und jetzt auch noch Sebastians Schultasche. Er hatte nur eines zu tragen: den so wichtigen Geigenkasten mit der geliehenen Violine und dem magischen Bogen.

Er nahm sein Handy und schrieb eine SMS – «Gehen jetzt los» –, die er an eine einprogrammierte Nummer sendete. «Komm», sagte er zu Lizzie.

Sie versuchten, einen lässigen Eindruck zu machen, innerlich aber waren sie nervös, als sie von der Rückseite der Garage zum Eingangstor liefen. Auf der anderen Straßenseite stampften die beiden Gauner mit den Füßen. Sie hielten sofort inne, als sie Lizzie und Sebastian sahen.

«Ihr Bruder hat ihn», murmelte Jim, womit er wie immer das Offensichtliche feststellte.

«Kein Problem», grinste Curly.

Lizzie blickte sich um und sah, wie sie die Straße überquerten. «Sebastian, sie verfolgen uns!», flüsterte sie.

«Gut. Lauf weiter.» Das fiel Lizzie schwer mit den beiden Kerlen dicht hinter ihnen auf dem Bürgersteig.

Aber sie wusste, dass Sebastian so weit wie möglich auf der Straße kommen wollte, bevor er losrannte. Er war zu lang und zu dünn, um ein schneller Läufer zu sein, und er musste das Ende der Straße erreichen, ohne eingefangen zu werden.

Sie bekamen zufällig Unterstützung durch einen Mann, der ihnen mit einem Hund auf den Fersen entgegenkam. Er lächelte ihnen zu, als er vorbeiging, und lief auf der Straße weiter den beiden Kerlen entgegen. Diese versuchten, sich unbeteiligt zu geben, bis er vorbei war, und beschleunigten dann ihre Schritte, um Lizzie und Sebastian einzuholen. Aber sie mussten noch einmal zurückbleiben, da eine junge Mutter mit zwei kleinen Kindern aus ihrem Gartentor trat. Als Lizzie und Sebastian vorbeikamen, setzte sie die beiden gerade in ein geparktes Auto und war, als die beiden Kerle folgten, immer noch mit den Sicherheitsgurten beschäftigt.

Sie waren schon ein gutes Stück an dem Auto vorbei, da fuhr es los. Das Motorgeräusch verlor sich in der Ferne, und dann war es plötzlich ganz still in der Straße. Keine Fußgänger. Kein Verkehr.

Nur sie vier.

Lizzie hörte die schweren Schritte der Kerle näher kommen und blickte ihren Bruder ängstlich an. «Lauf, Seb!», flüsterte sie.

Aber er nahm keine Notiz von ihr.

Näher und näher kamen die Kerle, bis sie ihren Atem im Nacken zu spüren schienen. Und Sebastian weigerte sich immer noch loszurennen. Sie hatten die Hälfte der Straße hinter sich und die Spannung wurde für Lizzie unerträglich. Hoffentlich schafft er es bis zum Ende von hier aus!, dachte sie.

Plötzlich blaffte eine Stimme hinter ihnen: «Auf ihn!» Und alles geriet in Bewegung.

Die Kerle stürzten los. Sebastian machte einen Satz nach vorn und entwischte gerade noch ihren ausgestreckten Händen. Lizzie warf ihnen den Hockeyschläger und die Schultasche in den Weg. Sie stolperten darüber, schubsten sie zur Seite und stürmten Sebastian hinterher.

Das Rennen begann.

Lizzie blieb zurück und beobachtete Sebastian, der, dicht von den Kerlen verfolgt, rannte so schnell er konnte. Sie hatten ihn fast schon erreicht und es sah aus, als würden sie ihn gleich einholen. Da kam er knapp vor ihnen ans Ende der Straße und flog um die Ecke.

In der nächsten Straße wärmte Jason sich auf – und war startbereit.

«Nimm!», rief Sebastian und hielt ihm den Geigenkasten hin.

Direkt hinter ihm kamen die beiden Kerle um die Ecke geschlittert.

Jason packte den Kasten.

«Los! Los! Los!», drängte Sebastian.

Wie eine Kugel aus dem Gewehr schoss Jason los. Er war einer der besten Sportler seines Jahrgangs und war den Kerlen bald weit voraus.

Schwer atmend tippte Sebastian sofort den nächsten Text in sein Handy ein: BEREIT MACHEN und sendete ihn. Er hatte sein Teil getan. Jetzt waren die anderen dran.

Mit Jasons Hilfe hatte er alle Mitglieder der Fußballmannschaft überredet mitzumachen. Sie waren in

Abständen auf dem Schulweg postiert und jeder mit einem Handy ausgerüstet, um den nächsten Läufer zu alarmieren.

«Wie ging es?», fragte Lizzie, die mit seiner Schultasche und ihrem Hockeyschläger hastig um die Ecke kam.

«Ging wie geölt. Die erwischen Jason nie.»

Und sie schafften es auch nicht.

Als er den Kasten dem nächsten Jungen gab, hatte sich der Abstand auf dreißig Meter vergrößert. Das war auch gut, denn der nächste Junge war klein. Seine kurzen Beine rotierten wie Kolben, aber die Kerle holten stetig auf. Sie waren fast über ihm, da warf er den Kasten in die Arme seines Mannschaftskameraden. Der hätte ihn beinahe fallen lassen, als er davonstürzte.

Die Kerle witterten schon den Sieg und verfolgten ihn mit aller Kraft. Aber er war ein starker Läufer und schaffte es knapp bis zum nächsten Jungen.

Die Kerle rannten noch ein paar Übergaben hinterher und hätten fast einen schwerfälligen Jungen erwischt, der Torhüter war. Dann übernahm der Mannschaftskapitän, und die Kerle fielen immer weiter zurück. Als sie die Hauptstraße erreichten, hatten sie die Nase voll. Außer Atem sahen sie hilflos zu, wie das Rennen weiterlief. Selbst ohne sie wollte keiner der Jungen seinen Moment verpassen.

Völlig erschlagen wandten sie sich um und liefen zurück zu ihrem Auto. Unterwegs kamen sie an kleinen Gruppen der Läufer vorbei, die sie mit Pfiffen und Gelächter grüßten.

«Trainiert für das nächste Mal», spottete Sebastian, als er mit Lizzie vorbeiging.

Die beiden Kerle blickten ihn wütend an, hatten aber nicht die Energie, es ihm heimzuzahlen.

Da war großes Schulterklopfen und Gelächter, als sich das Team auf dem Schulhof wiedertraf. Jeder hatte etwas zu erzählen – auch die, die weitergerannt waren, als die beiden Kerle schon aufgegeben hatten. Alle waren sich einig, dass sie den Gaunern ein fantastisches Schnippchen geschlagen hatten, und sie würden es jederzeit gern wieder machen.

Als Lizzie und Sebastian dazukamen, fragte sie gleich nach dem Geigenkasten.

«Ich hab ihn!», rief der Kapitän.

Er trat vor und gab ihn ihr. Da brauste ein schrilles Hurra von der restlichen Mannschaft auf. Sebastian sagte später, dass sie so rot wie eine Tomate geworden war. Es gelangen ihr ein paar ungeschickte Dankworte, dann trat sie von der Gruppe weg und schaute in den Geigenkasten. Uff! Die geliehene Geige war durch das Hin- und Herwerfen zwar verrutscht, aber unbeschädigt und der magische Bogen war noch in der Halterung.

Der Lärm zog eine große Menge an. Alle wollten wissen, was los war, und die Fußballmannschaft erzählte es ihnen bereitwillig. Bald summte der ganze Pausenhof von ihrer Heldentat.

Die Einzigen, die weder beeindruckt noch erfreut waren, waren Roger Edwards und Helen Pratt. Sie hassten es, Lizzie im Mittelpunkt der Aufmerksamkeit zu sehen.

«Schade, dass die Gauner den Kasten nicht bekommen haben», meinte Roger.

«Was ist denn so Besonderes an ihrer Geige», zischte Helen, «sie ist mit meiner doch gar nicht zu vergleichen.»

AUFGEREGT GING ER IN SEINEM BÜRO AUF UND AB UND SAGTE SICH ALLE NAMEN VOR, DIE IHM IN DEN SINN KAMEN UND MIT S ANFINGEN. MRS. SMITH, MRS. SMYTHE ... MRS. SCOTT ... MRS. STEVENS ... MRS. STONE ... MRS. ...

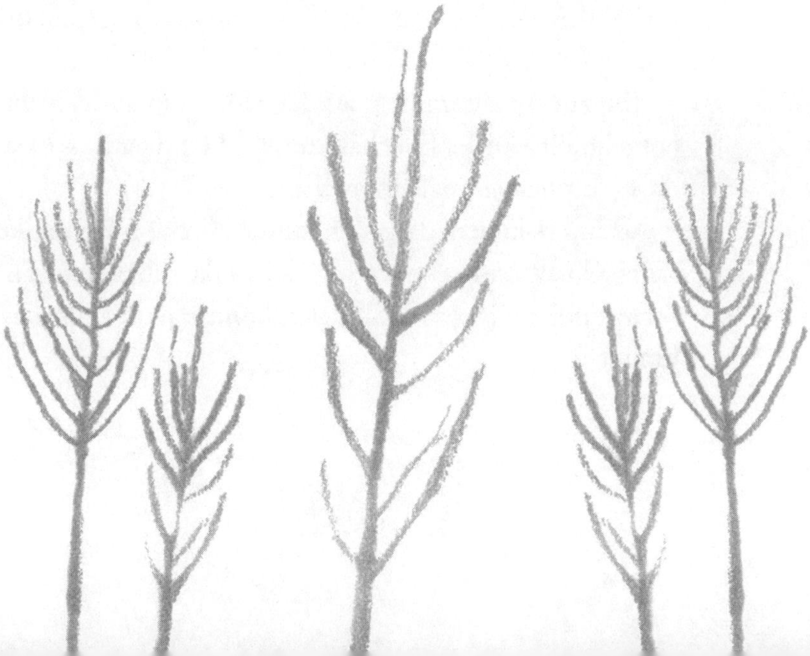

KAPITEL SIEBZEHN

«Ihr habt ihn nicht bekommen?»

«Sie hatte ihn gar nicht dabei, Barry.»

Dieser großartige Gauner wollte nicht zugeben, dass er von einem Trupp Jugendlicher geschlagen worden war.

«Aber heute ist Freitag!», brüllte die Stimme am anderen Ende.

«Ich weiß, Barry.»

«Sie hatte ihn letzten Freitag.»

«Ich weiß, Barry.»

«Hör auf ‹ich weiß› zu sagen! Wo bist du jetzt?»

«Im *King's Head*, Battersea.»

«Du hast nichts in einem Pub zu suchen! Geh zurück und hole ihn.»

«Wie?»

«Gebrauch deinen Grips. Kannst du denn nichts ohne mich? Brich in das Haus ein, wenn es sein muss. Aber bring mir den Bogen!»

Jim zuckte zusammen, als der Hörer am anderen Ende aufgeknallt wurde. Er schaltete sein Handy aus. «Er will, dass wir noch einmal einbrechen.»

«Und riskieren, dass man uns erwischt? Nein danke», sagte Curly und schob sein leeres Glas über den Tisch. «Hol uns noch eine Halbe, ich könnte jetzt zehn davon brauchen.»

Barry Coleman saß in seinem verlotterten Büro abseits der Wardour Street und klopfte mit den Fingern auf seinen Schreibtisch. Die Unfähigkeit seiner Helfershelfer machte ihn wahnsinnig.

Von draußen kam der Verkehrslärm und von der anderen Straßenseite flackerte das blaurote Licht einer Neonleuchtschrift durch das schmutzige Fenster. An den Wänden hingen zwischen Plakaten von Popkonzerten Fotos von aufstrebenden Popgruppen, einige davon in seltsamer Kleidung und bizarren Frisuren. Keine davon hatte das wirklich große Rennen gemacht. Aber wenn er nur den Bogen in die Hände bekam, würde er bald reich sein.

Er zündete sich eine Zigarre an, eine von den vielen, die er im Lauf des Tages geraucht hatte. Er versuchte einen narrensicheren Weg zu finden, wie er an den Bogen herankommen konnte. Im Hinterkopf hatte er das Gefühl, dass die Antwort zum Greifen nahe war. Aber er kam einfach nicht darauf, was es war. Er blies den Rauch vor sich hin und ging in Gedanken die Ereignisse durch, die ihn an den jetzigen Punkt gebracht hatten, einschließlich des Besuchs in Lizzies Haus.

«Die Lehrerin!», rief er plötzlich laut.

Er schlug sich an den Kopf. Wie konnte er das nur vergessen? Die Mutter von dem Mädchen hatte den Namen der Lehrerin erwähnt. Das Mädchen musste den Bogen mit in die Geigenstunden nehmen und das war sicher nicht weit von ihrem Zuhause. Aber wie hieß sie denn noch?

Mrs. Soundso. Der Name lag ihm auf der Zunge. Mrs. ...? Er war sich sicher, dass er mit *S* begann.

Aufgeregt ging er in seinem Büro auf und ab und sagte sich alle Namen vor, die ihm in den Sinn kamen und mit S anfingen. Mrs. Smith, Mrs. Smythe ... Mrs. Scott ... Mrs. Stevens ... Mrs. Stone ... Mrs. ... Ich hab's! Mrs. Stokes.»

Er schoss an die Tür und brüllte: «Sharon! Googelst du mal für mich den Namen Stokes im Telefonbuch?»

Coleman ging zurück an seinen Schreibtisch und nahm einen Schluck aus dem Glas Gin Tonic, das er immer bereitstehen hatte.

«Beeil dich!», rief er.

Nach ein paar Minuten ging die Tür auf und ein hoch gewachsenes achtzehnjähriges Mädchen mit langem blonden Haar, leuchtend rotem Lippenstift und knallroten Fingernägeln stolzierte herein. Sie trug einen eng anliegenden Rippenpullover, einen gefährlich kurzen Rock und Stiefel mit hohen Absätzen. «Es gibt ziemlich viele Stokes. Hier – ich habe das für Sie ausgedruckt. Und vergessen Sie nicht, dass sie heute Abend die *Blackheads* sehen», sagte sie strahlend.

«Ja, ja», murmelte er abwesend. «Wohin muss ich?», fragte er dann doch.

«Balham.»

Er stöhnte.

«Gibt es eine Chance auf Freikarten?»

«Natürlich nicht. Du kannst wie jeder andere bezahlen, hau ab.»

Mit seinen Sekretärinnen war er immer sehr geizig und behandelte sie wie Dreck. Keine blieb lange. Sharon war erst seit einer Woche da und glaubte immer noch, dass die Popwelt großartig sei. Enttäuscht stakste sie ins Vorzimmer zurück.

Coleman fuhr mit dem Finger die Liste der Stokes entlang und suchte nach jemandem in dem passenden Stadtteil von London. Er fand einen und gab die Nummer ein. Ein Mann antwortete.

«Kann ich Mrs. Stokes, die Geigenlehrerin, sprechen?»

«Nein, hier nicht.»

«Entschuldigung, muss die falsche Nummer erwischt haben.»

Er knallte den Hörer auf, nahm rasch noch einen Schluck und durchsuchte die Liste weiter, bis er auf einen anderen Eintrag stieß, der infrage kam. Er nahm den Hörer ab und gab die Nummer ein.

Nach mehreren Schlucken und mehreren Zügen an seiner Zigarre dachte er schon, es sei niemand zu Hause, da meldete sich eine Frauenstimme: «Hallo?»

Coleman ließ beinahe den Hörer fallen. Sie hatte einen deutschen Akzent.

«Mrs. Stokes?»

«Ja.»

«Bin ich richtig im Bilde, dass Sie Geigenunterricht geben?»

«So ist es.»

Coleman konnte sein Glück kaum fassen. «Ich versuche, einer Ihrer Schülerinnen, Lizzie Barrett, eine Nachricht zukommen zu lassen.»

«Elizabeth? Ja, sie ist eine Schülerin von mir. Wie kann ich behilflich sein?»

«Es geht um Weihnachtsgeschenke für ihre Eltern. Sie wissen doch, wie das ist, man versucht, gewisse Dinge geheim zu halten. Eigentlich albern, aber es ist ein Teil vom Spaß.» Er hielt kurz inne und fragte ganz beiläufig: «Wann sehen Sie sie wieder zum Unterricht?»

«Nächsten Donnerstag um fünf Uhr.»

Coleman grinste über das ganze Gesicht. «Dann schicke ich das Paket entsprechend», sagte er vergnügt. «Können Sie sie bitten, danach zu schauen und es bis Weihnachten zu verstecken?»

«Natürlich. Was soll ich sagen, wer angerufen hat?»

«Ihr Onkel. Herzlichen Dank für Ihre Unterstützung. Auf Wiedersehen.»

Er legte auf und lehnte sich in seinem Stuhl zurück. Sein fetter Leib schüttelte sich vor Lachen.

LIZZIES TRÄNENÜBERSTRÖMTES GESICHT WURDE VON HOFFNUNG ERHELLT. WEIGERTE DER MAGISCHE BOGEN SICH, MIT IHNEN ZU GEHEN, SO WIE ER SICH GEWEIGERT HATTE, MIT IHR ZU SPIELEN?

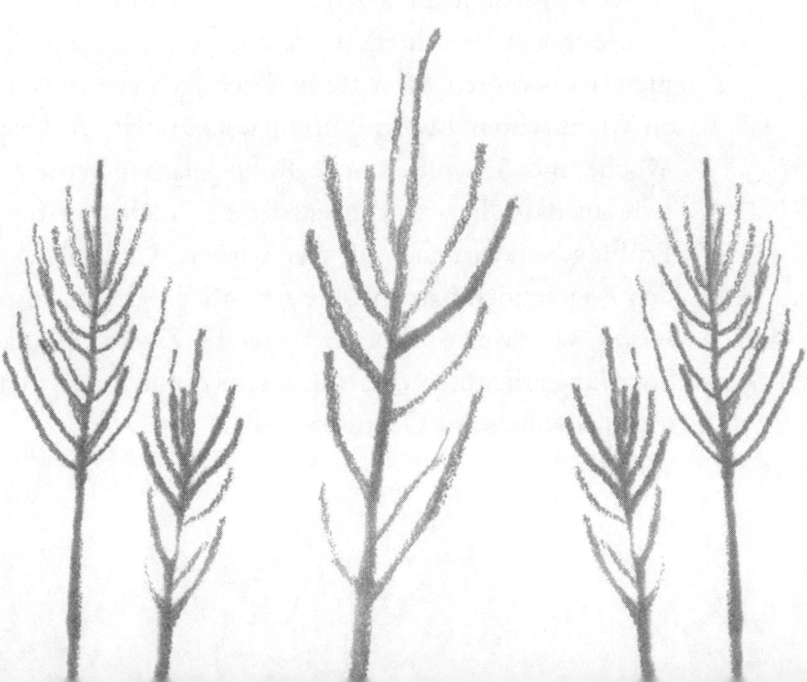

KAPITEL ACHTZEHN

Am folgenden Tag – es war der erste Dezember und ein Samstag – brachte der Briefträger die erste Weihnachtskarte. Sie war, wie immer, von den Barretts in Somerset und wie immer versetzte das Mrs. Barrett in helle Aufregung.

«Und ich habe noch nicht geschrieben», klagte sie beim Frühstück.

«Es ist doch noch genug Zeit», sagte Mr. Barrett, «sie wollen eben immer alles früh erledigen.»

«Kann ich ein Smartphone haben?», schaltete sich Sebastian mit seinem Wunsch ein.

«Du hast schon ein Handy», erwiderte sein Vater.

«Aber es ist nichts im Vergleich zu einem Smartphone; jeder hat eins.»

«Dann schreib an den Weihnachtsmann.»

Lizzie kaute an ihrem Toast und versuchte ihre Stimmen zu überhören. Sie hatte an Wichtigeres zu denken als an Weihnachten. Bis zur Prüfung war es noch eine knappe Woche und sie wollte nur in Ruhe gelassen werden, um sich auf das Üben zu konzentrieren – nicht nur für die Prüfung, sondern auch für das Konzert. Und solange sie den Bogen noch hatte, wollte sie unbedingt alles ausprobieren, was Mrs. Stokes ihr vorsetzte. Zwei wunderbare Tage lang arbeitete sie hart in ihrem Zimmer und vergaß Coleman und seine Genossen völlig.

Sie war darauf gefasst, sie am Montagmorgen zu sehen. Aber zu ihrer Freude und Erleichterung waren sie nicht an ihrem angestammten Platz auf der anderen Straßenseite, und auch auf ihrem Weg zur Schule war weit und breit keine Spur von ihnen. Als sie durch das Tor kam, wurde sie von Alice begrüßt, die über den Pausenhof gerannt kam und rief: «Dad hat alles herausgefunden!»

«Aber sag es doch nicht der ganzen Schule», warnte Lizzie.

Sie nahm Alice am Arm und lenkte sie zu einer ruhigen Stelle. «Und?»

«Du hattest recht. Barry Coleman managt Popgruppen!», flüsterte Alice aufgeregt. «Dad sagt, dass er in der Musikbranche berüchtigt ist. Einer von seinen Gruppen blieb nichts anderes übrig, sie musste ihn vor Gericht bringen, weil er sie nicht bezahlt hat. Er musste Tausende ausspucken. Das klingt schrecklich, Lizzie.»

Lizzie nickte grimmig. «Er ist auch schrecklich.»

«Woher kennst du ihn denn?»

Lizzie war klar, dass sie jetzt etwas sagen musste, sonst würde sie wieder den Ärger ihrer Freundin riskieren. «Er will meine Geige kaufen.»

«Willst du sie ihm verkaufen?»

«Natürlich nicht. Sie gehört mir nicht. Ich habe sie nur geliehen.»

«Vielleicht will er sie für eine von seinen Popgruppen», lachte Alice.

«Sei nicht albern», sagte Lizzie kalt.

Am Dienstag und auch am Mittwoch gab es immer noch kein Zeichen von den beiden Gaunern. Es sah aus, als hätten die beiden schließlich aufgegeben. Lizzie war froh, sie nicht auf den Fersen zu haben, so brach sie leichten Herzens zu ihrer Stunde bei Mrs. Stokes auf – der letzten vor der Prüfung.

Es war ein dunkler, winterlicher Nachmittag mit leichtem Schnee, der aber zu nass war, um liegen zu bleiben. Die Flocken wurden schnell zu Regentropfen auf Lizzies Brille, aber sie bemerkte es kaum. Ihr Kopf war voll von Musikpassagen, die sie sich innerlich vorstellte, und in ihrem Wollhandschuh bewegten sich die Finger ihrer linken Hand entsprechend dazu.

Das wochenlange Üben von Tonleitern, Etüden und Musikstücken hatte sie gekräftigt. Sie konnten jetzt geschickt die Saiten rauf und runter gleiten, konnten die Töne genau treffen und die Saiten mit dem Vibrato zu wunderbarem Klingen bringen. Und das alles mithilfe des magischen Bogens. Es wunderte sie nicht, dass Mrs. Stokes sie für ihre Starschülerin hielt.

Mrs. Stokes' Straße war eine Sackgasse, mit großen frei stehenden Häusern auf der einen Seite und einer öffentlichen Anlage mit Bäumen und einem Cricketfeld auf der anderen. Im Sommer war es wunderschön. An einem Winternachmittag aber war die Anlage ein finsteres Nichts, denn es gab keine Straßenbeleuchtung auf dieser Seite.

Lizzie lief die Straße entlang bis zu dem letzten Haus, wo ein Licht im Vorbau ihr den kurzen Weg zum Eingang beleuchtete. Sie stieg die Stufen hinauf und wollte gerade auf die Klingel drücken, als sie von hinten gepackt und von der Tür weggerissen wurde. Sie schrie auf, da presste sich eine große Hand auf ihren Mund. Als sie sich freistrampelte, sah sie eine Donkeyjacke und wusste sofort, zu wem sie gehörte – zu dem großen Kerl mit dem geschorenen Schädel. Und er war nicht allein. Der Kerl, der immer schwarz angezogen war, war auch da. Er packte ihre Hand und löste ihre Finger mit Gewalt von dem Griff.

«Hab ihn!», krächzte er und riss den Geigenkasten an sich.

Im gleichen Moment stieß der große Kerl Lizzie brutal beiseite. Mit einem Schrei krachte sie in ein Gebüsch, ließ die Tüte mit den Noten fallen und landete zusammengesunken auf dem Boden.

Es gelang ihr, sich aus dem Gebüsch zu befreien, und sie stolperte zerkratzt und schwankend über den Weg. Voll Entsetzen sah sie, dass die Kerle schon in der Mitte der Straße waren. «Hilfe!» Schreiend rannte sie ihnen nach. Aber weit und breit war niemand, der ihr zu Hilfe kam. Die Kerle würden wohl mit dem Bogen verschwinden.

Dann passierte etwas Außerordentliches, sodass Lizzie wie angewurzelt stehen blieb. Der Mann, der den Geigenkasten trug, hielt plötzlich an und taumelte zurück, als sei er gegen eine Wand gestoßen. Noch bemerkenswerter war, dass der Geigenkasten ihm mit einmal aus der Hand flog.

Die Gauner starrten entsetzt auf den Kasten, der anfing, um sie herum und dann in einem weiten Kreis über die Straße zu fliegen.

Lizzies tränenüberströmtes Gesicht wurde von Hoffnung erhellt. Weigerte der magische Bogen sich, mit ihnen zu gehen, so wie er sich geweigert hatte, mit ihr zu spielen?

Als der Geigenkasten einen vollen Kreis beschrieb, hatten die Gauner genug gesehen. Zu Tode erschrocken flohen sie um die Ecke in die nächste Straße, wo ihr Auto parkte.

Der Geigenkasten wirbelte in einem kleinen Kreis herum, als wollte er ihre Flucht feiern. Dann segelte er die Straße hinunter und kam leicht torkelnd auf Lizzie zu.

Außer sich vor Freude streckte sie die Arme aus, um ihn entgegenzunehmen. Aber er hielt an und verharrte, ein wenig unsicher schwankend, vor ihr. Sie machte einen Schritt auf ihn zu und traute ihren Augen nicht.

Da war Mr. Rostikoff! Er hielt den Geigenkasten und war ganz außer Atem. Der breitrandige Hut auf seinem Kopf war zurückgeschoben und sein langer weißer Bart hing über einer Schulter.

Lizzie war sprachlos vor Überraschung.

«Das hat es ihnen aber gegeben», sagte er und grinste schwer atmend. «Hier, nimm ihn.»

Er reichte ihr den Kasten, rückte seinen Hut zurecht und zog den Bart über seine Brust.

«Oh, danke, Mr. Rostikoff», rief sie, endlich hatte sie ihre Sprache wiedergefunden. «Danke, danke. Aber warum sind Sie nicht schon früher gekommen? Die sind schon lange hinter mir her.»

«Du hast mich nicht gebraucht.»

«Ich bin fast wahnsinnig geworden.»

«Unsinn. Du hast es großartig gemacht.»

«Das war Sebastian mit seinen Freunden.»

«Das stimmt auch. Sehr gut für sie. Das bildet den Charakter.»

Lizzie schluckte heftig. «Ich habe wirklich geglaubt, dass die Kerle ihn dieses Mal gekriegt haben. Sie arbeiten für einen Mann, der Barry Coleman heißt.»

Er grunzte: «Ein ganz schlechter Geiger.»

Lizzie schaute ihn überrascht an. «Will er deshalb den Bogen, damit er besser spielt?»

«Nein. Er ist nur habsüchtig. Er will ihn verkaufen.»

«Verkaufen! An wen?»

Mr. Rostikoff schüttelte den Kopf. «Ich bin nicht sicher.»

«Aber Sie werden ihn daran hindern?»

Er lächelte bescheiden. «Ich bin nicht allmächtig. Jetzt musst du dich aber beeilen. Deine Lehrerin wartet.» Er ging die Straße weiter auf Mrs. Stokes' Haus zu und Lizzie schloss sich ihm an.

«Ich habe am Freitag die Prüfung für die vierte Stufe», sagte sie zu ihm.

«Prima, mein Mädchen», sagte er plötzlich mit seinem amerikanischen Akzent.

Lizzie lachte. «Ich möchte so gerne, dass Sie kommen.»

«Keine gute Idee. Meine Anwesenheit würde zu viele Fragen aufwerfen. Außerdem brauchst du mich nicht. Du machst das schon.» Er blieb am Tor stehen. «Ab mit dir jetzt.»

«Danke, dass Sie mir geholfen haben», sagte sie. Sie

wollte sich nicht von ihm trennen. «Werde ich Sie bald wiedersehen?»

«Ab mit dir jetzt!», wiederholte er lächelnd.

Sie nickte traurig und lief schnell den Weg entlang, um ihre Noten unter dem Busch aufzulesen. Sie winkte ihm zu, stieg die Stufen hinauf und drückte auf Mrs. Stokes' Klingel.

«Höre auf den Bogen ...», vernahm sie noch seine Stimme.

Sie drehte sich um, aber Mr. Rostikoff war verschwunden.

Hinter ihr krächzte eine Stimme aus der Sprechanlage: «Wer ist da?»

Mit einem Schlag war sie wieder in der Wirklichkeit.

«Es ist Lizzie», gab sie zurück.

«Oh, Elizabeth!» Mrs. Stokes klang erleichtert. «Ich hatte schon gedacht, es ist etwas passiert. Komm rein.»

Das Schloss summte und Lizzie ging hinein, weg von der Dunkelheit und dem Schnee.

ES WAR SCHLIMM GENUG, DASS SIE DEN BOGEN WIEDER NICHT BEKOMMEN HATTEN. ABER MIT SO EINER LÄCHERLICHEN AUSREDE ABGEFERTIGT ZU WERDEN, WAR EINE BELEIDIGUNG FÜR SEINE INTELLIGENZ.

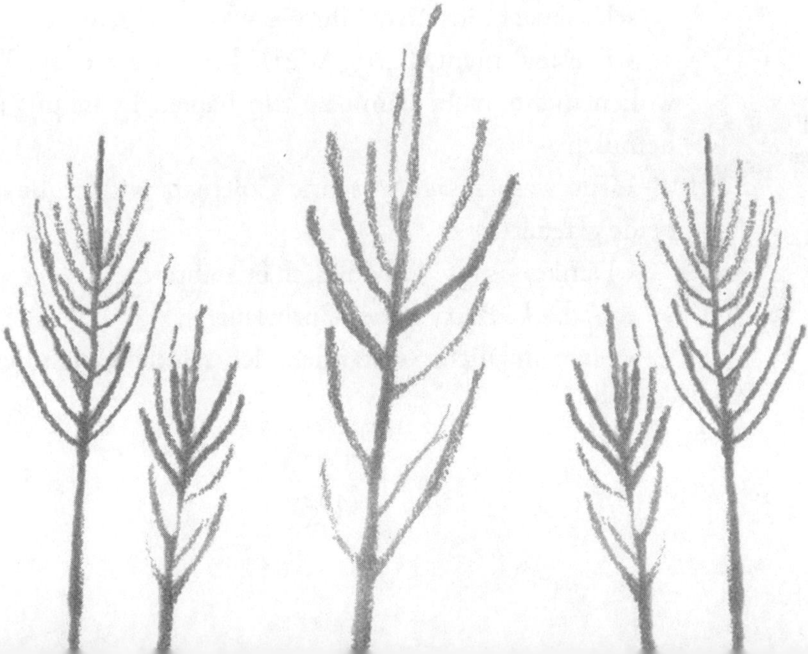

KAPITEL NEUNZEHN

«Das ist ausgeschlossen», schrie Coleman in das Telefon, «ein Geigenkasten kann nicht fliegen!»

«Hat er aber getan, Barry. Also glaub's mir. Frag Curly, wenn du's nicht glaubst.»

Jim reichte das Handy seinem Kumpel, der das Auto steuerte. «Sag's ihm, Curly.»

«Es stimmt», sagte der dunkelhaarige Typ, «ich hatte ihn in der Hand und er flog einfach weg.»

Das Kreischen am anderen Ende veranlasste Curly, sich das Handy von seinem Ohr weit weg zu halten.

Jim nahm es ihm ab. «Hast du das kapiert, Barry??»

«Seid ihr beide verrückt geworden? Geht zurück und wartet, bis sie aus ihrer Stunde kommt.»

«Auf keinen Fall, Barry. Wir gehen jetzt sofort ins Pub.»

«Das macht ihr nicht! Ihr tut, was ich sage.»

«Diesmal nicht, Barry. Wir haben entschieden. Wir wollen nichts mehr damit zu tun haben. Es ist uns unheimlich.»

«Tut, was ich sage!», schrie Coleman. «Oder ihr seid beide gefeuert.»

«Danke», sagte Jim deutlich erleichtert.

«Ja, danke Barry», rief Curly laut.

«Habt ihr nicht verstanden? Ich schmeiß euch beide raus.»

«Ja ja, hab's verstanden, Barry. Vielen Dank, Barry.»

Außer sich vor Wut knallte Coleman den Hörer auf. Es war schlimm genug, dass sie den Bogen wieder nicht bekommen hatten. Aber mit so einer lächerlichen Ausrede abgefertigt zu werden, war eine Beleidigung für seine Intelligenz.

«Wofür halten die mich eigentlich?», schrie er gegen die grinsenden Plakatgesichter an seinen Wänden. «Für einen Idioten?»

Er packte das Glas auf seinem Schreibtisch, leerte es in einem langen Zug und stellte es hart wieder ab. In diesem Augenblick klingelte das Telefon, er riss den Hörer hoch und brüllte: «Ja?»

Kurzes Schweigen. Dann fragte jemand eiskalt: «Haben Sie ihn?»

Coleman erkannte sofort die Stimme des Käufers. Er stöhnte innerlich und hob die Augen zur Decke. Dann sagte er mit erzwungener Heiterkeit: «Ja hallo! Wie geht es?»

«Haben Sie ihn?», wiederholte die Stimme trocken, ohne sich mit irgendwelchen spaßigen Bemerkungen aufzuhalten.

«Na ja ... eigentlich nicht.»

«Meine Geduld ist am Ende, Mr. Coleman, ich hoffe Sie haben nicht vor, mich zu hintergehen.»

«Würde ich das jemals tun? Ich bin betrogen worden, das ist es.»

«Das klingt nach Unfähigkeit. Ich werde andere Vorkehrungen treffen.»

«Tun Sie das nicht!», polterte Coleman. Er sah plötzlich vor sich, wie ihm ein Haufen Geld durch die Finger ging. «Ich kriege ihn für Sie. Ich brauche nur mehr Zeit.»

«Eine Woche», sagte die Stimme, «keinen Tag länger.»

Nach einem Klick war die Leitung tot.

Coleman langte nach einer Zigarre. Als er feststellte, dass die Packung leer war, brüllte er: «Sharon!» und hob sein Glas. Das war auch leer und er knallte es wieder auf den Tisch.

Sharon steckte den Kopf durch die Tür herein. «Ja, Mr. Coleman?»

«Hol' mir Zigarren.»

«Sie rauchen zu viel, wenn Sie mich fragen.»

«Ich frage dich aber nicht. Tu es einfach.»

«Dann brauchen wir ein bisschen Geld», sagte sie und trat an den Schreibtisch.

Er warf ihr finstere Blicke zu, holte ein Bündel Scheine aus seiner Tasche und blätterte zwei Zehner ab. Als sie das Büro verlassen hatte, griff er nach dem Telefon und gab eine Nummer ein.

Mr. Bartoli war am Apparat. Seine Hemdsärmel waren bis zum Ellbogen aufgerollt und er trug wie immer seine grüne Schürze über der Weste und eine Fliege. «Es ist für dich, Gregory», sagte er und reichte seinem Angestellten den Hörer.

Gemächlich ging Greg durch die Werkstatt und nahm ihn entgegen. «Ja? Ach, Barry, grüß dich.»

Er warf einen flüchtigen Blick auf Mr. Bartoli, der

wieder an seine Werkbank gegangen war und zugeschnittene Holzteile verleimte, dann drehte er ihm den Rücken zu, drückte sich nah an die Wand und fragte leise: «Haben sie ihn gekriegt?»

Er lauschte der Antwort und stieß ungläubig hervor: «Ein Spuk?»

Weil ihm Mr. Bartolis Gegenwart bewusst war, hörte er sich schweigend Mr. Colemans Wortschwall an. Schließlich war er gezwungen zu sagen: «Es ist im Augenblick schwierig zu reden. Kann ich zurückrufen?»

«Leg nicht auf», rief Mr. Bartoli, «ich gehe mal eben nach oben.»

«Bleib dran», murmelte Greg ins Telefon. Er wartete bis Mr. Bartoli den Raum verlassen hatte, schloss die Tür hinter ihm und sprach dann mit normaler Stimme: «Entschuldige, Barry. Problem beseitigt. Jetzt kann ich reden.»

Mr. Bartoli war aber nicht in seine Wohnung über der Werkstatt hinaufgegangen. Er hatte Greg lediglich ermuntern wollen, frei zu sprechen, während er an der Tür lauschte.

Nach seiner Begegnung mit Lizzie und Sebastian hatte er gemerkt, dass Greg oft mit einem Mann namens Barry telefonierte. Er hatte gehört, wie Sebastian ihm Barry Colemans Namen zurief, und fragte sich natürlich, ob es derselbe Mann war. Wenn das zutraf, erinnerte er sich selbstverständlich an ihn, obwohl das schon einige Jahre her war. Damals war Coleman ein erfolgloser Studiogeiger gewesen. Mr. Bartoli hatte ein gutes Gedächtnis für seine Kunden. Das war vor allem mit ihren Instrumenten verbunden. Aber an einige erinnerte er sich persönlich, vor allem an Typen wie Coleman, die ihre Rechnungen nie bezahlten.

«Du hast sie gefeuert?», hörte er Greg rufen. «Was machst du jetzt?»

Es entstand eine Pause, dann kam wieder Gregs Stimme: «Ich breche nicht in das Haus ein! Hol Jim und Curly wieder und sag ihnen, dass sie es machen sollen ... Es ist doch nicht meine Schuld, dass du sie rausgeworfen hast. Ich habe mein Teil getan.»

Mr. Bartolis Gesicht verfinsterte sich, als er das hörte.

«Nein, ich kann nicht alles stehen und liegen lassen und auf sie lauern. Mach du es doch. Und vergiss nicht, dass du mir noch fünftausend Dollar schuldest.»

Mr. Bartoli war über die hohe Summe schockiert. Wo hinein um Himmels willen war Gregory da geraten?

SIE MUSSTE KAUM AUF DIE NOTEN SCHAUEN, DENN SIE KANNTE JEDEN TON, JEDEN TRILLER UND JEDE MUSIKALISCHE VERZIERUNG AUSWENDIG.

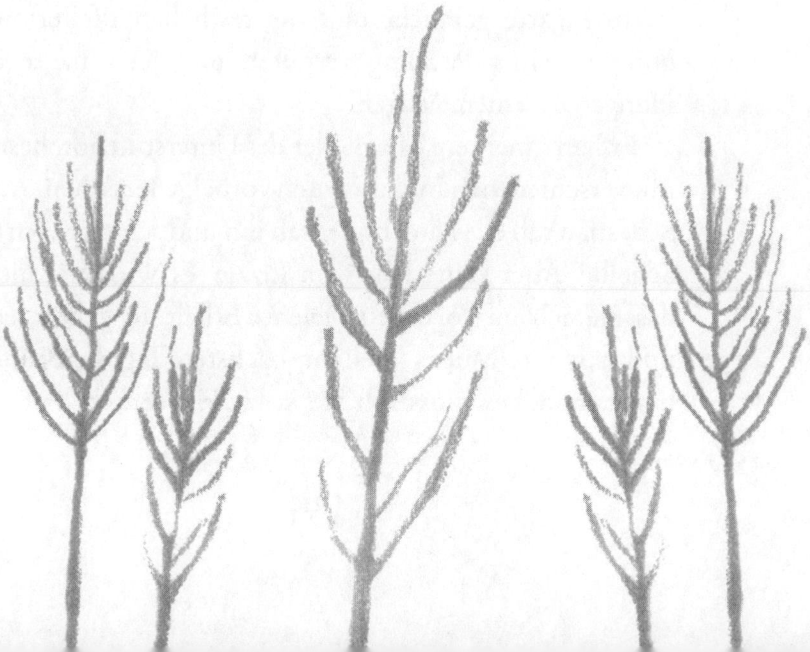

KAPITEL ZWANZIG

Barry Colemans Augen zuckten zwischen der Windschutzscheibe und dem Seitenfenster hin und her, er suchte zwischen den zum Tor strömenden Schülern nach Lizzie.

Er wusste, dass sein Hiersein an diesem Morgen wenig Aussicht auf Erfolg hatte, denn an einem Donnerstag war sie nie mit ihrem Geigenkasten gesehen worden. Aber die Zeit lief ihm davon und er war verzweifelt. Und zu allem Überfluss musste er jetzt auch noch alles selbst machen. Curly und Jim hatten ihn im Stich gelassen. Und Greg ebenso. Er war nicht bereit, sich für Fünftausend einzusetzen. Pech für ihn. Jetzt würde er keinen Penny kriegen.

Er war früh zur Schule gefahren, weil er Lizzie auf keinen Fall verpassen wollte, so früh, dass er sich nicht einmal um sein Frühstück gekümmert hatte. Während der Stunde, die er schon wartend im Auto saß, hatte er seine letzte Zigarre geraucht und die restlichen Pfefferminzbonbons einer Packung verputzt, und jetzt nagte der Hunger an seinem Magen.

Er hatte mehrere Mitglieder des Unterstufenorchesters mit verschiedenen Instrumenten vorbeigehen sehen. Auch Sebastian sah er, vielmehr der sah ihn und schlug gegen die Scheibe. Aber keine Spur von Lizzie. Er wusste ja nicht, dass sie sich am Vortag eine leichte Erkältung geholt hatte und dass ihre Mutter, weil am nächsten Tag die Prüfung bevorstand, beschlossen hatte, sie zu Hause zu behalten.

Coleman wurde von Visionen von Spiegeleiern mit Speck verfolgt und er wollte schon aufgeben, als er ein großes Mädchen mit einem Geigenkasten auf sich zukommen sah. Mit ihrem hoch erhobenen Kopf und ruckartigen Gang wirkte sie so überheblich, dass sie ihm unmittelbar auffiel. Als geborener Despot erfasste er instinktiv den schwachen Punkt eines Menschen, um zu erreichen, was er wollte, und dieses Mädchen war offensichtlich für Schmeichelei empfänglich. Er stieg aus dem Auto und trat zu ihr. «Guten Morgen», sagte er leutselig, «hast du einen Augenblick Zeit?»

Das Mädchen schaute ihn argwöhnisch an und blieb stehen. Es war Helen Pratt.

«Was wollen Sie?», fragte sie kurz angebunden.

Coleman deutete auf ihren Geigenkasten. «Wie ich sehe, bist du eine Musikerkollegin. Du musst beim Spielen wunderhübsch aussehen ... Du hast so eine natürliche Haltung», legte er noch eins drauf.

Da die Komplimente von einem völlig Fremden kamen, war Helen natürlich auf der Hut. Aber wie er zu Recht vermutet hatte, war sie auch geschmeichelt. «Das sagen alle», meinte sie und warf sich ihre lange Mähne über die Schulter.

«Du bist bestimmt gut», fuhr er fort. «Stufe drei?»

Helen warf ihm einen verächtlichen Blick zu. «Stufe vier, wenn es recht ist.»

«Dann bist du gut.»

«Ich bin die erste Geigerin im Unterstufenorchester», sagte sie affektiert.

«Und ich bin sicher, dass du dafür ganz und gar qualifiziert bist.»

Helen richtete sich stolz auf. «Das nehme ich an.»

«Spielt Lizzie Barrett in eurem Orchester?», fragte er beiläufig.

Helen versteifte sich. «Nein, das tut sie nicht. Und wenn ich dazu etwas zu sagen habe, wird sie es auch nie.»

«Ist sie nicht gut genug?»

«Sie ist eine Plage.»

Coleman grinste in sich hinein: Ganz offensichtlich gab es keine Zuneigung zwischen diesem Mädchen und Lizzie.

«Kennen Sie sie?», fragte Helen.

«Bedauerlicherweise ja», sagte er und setzte eine leidende Miene auf. «Unter uns gesagt, hat sie mich in eine sehr schwierige Lage gebracht.»

Helen war ganz Ohr. «Was hat sie getan?»

Er nahm sie am Arm und zog sie von den vorbeigehenden Schülern weg näher an sein Auto.

«Ich würde es den meisten Leuten nicht erzählen», sagte er vertraulich, «aber ich bin sicher, dass *du* es verstehst. Tatsache ist, sie hat darum gebettelt, dass ich ihr meinen Bogen leihe – und jetzt will sie ihn nicht zurückgeben.»

«Die Schlange!»

«Sie weiß, dass ich bald ein Konzert habe, aber sie weigert sich glatt, ihn mir wiederzugeben.»

«Typisch! Haben Sie es ihren Eltern gesagt?»

«Ach, das könnte ich nie. Das wäre zu belastend. Weißt

du, ich bin ein alter Freund der Familie. Um es ehrlich zu sagen, ich bin mit meinem Latein am Ende. Das Einzige, was ich tun kann», er hob hilflos die Schultern, «... ich muss versuchen, ihn ihr wegzunehmen.»

Helen riss die Augen auf. «Haben *Sie* ihr die Kerle hinterhergeschickt?»

«Kerle?» Coleman lachte. «Das waren Musikerkollegen.» Er schaute sie an, als käme ihm plötzlich eine Idee. «Sag mal! Würdest du helfen?»

«Wie?»

«Du musst mir nur einfach mitteilen, wann sie die Geige nächstes Mal zur Schule bringt. Die Gefälligkeit soll nicht umsonst sein.»

«Sie bezahlen mich?»

Von fünf aufwärts schwirrten ihm verschiedene Zahlen durch den Kopf. «Fünfzig Pfund.»

«Fünfzig Pfund!» Helen verschlug es den Atem.

«Machst du es?»

«Na klar!» Es schien ihr leicht verdientes Geld, und außerdem war das eine hervorragende Möglichkeit, sich an Lizzie zu rächen. «Sie bringt sie morgen», sagte sie. «Am Freitag spielt sie nämlich immer mit Mr. Grimshaw», fügte sie wütend hinzu – es wurmte sie, dass der Lehrer lieber mit Lizzie spielte als mit ihr –, und sie streckte gleich die Hand nach dem Geld aus.

Coleman aber rückte nie so einfach Geld heraus. «Sorgen wir erst dafür, dass es klappt. Kannst du mich von der Schule aus anrufen?»

Helen nickte.

Er holte ein dickes Filofax aus seiner Manteltasche und schrieb eine Nummer auf eine leere Seite. «Das ist meine Handynummer», sagte er und riss die Seite heraus, «darunter kannst du mich immer erreichen.» Er gab ihr das Blatt und fuhr fort: «Zu niemandem ein Wort, es ist unser kleines Geheimnis, nicht wahr?»

«Cool!»

«Übrigens, wie heißt du?»

«Helen Pratt», sagte sie geziert.

Coleman unterdrückte ein Lachen. «Nun, Helen, ich kann dir gar nicht sagen, wie erleichtert ich bin, dass ich dich getroffen habe. Bis morgen dann.» Er machte kehrt, um ins Auto zu steigen.

«Nach wem soll ich fragen?»

«Mr. Bartoli», erwiderte er, ohne einen Moment zu zögern. Mit vergnügtem Winken fuhr er los auf der Suche nach einem Frühstück, überzeugt, dass der Bogen bald ihm gehören würde.

Wie die Dinge aber lagen, wurde nichts aus seinen Erwartungen. Er war nicht der Einzige. Das Fußballteam stand früh am nächsten Morgen in Position für eine Wiederholung des Staffellaufs. Unglücklicherweise vergaß Lizzie in der Sorge um ihre Erkältung Sebastian zu sagen, dass sie ihre Geige an diesem Tag nicht mit zur Schule nahm.

Ihre Musikprüfung war für halb fünf angesetzt, und Mr. Grimshaw hatte freundlicherweise angeboten, sie von der Schule in seinem Auto zum Musikzentrum mitzunehmen, wo sie stattfand.

Da sie nahe an Lizzies Haus vorbeikamen, war es sinnvoll, ihre Musiksachen auf dem Weg dorthin zu holen.

Als sie es Sebastian sagte, während sie sich für die Schule fertig machten, ging er an die Decke. Er schimpfte, dass sie ihn zum Narren machte, und sagte, sie müsste eine Menge erklären. Als sie das Haus verließen, tippte er eine Nachricht in sein Handy: SIE NIMMT SIE NICHT MIT – BESCHWERT EUCH BEI LIZZIE.

Die Nachricht lief durch die Reihen und verbreitete Enttäuschung. Aber es gab kurz darauf eine Antwort vom Kapitän: MACHEN ES TROTZDEM.

Lizzie wusste davon nichts und sie fühlte sich auf dem Weg zur Schule elend und schuldig. Nicht einmal die Tatsache, dass die Kerle nicht da waren, konnte ihre Stimmung heben. Um alles noch schlimmer zu machen, begegnete sie, als sie durch das Schultor kam, Helen Pratt, die sich ihr mit drohenden Blicken entgegenstellte.

«Wo ist dein Geigenkasten?», fragte sie, als sei es ein Verbrechen, ihn nicht dabeizuhaben.

«Scher dich zum Teufel!», zischte Lizzie und ging weiter, um sich bei dem Team zu entschuldigen.

Entgegen ihren Befürchtungen waren alle sehr nett und sagten ihr, dass sie trotzdem gelaufen waren. Der Einzige, der ihr nicht verzeihen konnte, war Sebastian: «Tu' mir das nicht noch mal an», fauchte er ihr ins Ohr. Als das Team anfing, darüber zu diskutieren, ob sie den Staffellauf jeden Morgen machen sollten, um sich fit zu halten, zog Lizzie sich schnell diskret zurück und suchte Alice. Sie entdeckte sie bei einem Schwatz mit ein paar Freundinnen.

«Wo warst du gestern?», fragte Alice.

«Hatte eine Erkältung.»

«Wie lästig. He! Ich muss dir was erzählen.» Alice packte Lizzie am Arm, lenkte sie von der Gruppe weg und rief mit ihrer dröhnenden Stimme über die Schulter: «Es ist privat.»

«Stell dir vor», sagte sie aufgeregt, als sie außer Hörweite waren, «ich habe gestern Helen Pratt mit einem fiesen dicken Mann reden sehen.»

Lizzie erstarrte. «Wie dick?»

Alice breitete ihre Arme theatralisch aus. «Fett.»

«War er kahlköpfig?»

«Ich glaube ja. Sie standen neben einem Auto, wahrscheinlich seins.»

«Ein schwarzes?»

«Ja. Weißt du, wer es war?»

Lizzie nickte. «Barry Coleman.»

«Wow!», keuchte Alice, sie war ganz aufgeregt, dass sie ihn gesehen hatte. «Er und die beknackte Ziege benahmen sich wie dicke Freunde, als würden sie ein Komplott schmieden.»

Lizzies Gesicht war finster. «Danke, Alice.» Von jetzt an musste sie extra wachsam sein.

Es war kurz vor halb fünf, als Mr. Grimshaw und Lizzie ins Musikzentrum geeilt kamen. Ein großes Schild wies sie über einen Flur zum Warteraum, wo Mrs. Stokes im Gespräch mit einem anderen Lehrer saß. Als sie die beiden eintreten sah, ging sie ihnen entgegen, um sie zu begrüßen.

«Wie gut!», rief sie sichtlich erleichtert, «ihr habt es geschafft.»

«Ich hoffe, wir sind nicht zu spät?», fragte Mr. Grimshaw besorgt. Er war in der Schule aufgehalten worden und dann war mehr Verkehr gewesen als sonst.

«Nein, nein, es ist alles in Ordnung», beruhigte ihn Mrs. Stokes, «der letzte Kandidat ist gerade erst reingegangen.» Von nebenan hörte man auf dem Klavier ein leichtes Stück, das von einem Anfänger gespielt wurde.

«Ich bin Renate Stokes. Und Sie müssen Mr. Grimshaw sein. Es ist sehr freundlich, dass Sie gekommen sind, um Elizabeth zu begleiten.»

«Es ist mir ein Vergnügen.»

«Bitte, setzen Sie sich und verschnaufen Sie erst einmal.»

Mr. Grimshaw und Lizzie legten Mantel und Schal ab und setzten sich neben Mrs. Stokes.

«Wie fühlst du dich?», fragte sie Lizzie.

Lizzie lächelte schwach. «Geht schon.»

«Gib einfach dein Bestes, mehr kannst du nicht tun.»

Lizzie nickte. Sie war froh, dass ihre Mutter nicht dabei war, sie hätte nur Nervosität verbreitet. Sie atmete tief ein und aus, um sich zu beruhigen.

Nach all der Unruhe und schrecklichen Hetze der Hinfahrt schien Lizzie die Atmosphäre in dem Warteraum ganz ruhig und entspannt. Ein älteres Mädchen, das im Gehen war, zog sich den Mantel an, und die Mutter des Schülers, der gerade in der Prüfung war, saß auf einem

Plastikstuhl, seinen Mantel und seinen Geigenkasten auf dem Schoß. Die beiden anderen Lehrer waren ruhig in ein Gespräch vertieft, während sie auf weitere Schüler warteten. Fast den ganzen Tag schon war ein ständiges Kommen und Gehen von Schülern aller Altersstufen gewesen.

Mrs. Stokes und Mr. Grimshaw redeten angeregt miteinander, während sie warteten. Aber Lizzie schwieg lieber und konzentrierte sich auf die Aufgabe, die ihr bevorstand.

Schließlich öffnete sich die Tür zum Prüfungszimmer und der Lehrer, der den jungen Spieler begleitet hatte, kam heraus.

«Wie ging es?», fragte dessen Mutter aufgeregt.

«Er hat es ganz gut gemacht», erwiderte sein Lehrer.

Kurz darauf kam ein kleiner, etwa neunjähriger Junge mit Geige und Bogen heraus, nachdem er Tonleitern und Etüden gespielt hatte. Er blies die Luft aus seinen geröteten Wangen und sah sehr erleichtert aus, dass die Qual der Prüfung vorbei war. Während seine Mutter und der Lehrer aufgeregtes Getue um ihn machten, erschien eine junge Frau mit einem Klemmbrett an der Tür und rief: «Elizabeth Barrett bitte.»

Lizzie schluckte. Jetzt ist es so weit, dachte sie und stand auf.

«Du kannst deine Geige hier auspacken, wenn du möchtest», schlug Mrs. Stokes vor.

«Ich mache es lieber drinnen», sagte Lizzie; sie wollte jetzt keine peinlichen Fragen wegen ihres Bogens.

«Wie du willst, viel Glück.»

Lizzie warf ihr ein unsicheres Lächeln zu. «Danke.»

Ihr Herz klopfte, als sie den Raum zu der jungen Frau an der Tür durchquerte. Die lächelte flüchtig und führte sie und Mr. Grimshaw in das Prüfungszimmer.

Früher, als das Gebäude noch als Grundschule gedient hatte, war dies die Aula gewesen. Jetzt wurde der Raum für alle möglichen musikalischen Aktivitäten genutzt. Ringsum standen Trommeln und andere Schlagzeuginstrumente, ebenso verschiedene Stühle und Notenpulte. Für die Prüfungen hatte man ein Klavier und einen Notenständer in die Mitte des Raumes gestellt. Gegenüber saß ein Mann mittleren Alters in dunklem Anzug an einem Tisch und blätterte in irgendwelchen Unterlagen.

«Elizabeth Barrett», sagte die junge Frau, als sie am Tisch ihren Platz einnahm.

«Hallo, Elizabeth», sagte der Mann und stand auf. «Ich bin dein Prüfer. Du machst Stufe vier, glaube ich?»

Lizzie nickte.

«Und welche Stücke wirst du spielen?»

Lizzie rasselte sie herunter, und die junge Frau, die die Assistentin des Prüfers war, notierte sie.

«Die Allemande von Corelli, das Scherzo von Dvořak und die Alpenmusik von Matthews.»

«Gut.» Er lächelte Mr. Grimshaw zu. «Und Sie begleiten sie?»

«Richtig.»

«Nun, wenn Sie sich jetzt bitte bereit machen wollen.»

Er nahm wieder Platz, schraubte den Deckel einer Thermosflasche ab und leerte den Rest von seinem Tee in einen Becher.

Lizzie legte ihren Kasten auf einen Stuhl und nahm den magischen Bogen heraus. Sie spannte die Haare und rieb sie mit Kolophonium ein. Dann nahm sie die geliehene Geige und ihre Noten und ging an das Notenpult. Nach dem vorherigen Kandidaten war es zu niedrig für sie, und Mr. Grimshaw half ihr, es höher einzustellen. Dann setzte er sich ans Klavier und schlug das A an. Lizzie überprüfte rasch die Stimmung der Saiten. Sie wischte sich über die Nase, schob die Brille zurück und die Geige unter ihr Kinn. Sie versuchte sich einzureden, dass sie nicht nervös sei, aber sie war trotzdem aufgeregt. Nach dem wochenlangen Üben war sie bereit für die Prüfung. Denke nur an die Musik, sagte sie sich. Spiele jeden Ton, so gut wie du kannst. Sie nickte Mr. Grimshaw zu, dass sie anfangen wollte. Los geht es, Mr. Rostikoff ...

Die Allemande war ein Stück, das sie liebte, und durch den magischen Bogen, der vollkommen auf den Saiten lag, vergaß sie bald ihre Nervosität und spielte voll Selbstvertrauen und Freude wie immer. Sie musste kaum auf die Noten schauen, denn sie kannte jeden Ton, jeden Triller und jede musikalische Verzierung auswendig.

Der Prüfer, der im Lauf des Tages Schüler mit den verschiedensten Begabungen angehört hatte, legte seinen Stift hin und konzentrierte sich ganz auf Lizzie. Der Tee neben ihm auf dem Tisch blieb unberührt und wurde kalt.

Draußen im Warteraum lächelte Mrs. Stokes zustimmend, als sie Lizzies Spiel hörte. Das Prüfungsergebnis würden sie sicher erst nach Weihnachten bekommen, aber sie zweifelte nicht an Lizzies Bestehen. Ja, sie hoffte, dass sie nicht nur bestehen, sondern dass sie einen Preis oder sogar eine Auszeichnung bekommen würde.

«Sie ist gut», sagte einer der anderen Lehrer.

«Ja, das ist sie.»

«Es muss eine Freude sein, sie zu unterrichten.»

«Das ist es.» Mrs. Stokes lächelte vor sich hin, sie musste daran denken, wie es vorher gewesen war.

AM NÄCHSTEN MORGEN KAM DER ALTE GEIGENBAUER DIE STEILE, ENGE TREPPE VON SEINER WOHNUNG HERUNTER. ER SAH BLASS UND MÜDE AUS NACH EINER SCHLAFLOSEN NACHT.

KAPITEL EINUNDZWANZIG

Im Dämmerlicht des Sonntagnachmittags döste Mrs. Stokes vor dem elektrischen Kaminfeuer, die rote Katze auf dem Schoß. Das Läuten an der Tür riss sie jäh aus dem Schlummer.

«Du meine Güte», rief sie. «Wer kann denn das sein?»

Immer noch etwas benommen, ließ sie die Katze herunter, und während sie in den Flur ging, knipste sie das Licht an.

«Hallo?», sagte sie in die Sprechanlage.

«Guiseppe Bartoli», antwortete eine Stimme.

Mrs. Stokes' Gesicht hellte sich auf. «Mr. Bartoli! Kommen Sie herein.»

Sie drückte den Türöffner und machte ihre Wohnungstür auf.

«Was für eine schöne Überraschung», rief sie, als Mr. Bartoli den Hausflur betrat und seinen Hut abnahm. Er war fest in einen dicken Mantel und Wollschal gepackt.

«Ich war in der Nähe. Da dachte ich, ich könnte vorbeischauen. Ich hoffe, ich komme nicht ungelegen?»

«Nein, gar nicht.»

Sie begrüßten sich mit einem Kuss auf beide Wangen und traten in die Wohnung.

Mrs. Stokes half ihm aus Mantel und Schal und hängte beides im Flur auf.

Sie bat ihn, am Kamin Platz zu nehmen, und bestand darauf, einen Tee zu machen. Eine Zeit lang werkelte sie in ihrer winzigen Küche und kam dann mit den Teeutensilien auf einem Tablett zurück.

«Ich nehme Zitrone zum Tee», sagte sie, «aber ich habe Milch mitgebracht, falls Sie die englische Art vorziehen.»

«Ich mag auch Tee mit Zitrone.»

Mrs. Stokes stellte das Tablett auf einen niedrigen Tisch und setzte sich ihm gegenüber vor den Kamin.

«Wie geht es Ihnen?», fragte er und lächelte sie an. «Es scheint eine Ewigkeit, seit ich Sie zuletzt gesehen habe. Unterrichten Sie noch?»

«Oh ja. Große Aufregung vergangene Woche. Mehrere Schüler von mir hatten Musikprüfung.»

«Ich bin sicher, dass sie gut waren.»

«Das hoffe ich.» Mrs. Stokes goss Tee in zwei Gläser, die in feinen silbernen Halterungen steckten.

«Ich habe vor Kurzem eine ihrer Schülerinnen getroffen – eine kleine Person mit einer großen Brille.»

«Oh ja, Elizabeth. Ich bin sehr stolz auf sie. Sie hat die vierte Stufe absolviert. Aber Sie waren ja bei ihr zu Hause, um den Bogen zu begutachten.» Mrs. Stokes tat eine Zitronenscheibe in beide Gläser und reichte Mr. Bartoli eines. «Zucker? – Ich war enttäuscht, dass Sie nicht mehr von diesem Bogen beeindruckt waren», fuhr sie fort. «Ich dachte, dass er etwas Besonderes ist.»

«Aber ich bin gar nicht in ihrem Haus gewesen», entgegnete der Geigenbauer, «ich bin ihr vor meinem Laden begegnet. Ein großer junger Bursche war bei ihr.»

«Das war wahrscheinlich ihr Bruder. Aber sind Sie sicher, dass Sie nicht bei ihr zu Hause gewesen sind? Elizabeth sagte, dass Sie dort waren und hundert Pfund für den Bogen geboten haben.»

Mr. Bartoli schüttelte den Kopf. «Ich habe ihn nie gesehen.»

Mrs. Stokes runzelte die Stirn. «Ich verstehe das nicht. Sie hat eindeutig gesagt, dass Sie es waren.»

«Was ist mit dem Bogen?»

«Ich bin nicht sicher. Er sieht wirklich alt aus, aber es könnte eine Kopie sein. Er ist wunderbar ausgewogen, mit kleinen Perlmuttsternen am Frosch.»

«Das hört sich großartig an. Wenn es ein Original aus der Zeit ist, kann er viel mehr wert sein als hundert Pfund. Ich frage mich …» Er nahm einen Schluck Tee und starrte ins Leere.

«Was fragen Sie sich?», warf sie hastig ein.

«Ob der Mann, der im Haus war, wusste, dass er wertvoll ist.»

Erschrocken sah Mrs. Stokes ihn an. «Sie meinen, jemand hat versucht, die Barretts zu betrügen?»

«Er hat meinen Namen benutzt.»

«Großer Gott!»

Sie schwiegen beide eine Weile. Dann sagte Mr. Bartoli verlegen: «Ich muss ein Geständnis machen. Es ist kein reiner Zufall, dass ich zu Ihnen gekommen bin. Wissen Sie, ich mache mir ernste Sorgen um Gregory.»

Und er erzählte ihr die ganze Geschichte.

«Natürlich kann ich nicht sicher sein», sagte er schließlich, «aber ich glaube, es war Coleman, der versucht hat, den Bogen zu kaufen. Und Gregory, der dumme Kerl, hat ihn darauf aufmerksam gemacht.»

Mrs. Stokes war entsetzt. «Ich muss sofort Elizabeths Eltern warnen.»

«Bitte tun Sie das nicht. Ich kann mich täuschen und wir wollen sie doch nicht unnötig aufregen. Gibt es eine Möglichkeit, dass ich den Bogen anschauen kann, ohne sie zu beunruhigen?»

Mrs. Stokes dachte einen Augenblick nach. «Am Mittwochabend ist ein Schulkonzert. Da könnten Sie ihn sehen. Elizabeth spielt eines ihrer Prüfungsstücke.»

Jeden Sonntagabend hatten die Barretts ein leichtes Abendessen auf Brettchen vor dem Fernseher. An diesem Abend verspeisten sie gerade Rühreier auf Toast, als das Telefon läutete. Zuerst rührte sich keiner. Schließlich stellte Mrs. Barrett ihr Brettchen ab und ging hinaus in die Küche. Kurz darauf kam sie in großer Aufregung zurück.

«Es ist Mr. Bartoli», sagte sie, «er will dich sprechen.»

Lizzie und Sebastian tauschten einen Blick: der echte Bartoli oder der Betrüger?

«Weshalb?»

«Er hat es nicht gesagt.»

Mr. Barrett seufzte, stellte seinen Toast ab und ging aus dem Zimmer.

Während seiner Abwesenheit wartete der Rest der Familie gespannt, alle stocherten in ihrem Essen herum und warfen kaum noch einen Blick auf den Fernseher. Als er schließlich zurückkam, fragten sie im Chor: «Und?»

«Überraschung, Überraschung, der Wert deines Bogens, Lizzie, ist gerade um das Fünffache gestiegen.»

Sebastian stieß hervor: «Fünfhundert Pfund! Wahnsinn!»

«Du hast das doch nicht angenommen?», rief Lizzie alarmiert.

Mr. Barrett lächelte süßlich. «Ich habe ihm gesagt, er soll es sich sonst wohin stecken», erwiderte er und sah sehr zufrieden mit sich aus.

Lizzie war so erleichtert, dass sie sich schwungvoll in ihren Stuhl zurückfallen ließ. Beinahe wäre ihr Teller durch die Luft geflogen.

Sebastian, der wusste, dass der Bogen geliehen war, war Lizzies wegen erleichtert. Aber er musste natürlich daran denken, dass man mit dem Geld ein fantastisches Smartphone kaufen könnte und dann noch eine Menge übrig behielte.

«Hast du das wirklich zu ihm gesagt?», fragte Mrs. Barrett schockiert.

Sie hatte ihren Mann noch nie so reden gehört.

«Na ja, so mehr oder weniger ...» Er setzte sich und nahm sein Brettchen.

«Wetten, dass er wütend war», stotterte Sebastian, den Mund voll Rührei.

«Das kann man wohl sagen», kicherte sein Vater. «Dein Bogen ist ein Rätsel, Lizzie. Zuerst zwanzig Pfund, dann hundert und jetzt fünfhundert. Was soll man davon halten?»

«Keine Ahnung, Dad», sagte sie unschuldig.

Am nächsten Morgen kam der alte Geigenbauer die steile, enge Treppe von seiner Wohnung herunter. Er sah blass und müde aus nach einer schlaflosen Nacht. Nachdem er die Alarmanlage ausgeschaltet hatte, schloss er die Seitentür auf und ging in den Laden. Das Licht war darin noch trüber als sonst, und als er die Tür zum Bürgersteig öffnete, war der Grund dafür ganz offensichtlich: Draußen war Schneeregen. Er trat zurück in den Laden und betätigte den Schalter. Die Neonbeleuchtung flammte auf. Er setzte sich an seine Werkbank und machte sich an einem Stück Holz zu schaffen. Aber er war zu sehr damit beschäftigt, was er zu Gregory sagen wollte, um zu arbeiten.

Nie hatte er es einfach gefunden, mit ihm zurechtzukommen., aber das hatte er in Kauf genommen, denn es war heutzutage schwer, einen guten, kennntnisreichen Handwerker wie ihn zu finden.

Greg kam nur selten pünktlich, und als er schließlich hereinschlurfte, entschuldigte er sich nicht für die Verspätung. Er brummelte nur: «Bahn war schuld.»

Mr. Bartoli sagte nichts und wartete, bis er seinen Anorak ausgezogen und an einen Haken gehängt hatte.

«Bitte setz dich», sagte er dann und deutete auf den Stuhl auf der anderen Seite der Werkbank. «Ich muss mit dir sprechen.»

«Worüber?»

«Bitte tu, was ich sage.»

Greg zuckte die Achseln und ließ sich auf den Stuhl fallen. «Ist es, weil ich zu spät gekommen bin?»

«Nein, es geht um dich und Barry Coleman.»

Bestürzung flammte in Gregs Gesicht auf, die er aber gleich mit einer Grimasse überspielte.

«Nie von ihm gehört.»

«Ich versuche, dir zu helfen, bevor du schlimmere Probleme bekommst», sagte Mr. Bartoli unwillig. «Hast du vor, mit Coleman einen wertvollen Bogen zu stehlen?»

«Weiß nich', wovon Sie reden.»

«Ich denke doch. Hat er dich schon bezahlt?»

«Mich bezahlt?»

«Fünftausend Pfund, glaube ich, waren es.»

Greg errötete schuldbewusst. «Sind Sie verrückt geworden?»

«Es hat keinen Sinn zu leugnen. Ich habe dich am Telefon gehört.»

«Dazu haben Sie kein Recht!»

«Ich habe jedes Recht. Sage mir also die Wahrheit, bevor die Polizei damit zu tun bekommt.»

«Die Polizei?» Plötzlich hatte Greg Angst.

«Sie werden es herausfinden.»

«Ich hab' ihm nur davon erzählt», platzte Greg heraus.

«Sonst nichts?»

«Nein!»

Mr. Bartoli seufzte. «Warum hast du das getan, Gregory? Bezahle ich dir nicht genug?»

Greg zuckte die Achseln. «Ich und Barry haben mal im

Pub geredet. Er sagte, er kennt jemand, der einen bestimmten Bogen will. Geld spielt keine Rolle. Sagte, dass er mich bezahlt, wenn ich mal einen sehe. Habe nie gedacht, dass ich mal einen sehe. Dann kommt diese Familie rein und fragt wegen einer Versicherung für einen Bogen.»

«Und du hast es Coleman erzählt?»

«Ich habe gedacht, dass er ihn kauft.»

Mr. Bartoli lächelte grimmig. «Er hat es versucht – für ganze hundert Pfund. Hast du der Familie eine ehrliche Wertschätzung gegeben?»

Gregs Schweigen sprach Bände.

Jetzt seufzte Mr. Bartoli tief. «Es tut mir leid, Gregory, aber du musst gehen.»

Greg starrte ihn ungläubig an. «Sie schmeißen mich raus?»

«Dir muss klar sein, dass du nach alldem nicht bleiben kannst. Es ist eine Vertrauenssache. Was denken die Kunden, wenn sie erfahren, dass du zu deinem eigenen Vorteil eine falsche Schätzung abgibst? Sie kämen nie mehr zu mir.»

Starr vor Hass und Wut saß Greg über die Werkbank gebeugt und sagte nichts.

«Was ist das für ein Bogen?», fragte Mr. Bartoli nach langem Schweigen. «Du hast es mir nicht gesagt.»

«Finden Sie es doch selber raus!», schrie Greg und geriet plötzlich in Bewegung. Er sprang vom Stuhl, packte seinen Anorak und stürmte aus der Werkstatt.

«Vergiss deinen Lohn nicht», rief Mr. Bartoli ihm nach und stand auf.

«Stecken Sie's irgendwohin!»

Die Ladentür knallte zu.

Erschöpft sank Mr. Bartoli auf seinen Stuhl. Er wusste, er hatte keine Wahl, er musste Greg kündigen, aber der Gedanke, dass er mit der Polizei Probleme bekäme, gefiel ihm nicht.

«Bitte halte dich fern von Coleman», flehte er halblaut.

Aber das war eine vergebliche Hoffnung.

Greg lief geradewegs zu seinem Kompagnon. Nachdem er drei Treppen hinaufgerannt war, platzte er völlig durchnässt und außer Atem in das Vorzimmer, lief an Sharon vorbei, bevor sie ihn aufhalten konnte, und stieß die Tür zu Colemans Büro auf.

«Ich will mein Geld!», brüllte er.

Coleman blickte entgeistert auf. Dann legte er die Papiere hin, in denen er gerade gelesen hatte, und starrte Greg von seinem Schreibtisch aus an. «Mach die Tür zu.»

Greg trat sie mit dem Fuß zu und kam auf die andere Seite zu Coleman. «Gib mir mein Geld!»

«Was für Geld?»

«Die Fünftausend, die du mir versprochen hast.»

«Ich kann mich nicht an so ein Versprechen erinnern.»

«Wir hatten ein Abkommen!»

«Also, das Abkommen ist geplatzt», zischte Coleman.

«Wie kannst du so was sagen?», schrie Greg ungläubig. «Ich habe alles gemacht, was du gesagt hast, und wegen dir bin ich grad rausgeflogen.»

Coleman machte ein finsteres Gesicht. «Weiß Bartoli von dem Bogen?»

«Ja.»

«Geht er zur Polizei?»

«Weiß nicht. Um Gottes willen, gib mir was», flehte Greg verzweifelt.

«Von mir kriegst du keinen Penny», erwiderte Coleman scharf. «Und komm ja nicht wieder.» Mit den Worten nahm er die Papiere wieder auf und ignorierte den aufgeregten Mann auf der anderen Seite vom Schreibtisch.

Gregory starrte ihn voller Entsetzen an. «Ein feiner Kamerad bist du!», rief er böse. Als er keine Antwort bekam, machte er kehrt, stürmte hinaus und ließ die Tür zum Vorzimmer hinter sich offen.

«Ich hoffe, du verrottest im Gefängnis!», schrie er. Dann ließ ein Türknall die Wände erzittern.

Coleman sank in seinem Stuhl zurück, warf die Papiere auf den Tisch und blies die Luft aus seinen Backen. Seine Hände zitterten, als er nach einer Zigarre langte.

«Wer war das?», fragte Sharon, die in der Tür erschien.

«Ein Verrückter. Geh und hol mein Schinkenbrötchen. Und ZWEI Tassen Kaffee.»

«Kann das nicht warten? Es ist ekelhaft nass draußen.»

«Nein, es kann nicht warten.»

Das Programm für das Konzert kam an diesem Morgen während des Unterrichts heraus, und in der Mittagspause versammelten sich Helen Pratt und ihre Verbündeten vor der Anschlagtafel.

Verärgert stellten sie fest, dass das Unterstufenorchester an den Anfang gesetzt war, denn das bedeutete, dass sie bis zum Schluss herumhängen mussten und nichts tun konnten, als allen anderen zuzuhören.

«Wir waren schon letztes Jahr als Erste dran», beschwerte sich Roger Edwards.

«Das ist ungerecht», erklärte Helen, die es als persönliche Beleidigung empfand.

Wütend wandten sie sich ab, als sie vom Ausruf eines der Trompeter aufgehalten wurden: «Seht euch das an!» Er deutete auf einen Programmpunkt.

Da stand Lizzies Name.

«Sie spielt Solo!», schnaubte Helen, platzend vor Neid.

«Im zweiten Teil!», rief Roger.

«Das darf sie nicht!», protestierte ein Klarinettist, «das ist nur für die Oberstufe.»

«Sie spielt eins von meinen Stücken aus meiner Stufe-vier-Prüfung!», zischte Helen.

«Schaut, wer sie begleitet», sagte ein Schlagzeuger.

«Mr. Grimshaw!»

«Der Verräter!!»

«Also das haben sie freitags immer gemacht», fauchte Helen.

Einen Augenblick waren sie alle in Schweigen erstarrt. Dann übernahm Roger Edwards, der seit Langem dachte, dass er der erste Geiger im Orchester sein sollte, das Kommando.

«Wir müssen das verhindern», verkündete er.

«Kommt, wir müssen es mit dem alten Grimshaw ausfechten.»

«Ja», tönte es von allen Seiten, und dann liefen sie gemeinsam durch den Flur. Sie waren so darauf konzentriert, zum Lehrerzimmer zu gelangen, dass keiner bemerkte, wie Helen sich absonderte und zu ihrem Schließfach ging. Sie holte ihr Handy und lief schnell zum Pausenhof, wo sie sich hinter den Fahrradständern versteckte. Sie nahm den Zettel, den Coleman ihr gegeben hatte, und tippte rasch seine Nummer ein. Während sie gespannt darauf wartete, dass er abnahm, blickte sie sich um, ob auch niemand sie beobachtete. Eine Ewigkeit schien es ihr zu dauern, bis das Läuten verstummte und eine Stimme bellte: «Ja?»

«Mr. Bartoli?», fragte sie verstohlen.

Am anderen Ende kam keine Antwort.

«Hier ist Helen Pratt, Mr. Bartoli.»

Es entstand noch eine Pause. Dann ertönte Colemans Stimme, sie triefte vor Freundlichkeit. Nach den Geräuschen im Hintergrund zu urteilen war er in einem Pub.

«Helen Pratt! Ich dachte schon, du hättest mich vergessen. Was gibt es Neues?»

«Ich weiß, wann sie ihren Bogen zur Schule bringt.»

HELEN HATTE DRAUßEN IN EINER TÜRNISCHE GELAUERT UND IHRE AUGEN LEUCHTETEN, ALS SIE LIZZIE HERAUSKOMMEN UND DAVONEILEN SAH. DAS WAR DIE GELEGENHEIT, AUF DIE SIE GEWARTET HATTE.

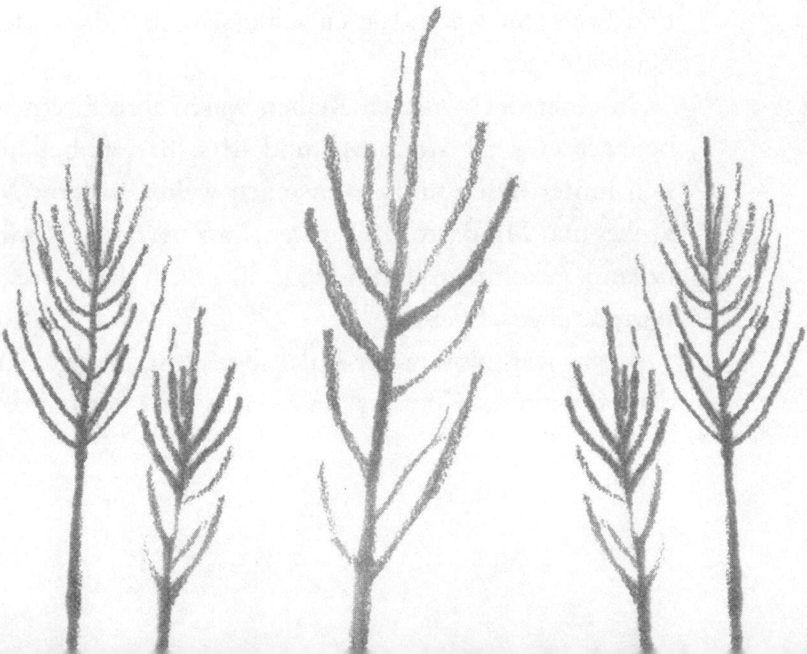

KAPITEL ZWEIUNDZWANZIG

Der schwarze Mercedes schob sich durch das Tor und glitt unbemerkt zum Parkplatz, sein starker Motor machte kaum ein Geräusch. Von der Schule wehten vereinzelt Töne des Unterstufenorchesters herüber. Der Parkplatz war sehr voll und der Mercedes musste nach einer Lücke suchen. Er fand eine am Rand und rangierte ein. Die Scheinwerfer erloschen und das leise Vibrieren des Motors verstummte. Reglos und schweigend stand er in einem Meer von Autos wie ein riesiges schwarzes Ungeheuer, das darauf lauert, sich auf seine Beute zu stürzen.

In der Aula husteten und zappelten die Kinder auf ihren Stühlen, während die dicht sitzenden Zuhörer den eifrigen Bemühungen des Unterstufenorchesters lauschten.

In der ersten Reihe der ersten Geigen saßen Helen Pratt und Roger Edwards und spielten mit großem Feuereifer und Ernst. Sie waren fest entschlossen, über die anderen herauszuragen.

In einer der vorderen Reihen waren ihre Eltern und beobachteten sie stolz. Mr. und Mrs. Barrett befanden sich hinter ihnen und ein bisschen weiter entfernt Mrs. Stokes und Mr. Bartoli. Sie waren, kurz bevor das Konzert begann, gekommen und hofften, sich nach der Pause den Barretts anzuschließen.

Lizzie war nicht in der Aula, aber sie hätte es gekonnt, denn die jungen Künstler des zweiten Teils durften dabei sein. Jedoch ohne ihre Instrumente. Deshalb hatte sie beschlossen, in dem Klassenzimmer zu bleiben, wo die Oberstufenschüler ihre Mäntel und Instrumente ließen. Ein Schüler einer höheren Klasse war zur Aufsicht da, aber Lizzie wollte mit dem magischen Bogen kein Risiko eingehen – sie machte deshalb nicht einmal beim Unterstufenchor mit.

Sie lauschte den Tönen, die aus der Aula kamen, und musste lächeln. Wären die Spieler nicht so versessen gewesen, sie loszuwerden, säße sie jetzt mit ihnen auf der Bühne und ihr Bogen würde über die Saiten streichen.

Das Orchester spielte drei Stücke und brachte das letzte mit dröhnenden Becken und Trommelschlägen zu einem so mitreißenden Abschluss, dass die Zuhörer in Jubelrufe und Beifall ausbrachen. Mr. Grimshaw lächelte den Spielern zu, dann drehte er sich zum Publikum und verneigte sich kurz. Darauf wies er die Spieler an, die Bühne zu verlassen. In der Aula kam Geschwätz auf, als eine Helfergruppe von Schülern auf die Bühne kam und unter der Anleitung eines Lehrers die Stühle und Notenpulte wegräumte.

Hinter der Bühne trottete die lärmende Gruppe des Juniororchesters über den Flur zu dem Klassenzimmer, das für die Teilnehmer der ersten Hälfte bereitgestellt war. Hier war ein anderer Oberstufenschüler, der auf ihre Mäntel und Instrumentenkästen aufpasste.

«Nicht so laut», befahl Mr. Grimshaw, der ihnen hineinfolgte und von einem weiteren Oberstufenschüler begleitet wurde. «Ihr habt alle gut gespielt. Wenn ihr fertig seid, bringt Janine euch hinten in den Saal. RUHIG. Ich will keinen Ton hören.» Er eilte wieder hinaus und ließ den Oberstufenschüler zur Aufsicht zurück.

«Ich höre mir Lizzie Barrett nicht an», murmelte Roger.

«Vielleicht musst du es gar nicht.» Helen grinste.

«Was willst du damit sagen?»

«Nichts», erwiderte sie hochtrabend.

Als Janine die Spieler aus dem Klassenzimmer führte, blieb Helen zurück, und während die anderen weiter zur Aula liefen, schlüpfte sie über den Gang in das Klassenzimmer der Oberstufenspieler. Sie war bestürzt, Lizzie an einer der Bänke sitzen zu sehen.

Lizzie beobachtete sie wachsam.

«Was willst du?», fragte der Oberstufenschüler, der die Aufsicht hatte.

«Ich suche nur jemanden», antwortete Helen. «Muss wohl im Saal sein.» Mit den Worten ging sie wieder hinaus.

Lizzie drängte sich die Frage auf, ob sie wirklich jemanden suchte oder ob sie etwas im Schilde führte. Instinktiv ging ihre Hand zu dem Geigenkasten auf dem Tisch.

Der erste Teil des Konzerts endete mit dem Unterstufenchor, der Weihnachtslieder sang, und die Zuhörer waren eingeladen, mit einzustimmen. Sie klatschten zum letzten Mal und schoben sich dann aus der Aula, um im Speisesaal Erfrischungen zu sich zu nehmen.

Lizzie musste dringend auf die Toilette. Sie hatte schon länger gehen wollen, aber jetzt konnte sie es nicht mehr hinauszögern. Sie stand auf und griff automatisch nach dem Geigenkasten. Dann stellte sie ihn wieder hin. Es war wirklich unnötig, ihn mitzunehmen, wo doch eine Aufsicht da war.

«Bist du die nächsten Minuten hier?», fragte sie den Oberstufenschüler.

Er nickte.

«Pass bitte auf meinen Geigenkasten auf. Ich muss nur zur Toilette. Dauert nicht lange.»

Helen hatte draußen in einer Türnische gelauert und ihre Augen leuchteten, als sie Lizzie herauskommen und davoneilen sah. Das war die Gelegenheit, auf die sie gewartet hatte. Sie packte ein kleines Mädchen aus dem Unterstufenchor, der mittlerweile im Gang herumschwirrte, am Arm und schob es zur Tür des Klassenzimmers.

«Sag dem Jungen von der Aufsicht, dass Mr. Grimshaw ihn in der Aula braucht.»

Das Mädchen traute sich nicht, mit einer älteren Schülerin zu argumentieren, schon gar nicht mit einer, die so bestimmend war wie Helen, und ging hinein. Kurz darauf kam sie mit dem Oberstufenschüler wieder, und er eilte in den Saal.

Helen verlor keine Zeit und schlüpfte in das Klassenzimmer.

Coleman saß in seinem Auto, trotz laufender Heizung war er halb erfroren. Er hatte das Fenster offen, damit er hören konnte, wann die erste Hälfte des Konzerts zu Ende war.

Den Stimmen und der Unruhe nach, die vom Schulhaus kamen, schätzte er, dass jetzt Pause war und er sich in Bewegung setzen sollte. Er betätigte den Fensterheber, stieg steif aus dem Auto, drückte den Verriegelungsknopf und stapfte los, um den Seiteneingang zu finden, an dem Helen ihn treffen wollte.

Als Lizzie von der Toilette zurückkam, stellte sie erschrocken fest, dass der Oberstufenschüler nicht da war. Sofort wanderte ihr Blick zu der Bank, an der sie gesessen hatte. Sie war leer. Voller Panik rannte sie im Zimmer umher und suchte den Kasten zwischen all den anderen. Er war nirgends zu sehen.

«Wo bist du gewesen?», schrie sie, als der Oberstufenschüler hereinkam. «Du hast versprochen, hierzubleiben.»

«Mir wurde gesagt, dass ich zu Mr. Grimshaw soll.»

«Von wem?»

«Von einem Mädchen aus der Unterstufe. Ich drehe ihr den Hals um, wenn ich sie sehe. Schickt mich weg für nichts.»

Blitzartig wusste Lizzie, wer dahintersteckte. «Du Idiot!», schrie sie und rannte an ihm vorbei zur Tür hinaus.

Wahnsinnig vor Angst lief sie den Korridor entlang und schrie: «Man hat meine Geige gestohlen!»

Es war kaum jemand in der Nähe, denn die meisten Leute waren im Speisesaal, wo eine lange Schlange auf die Erfrischungen wartete und ohrenbetäubender Lärm herrschte.

Lizzie blieb an den offenen Türen stehen und gellte: «Hilfe! Hilfe!»

Ihre Stimme durchdrang das Getöse kaum, aber ein, zwei Leute in der Nähe drehten sich um und sahen sie an. Glücklicherweise war Sebastian nicht weit weg und hörte sie. Er hatte sich von den Eltern getrennt, um Jason und ein paar von der Fußballmannschaft zu treffen. Als er Lizzie in der Tür sah, schob er sich durch die Menge zu ihr.

«Was ist los?!»

«Helen Pratt hat meinen Geigenkasten genommen!»

Sebastian zögerte nicht. Mit zwei Fingern zwischen den Lippen gab er einen durchdringenden Pfiff von sich, der die Menge einen Moment zum Verstummen brachte. Heftig winkte er seinen Freunden aus dem Fußballteam zu, die alle schnell aus dem Saal kamen.

«Helen Pratt hat Lizzies Geigenkasten genommen», berichtete er ihnen.

«Ich war nur ein paar Minuten aus dem Zimmer», jammerte Lizzie.

«Mach dir keine Sorgen», sagte der Kapitän, «wir finden sie.» Er gab rasch Befehle: «Gruppen zu dritt. Findet Helen und bringt sie her.»

«Es ist zu spät», rief Lizzie, «sie hat sie sicher inzwischen Coleman gegeben.»

«Wer ist das?», fragte der Kapitän.

«Ein Verbrecher», antwortete Sebastian. «Komm, Jason, wir suchen sein Auto.»

«Ich komme mit euch», sagte der Kapitän, «ihr anderen durchsucht die Schule. Los!»

Sie ließen Lizzie im Gedränge zurück und das ganze Team stürmte in alle Richtungen davon.

Inzwischen kamen die Leute aus dem Saal, um zu sehen, was der ganze Tumult bedeutete. Unter ihnen waren auch Mr. und Mrs. Barrett. Als sie Lizzie sahen, eilten sie zu ihr.

«Was um Himmels willen ist denn los?», rief Mrs. Barrett.

Lizzie warf sich ihrer Mutter in die Arme und brach in Tränen aus.

Fernab von allem Aufruhr stand Helen zitternd vor der Tür, an der sie Coleman treffen wollte. Die Luft war sehr kalt, und sie trug nur Rock und Bluse. Sie hatte bereits einige Minuten gewartet und dachte schon, sie habe den Geigenkasten umsonst gestohlen – sie hatte sich nicht damit aufgehalten, den Bogen herauszunehmen –, da hörte sie Schritte auf dem Kies näher kommen und Colemans breite Gestalt tauchte aus der Dunkelheit auf.

«Es ist aber Zeit», zischte sie ärgerlich, «was hat Sie aufgehalten?»

«Ich bin auf dem ganzen Platz rumgelaufen, um die verdammte Tür zu finden», beklagte er sich.

«Ich hab Ihnen gesagt, wo sie ist.»

«Nun, ich habe sie halt nicht gefunden, klar? Hast du ihn gekriegt?»

«Ich habe doch gesagt, dass ich ihn kriege.» Helen hielt den Geigenkasten hoch.

Coleman beäugte ihn misstrauisch. «Bist du sicher, dass der Bogen drin ist?»

«Schauen Sie doch selbst.»

Er riss ihr den Kasten aus der Hand und trug ihn ins Licht, das durch die Tür fiel. Er öffnete den Deckel und schaute begierig hinein. Sein Gesicht erhellte sich. «Oh ja», sagte er und grinste boshaft und selbstzufrieden, «ja, da ist er wirklich.» Er schloss den Deckel, schob sich den Kasten unter den Arm und wandte sich zum Gehen.

«Vergessen Sie meine fünfzig Pfund nicht.»

«Ach ja», er tat so als habe er es nur vergessen. Dann holte er seinen üblichen Packen Geldnoten heraus, blätterte fünf Zehner ab und gab sie Helen, die sie unter ihre Bluse steckte.

«Vergiss nicht: kein Wort über das hier zu irgendjemand. Ich kenne dich nicht und du kennst mich nicht, okay?»

Sie nickte.

«Gutes Mädchen. War nett, mit dir ein Geschäft zu machen, Helen Pratt.»

Helen grinste und verschwand im Schulgebäude.

Coleman kicherte vor sich hin, als er schnell wegging. Endlich gehörte der Bogen ihm und er war um viele tausend Pfund reicher.

Kaum hatte Helen ihn verlassen, als sie auch schon von einem der Suchtrupps entdeckt wurde.

«Da ist sie!», schrien sie und rannten auf sie zu.

Wäre sie stehen geblieben, dann wäre sie vielleicht davongekommen, denn jetzt, da der Geigenkasten fort war, gab es keine nachweisliche Verbindung zwischen ihr und dem Verbrechen. Aber ihr Schuldbewusstsein ließ sie in Panik geraten. Sie wendete und flüchtete um eine Ecke. Die Jungen liefen ihr einen langen Gang hinterher und erwischten sie beinahe. Aber im letzten Moment stürmte sie in die Mädchentoilette und schloss sich in einer Kabine ein. Keiner der Jungen wagte es, ihr nachzugehen. So lief einer von ihnen, Hilfe zu holen, und die anderen hielten unterdessen vor der Toilette Wache.

Coleman hielt den Geigenkasten fest umklammert und zwängte sich zwischen den geparkten Autos hindurch zum Mercedes. Er drückte auf den Autoschlüssel und das Schloss sprang mit leisem Klick auf. Als er nach dem Griff der Fahrertür langte, ertönte eine heisere Stimme: «Jetzt!»

Er drehte sich um, und da standen wie aus dem Boden geschossen Sebastian, Jason und der Kapitän hinter dem Wagen und warfen sich über ihn. Mit einem wütenden Aufschrei wirbelte er herum und drehte und wendete sich, um sie abzuschütteln. Aber sie waren hartnäckig. Wie Hunde auf der Bärenhatz sprangen sie ihn immer wieder an, ohne sich um ihre Sicherheit zu scheren, und rissen ihn zurück, als er versuchte, in sein Auto zu steigen.

Während des Kampfes gelang es Sebastian, den Geigenkasten zu fassen zu bekommen, und er versuchte, ihn Coleman aus der Hand zu winden, aber der Dieb klammerte sich daran, als ginge es um sein Leben.

Schließlich sprang Jason ihn von hinten an und packte ihn um den Hals. Halb erstickt fuhr Coleman herum und riss Sebastian und Jason mit sich. Wie der Blitz stürzte sich der Kapitän auf seine Beine und umfasste ihn mit den Armen mit einem Rugbygriff. Coleman versuchte, ihn wegzutreten, verlor das Gleichgewicht und alle fielen in einem Durcheinander von Körpern und Armen und Beinen zu Boden.

Sebastian landete obendrauf. Er spürte den Druck des Geigenkastens gegen seinen Bauch und merkte, dass Coleman den Griff loslassen musste. Während die anderen auf ihm wild kämpften, gelang es Sebastian, den Geigenkasten zu umfassen und herauszuziehen. Coleman versuchte verzweifelt, ihn zu erwischen, und zog dabei Jason und den Kapitän mit sich.

Aber er konnte nicht verhindern, dass Sebastian sich herauswand.

«Hab' ihn!», triumphierte er.

Sofort ließen die beiden anderen von dem Mann ab, sprangen weg von ihm und rannten Sebastian und dem Geigenkasten nach.

«Ich zeige euch wegen Überfall an!», brüllte der enttäuschte Dieb ihnen hinterher, als er mühsam auf die Beine kam.

Die Jungen lachten nur und stürmten in die Schule.

Wutentbrannt stieg Coleman ins Auto, knallte die Tür zu und fuhr in rasendem Tempo davon.

ALS ER AUFBLICKTE UND
REDEN WOLLTE, SAH ER
LIZZIES ANGSTERFÜLLTES,
FLEHENDES GESICHT. UND
PLÖTZLICH WURDE IHM KLAR,
WARUM LIZZIE SICH SO SEHR
DAGEGEN GESTRÄUBT HATTE,
IHM DEN BOGEN ZU ZEIGEN.

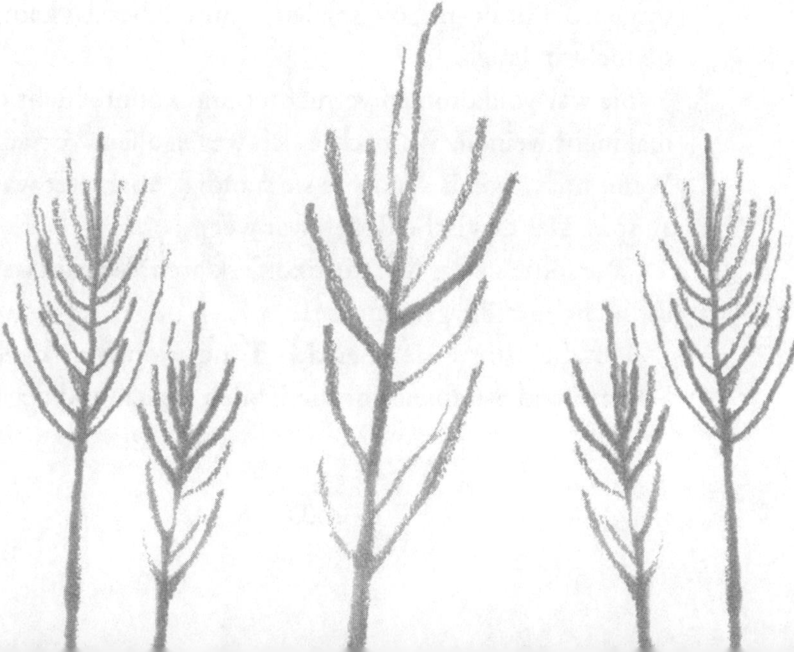

KAPITEL DREIUNDZWANZIG

Der Speisesaal war fast völlig verlassen, denn Mrs. Lawrence, die Direktorin, hatte beschlossen, dass der zweite Teil des Konzertes wie geplant stattfinden sollte. Während die Zuhörer dem Oberstufenorchester lauschten, war sie mit den Eltern von Helen Pratt in der Mädchentoilette und versuchte, sie zum Verlassen der Kabine zu bewegen.

Geschirrgeklapper durchbrach die Stille im Speisesaal, als zwei Helfer nach der Pause zusammenräumten. Sie waren aber nicht ganz allein, eine kleine Gruppe war an einem der Tische geblieben. Lizzie saß zwischen ihren Eltern, ihnen gegenüber Mrs. Stokes und Mr. Bartoli. Sie wussten jetzt alle, dass Coleman sich als Mr. Bartoli ausgegeben und versucht hatte, den Bogen zu kaufen. Mr. Grimshaw war zwischendurch hereingekommen und hatte angeboten, für Lizzie eine andere Geige und einen Bogen zu besorgen, damit sie ihr Solo spielen konnte. Aber das kam für sie nicht in Frage.

Sie war vollkommen vernichtet und konnte nicht einmal mehr weinen. Sie machte sich wegen allem Vorwürfe. Wenn nur ... wenn ... dachte sie ständig. Aber jetzt war es zu spät. Der magische Bogen war weg.

Wie sollte sie das Mr. Rostikoff erklären? Warum war er ihr nicht zu Hilfe gekommen?

Plötzlich hörte sie über den Tönen von Musik eilige Schritte und Stimmen. Ihr Herz blieb stehen und begann dann wild zu klopfen, als die Tür aufflog und das gesamte Fußballteam hereinstürmte.

«Wir haben ihn!», riefen die Jungen.

Voller Staunen sah Lizzie, wie sie Platz machten, um Sebastian durchzulassen. Es war wie ein Wunder. Da war ihr Bruder, ganz zerzaust sah er aus, und hielt den Geigenkasten in die Luft!

Umgeben von der ganzen Mannschaft trat er vor und legte den Geigenkasten auf den Tisch.

«Da, Lizzie», sagte er einfach.

«Ich habe doch gesagt, dass wir ihn kriegen», verkündete der Kapitän und grinste. Sein Hemd hing heraus und die Hose war von oben bis unten verdreckt.

«Und wir *haben* ihn auch», lachte Jason. Normalerweise war er ordentlich gekleidet, aber jetzt sah er genauso abgerissen aus wie die anderen.

Die Arme umeinandergelegt, mit vor Stolz strahlenden Gesichtern stand der Rest der Mannschaft da und jubelte laut.

Lizzie war ganz überwältigt. Es gelang ihr, ein Dankeschön zu murmeln, und dann brach sie in Tränen aus

Mrs. Barrett legte tröstend den Arm um sie. Aber Lizzie brauchte keinen Trost. Sie weinte vor Freude und Erleichterung.

Oh, Mr. Rostikoff, dachte sie, *Sie haben die ganze Zeit gewusst, dass sie ihn wiederbekommen.*

Um sie herum war aufgeregtes Gerede, als die Jungen erzählten, wie sie den Geigenkasten erkämpft hatten.

«Wo ist Coleman jetzt?», fragte Mr. Barrett.

«Keine Ahnung», antwortete Sebastian, «er ist einfach weggefahren.

«War er allein?», erkundigte sich Mr. Bartoli.

«Ja, und das war auch gut», sagte der Kapitän – er schätzte, dass es vielleicht anders ausgegangen wäre, wenn sie es mit zwei Schurken zu tun gehabt hätten.

Mr. Bartoli lächelte. Er war erleichtert, dass Greg nichts damit zu tun hatte.

Als die Jungen anfingen, die mörderischen Details des Kampfes auszuschmücken, beugte sich Mrs. Stokes über den Tisch und sagte zu Lizzie: «Du musst in den Kasten schauen.»

Es war ein altmodischer Holzbehälter, der von der Rumzieherei auf dem Boden böse zerkratzt war.

«Später», sagte Lizzie. Sie wagte es nicht, ihn vor dem Geigenbauer zu öffnen.

«Mach es jetzt», drängte Mrs. Stokes, «wenn etwas kaputt gegangen ist, kann Mr. Bartoli es richten.»

«Ich würde auch gern deinen Bogen sehen», sagte er und lächelte ihr zu.

«Wozu?», rief Lizzie alarmiert.

«Nun, es wäre doch interessant zu sehen, worauf Coleman so scharf war.»

«Das möchten wir alle gern wissen», meinte Mr. Barrett.

«Es ist doch nur ein Bogen, den ich beim Trödler gekauft habe!», protestierte Lizzie verzweifelt.

«Dann zeige ihn ihm», befahl ihr Vater.

Lizzie sank das Herz. Mit jeder Faser ihres ganzen

Wesens wehrte sie sich dagegen, den Kasten zu öffnen, aber es gab wohl keine Möglichkeit, das zu verhindern, wo alle ihn umdrängten. Bedrückt öffnete sie den Verschluss und hob den Deckel. Man sah gleich, dass der Steg der Geige verrutscht war. Aber sonst war sie unbeschädigt und der Bogen befand sich noch in der Halterung. Beide waren durch den Holzkasten geschützt und der wiederum war beim Fallen von Sebastians Körper abgefedert worden.

«Ich werde den Steg gleich richten», sagte Mr. Bartoli, «aber zeig mir zuerst den Bogen.»

Voller Furcht zog Lizzie ihn heraus und reichte ihn ihm.

Er hielt den Bogen achtsam in beiden Händen und prüfte ihn mit großem Interesse. Als er aufblickte und reden wollte, sah er Lizzies angsterfülltes, flehendes Gesicht. Und plötzlich wurde ihm klar, warum Lizzie sich so sehr dagegen gesträubt hatte, ihn ihm zu zeigen. Sie wusste alles über den Bogen und hatte schreckliche Angst, dass er es den anderen sagen würde. Er konnte überhaupt nicht verstehen, warum sie ein so seltenes Fundstück geheim halten wollte. In all seinen Jahren als Geigenbauer hatte er immer Wert darauf gelegt, über die Instrumente die Wahrheit zu sagen.

Aber er war auch ein freundlicher, warmherziger Mensch, und diesem Blick konnte er nicht widerstehen.

«Das ist ein sehr schöner Bogen», sagte er, seine Worte vorsichtig wählend. «Er sieht aus wie ein Bogen von einem Meister des achtzehnten Jahrhunderts, François Tourte ...»

Lizzie schloss die Augen, ihr wurde übel.

«Aber tatsächlich ...», fuhr er fort, «ist es eine moderne Kopie.»

Lizzie schaute ihn mit offenem Mund an, sie traute ihren Ohren kaum.

«Allerdings eine sehr gute», sagte er weiter. «Kein Wunder, dass Coleman sich täuschen ließ.»

«Sie meinen, er hat versucht, eine Fälschung zu stehlen?», rief Sebastian.

«So ungefähr.»

Die Fußballmannschaft brach wegen Colemans Dummheit in lautes Gelächter aus.

«Dann ist er also wertvoll?», fragte Mr. Barrett, der wie immer an die Versicherung dachte.

Mr. Bartoli lächelte. «Nur für den Spieler.» Damit gab er Lizzie den Bogen zurück. «Pass auf ihn auf», sagte er mit einem bedeutungsvollen Blick.

Da wurde Lizzie klar: Er wusste, dass der Bogen keine Kopie war und dass er es ihr zuliebe gesagt hatte. Von Dankbarkeit überwältigt, wollte sie ihn umarmen. Aber da der Tisch zwischen ihnen war, musste sie ihren Dank mit einem schüchternen Lächeln und kurzem Nicken zum Ausdruck bringen.

In diesem Moment kam Mrs. Lawrence raschen Schrittes in den Speisesaal. Sie war eine aktive Frau in den Vierzigern und eine sehr fähige Schulleiterin. Immer war sie chic gekleidet, und zum heutigen Anlass trug sie ein elegantes Wollkostüm und Pumps mit sehr hohen Absätzen. Wie immer hing eine Handtasche über ihrem Arm.

«Wir haben ihn, Miss», riefen die Jungen und wollten zu ihr gehen.

«Gut gemacht! Ihr müsst mir erzählen, wo ihr ihn gefunden habt, aber nicht jetzt, in Ordnung?»

Sie trat an den Tisch und schaute Lizzie direkt an. «Kommst du bitte mit? Helen Pratt ist bei mir im Büro. Sie möchte sich entschuldigen.»

Roger Edwards und die anderen Rädelsführer saßen im Saal und betrachteten Helen als Heldin der Stunde. Sie wussten, dass es Probleme gab, weil sie Lizzies Geigenkasten gestohlen hatte, und waren voll Bewunderung für ihren Mut und ihre Schlauheit.

Dass der Geigenkasten wieder gefunden war, hatten sie nicht mitbekommen. Sie jubelten schadenfroh, als Lizzie nicht zum für ihr Solo vorgesehenen Zeitpunkt auftrat.

Aber ihr Triumph war von kurzer Dauer.

Kurz vor dem letzten Programmpunkt betrat Mrs. Lawrence die Bühne für eine Ankündigung: «Ich bin sicher, Sie haben bemerkt, dass wir einen Programmpunkt ausgelassen haben. Das war aufgrund eines ärgerlichen Zwischenfalls, der jedoch – ich freue mich, das sagen zu können – inzwischen beigelegt ist. Deshalb wird Elizabeth Barrett jetzt ihr Solo spielen.»

Helens Anhänger waren wütend. Sie saßen in finsterem Schweigen da, während die anderen Zuhörer aufgeregt zu schwatzen begannen. Gerüchte von Verbrechern und Dieben grassierten, und jetzt war jeder froh, dass die Gefahr vorbei war. Sie begrüßten den Auftritt von

Lizzie und Mr. Grimshaw mit lauten Rufen und Beifall. Sebastian und die Fußballmannschaft jubelten noch lauter als alle anderen.

Lizzie war fassungslos über den Empfang. Es war ihr fremd und ungewohnt, auf einer Bühne zu sein. Nichts schien mehr wirklich, alles war wie im Traum. Sie war froh über Mr. Grimshaws Anwesenheit und hielt sich dicht neben ihm, als er zum Klavier ging und das A anschlug. Mit dem Rücken zum Publikum überprüfte sie die Stimmung der Saiten, die Mr. Bartoli ungefähr arrangiert hatte, nachdem der Steg wieder aufgerichtet war. Ihre Hände zitterten dabei und sie war dankbar, dass sie jetzt auf die ruhige Sicherheit des magischen Bogens vertrauen konnte.

Als sie fertig war, bemerkte sie die erwartungsvolle Stille im Saal.

Sie trat einen Schritt vom Klavier weg und wandte sich zum Publikum. Der Anblick von so vielen Gesichtern, die alle auf sie gerichtet waren, jagte ihr Angst ein und sie wünschte, sie hätte nicht beschlossen, ohne Noten zu spielen, denn sie glaubte jeden Ton vergessen zu haben.

Sie schob die Brille auf die Nase und wollte gerade die Geige heben, als ihr Blick von einer Bewegung hinten im Saal angezogen wurde. Sie schaute über das Meer von Köpfen hinweg und ihr Gesicht erhellte sich. Es war Mr. Rostikoff, der mit erhobenen Armen winkte. Er war gekommen, um sie spielen zu hören!

Plötzlich war niemand mehr im Publikum außer ihm. Wie sehr hatte sie sich gewünscht, für ihn zu spielen, und jetzt hatte sie die Chance – vielleicht ihre letzte Chance, bevor sie den Bogen zurückgeben musste. Sie atmete tief durch, um ihre Aufregung zu besänftigen, schob die Geige unter das Kinn und gab das Zeichen zum Beginn.

In der Gewissheit, dass Mr. Rostikoff zuhörte, packte sie die Allemande an, dasselbe Stück, das sie für ihre Prüfung gespielt hatte. Mit eleganter, kraftvoller Bogenführung füllte sie den Saal mit strahlender Musik.

Alle waren überwältigt, abgesehen von Mrs. Stokes, die nichts anderes von Lizzie erwartet hatte. Mr. Bartoli stieß sie an und nickte anerkennend.

Roger Edwards und seine Truppe waren entgeistert. Es war nicht zu leugnen: Lizzie war eine bessere Geigerin als alle anderen im Orchester – sogar besser als Helen –, und sie hatten sich schrecklich blamiert, sie rausgeekelt zu haben. Sie gaben sich geschlagen und duckten sich auf ihren Stühlen, um sich den Blicken zu entziehen.

Mr. Grimshaw hatte gefunden, dass es zu lange dauern würde, die ganze Sonate zu spielen. So fuhren sie nach der Allemande mit der anmutigen, tänzerischen Gavotte fort und endeten mit der Gigue. Lizzie nahm sie mit atemberaubendem Tempo, sodass der Bogen über die Saiten hüpfte und flitzte.

Das Publikum lauschte hingerissen, und als sie endete, war es einen Moment ganz still im Saal. Dann explodierte der Applaus. Lizzie hörte es kaum, sie hatte nur Augen für Mr. Rostikoff. Sie sah, wie er den Hut in der Luft schwenkte, doch als sie ihn anlächelte, löste er sich in nichts auf.

Der Zauber fiel von ihr ab und sie sah Mr. Grimshaw neben sich stehen, der sie zum Verbeugen aufforderte. Sie lächelte schief, verneigte sich ruckartig und verließ die Bühne unter anschwellendem Applaus.

«Gut gespielt!», schwärmte Mr. Grimshaw, als sie herauskamen.

Lizzie blies die Luft aus ihren hochroten Wangen. «Danke Mr. Grimshaw, Sie waren großartig!»

Er lachte. «Das müssen wir einmal wieder machen!»

Die Ereignisse des Abends schwirrten Lizzie im Kopf herum, sodass sie in dieser Nacht nur schwer Schlaf fand.

Nach dem Konzert hatten Mr. Grimshaw und sie sich mit der Familie und anderen in der Eingangshalle getroffen. Er war nicht lange geblieben, doch lang genug, um zu sagen, wie gerne er mit ihr gespielt hatte. Mrs. Stokes hatte ihre Arme um sie geworfen, ihr links und rechts ein Küsschen gegeben und gesagt, sie habe sogar besser gespielt als beim Examen. Mr. Bartoli hatte seine Fingerspitzen geküsst und «Bravissimo!» gerufen, und ihr sonst so zurückhaltender Dad hatte mehrmals «Hervorragend!» gemurmelt, während Mum lächelnd dabeistand und vor Stolz errötete.

Freunde, die vorbeikamen, hatten «Bravo Lizzie!» gerufen. Und von Alice war sie so fest umarmt worden, dass die Knochen knackten. «Das hat es ihnen gegeben!», dröhnte sie. Sie meinte natürlich das Orchester. Tatsächlich schlichen dann auch Roger Edwards und seine Meute wortlos vorbei. Doch einige aus dem Orchester riefen: «Gut gespielt, Lizzie!»

Ihre Anführerin war nirgends zu sehen gewesen. Nachdem sie sich bei Lizzie entschuldigt hatte, musste sie die fünfzig Pfund dem Musikfonds der Schule geben. Helen war früh mit ihren Eltern gegangen. Lizzie tat sie fast leid, aber es fiel ihr schwer, ihr zu verzeihen, dass sie sich mit Coleman zusammengetan hatte und beinahe eine Katastrophe herbeigeführt hätte.

In diesen berauschenden Momenten nach dem Konzert war es unmöglich gewesen, sich nicht geschmeichelt zu fühlen. Aber inzwischen hatte Lizzie Zeit zum Nachdenken gehabt. Sie wusste, ihr Erfolg war einzig dem magischen Bogen zu verdanken. Sie war in so kurzer Zeit so weit mit ihm gekommen. Er hatte nicht nur ihr Spiel gewandelt, er hatte ihr ganzes Leben verändert.

Sie war nicht mehr dasselbe Mädchen, das Mr. Rostikoff im Musikpavillon begegnet war.

Sein Erscheinen war der Höhepunkt des Abends gewesen. Sie lächelte bei dem Gedanken daran, wie er hinten im Saal stand und den Hut in der Luft schwenkte. Es war eine warmherzige Geste, die so typisch für ihn war. Und sie liebte ihn innig dafür.

Sie lächelte immer noch vor sich hin, als sie endlich in Schlaf fiel.

SEIN KÖRPER SACKTE ZUSAMMEN WIE EIN BALLON, DEM MAN DIE LUFT ABLÄSST. ER LIEß DEN HÖRER FALLEN, SANK IN SEINEM STUHL ZURÜCK UND FLUCHTE ÜBER DIE GANZE UNGERECHTIGKEIT.

KAPITEL VIERUNDZWANZIG

Barry Coleman hatte gerade einen kräftigen Bissen von dem Schinkenbrötchen genommen, das er sich von Sharon jeden Morgen besorgen ließ, als das Telefon klingelte. Er erstarrte und fixierte den Apparat wie ein aufgeschreckter Hase, während es weiterklingelte. Schließlich musste er den Hörer abnehmen. In höchster Besorgnis verharrte er, bis der Anrufer etwas sagte.

«Nun?»

Coleman blieb der Bissen im Hals stecken. Das war die Stimme, vor der er sich gefürchtet hatte: die Stimme des Käufers.

«Ich war ganz nah dran», stotterte er, «ich hatte ihn schon in der Hand.»

«Ich nehme an, das soll heißen, dass du ihn nicht hast», kam die eiskalte Erwiderung.

«Eine Gangsterbande ist über mich hergefallen, Sie wissen gar nicht, was ich durchgemacht habe. Aber ich kriege ihn, ich schwöre, dass ich ihn kriege. Ich brauche nur noch ein bisschen mehr Zeit.»

Aber er verschwendete seinen Atem. Die Leitung war längst tot.

Sein Körper sackte zusammen wie ein Ballon, dem man die Luft ablässt. Er ließ den Hörer fallen, sank in seinem Stuhl zurück und fluchte über die ganze Ungerechtigkeit.

Er hatte alles getan, was nur möglich war, um sich den

Bogen zu verschaffen. Ja er hatte sogar riskiert, es mit der Polizei zu tun zu bekommen. Und jetzt hatte ihn auch noch der Käufer, wie alle anderen, im Stich gelassen.

Wütend warf er den Rest des Brötchens durch das Zimmer und verfehlte Sharon, die gerade die Tür öffnete, um ein Haar.

«Sie haben zwei Besucher, Mr. Coleman», sagte sie und klang dabei ungewöhnlich nervös.

Bevor er ihr auftragen konnte, sie wegzuschicken, traten zwei imposant aussehende Männer ein. Beide hatten kurz geschorenes Haar und trugen identische schwarze Anzüge, weiße Hemden, schwarze Krawatten und dunkle Brillen.

Coleman starrte sie an. Wie Polizisten sahen die nicht aus, eher wie Leibwächter oder Gangster.

Der eine bedeutete Sharon mit einer Kopfbewegung, das Büro zu verlassen, und sie zog sich rasch zurück. Er schloss die Tür hinter ihr und blieb als Wache davor stehen, der andere trat an den Schreibtisch.

«Wer sind Sie?», fragte Coleman alarmiert. «Was wollen Sie?»

«Wir wollen das Geld holen», sagte der eine mit kalter Stimme.

«Welches Geld?»

«Die zehntausend Pfund, die du als Teilzahlung bekommen hast.»

Coleman zuckte unter einem stechenden Schmerz in der Magengrube zusammen.

Das Geld hatte er längst ausgegeben, als er sein altes

Auto gegen den relativ neuen gebrauchten Mercedes getauscht hatte. Aber diese Männer meinten es ernst. Es schien unwahrscheinlich, dass sie so schnell hergekommen waren, wo er doch erst vor ein paar Minuten mit dem Käufer gesprochen hatte. Sie mussten schon draußen auf der Straße gewartet haben.

«Es ist nicht hier», sagte er, um Zeit zu gewinnen.

«Wo ist es?»

«Auf der Bank. Wenn Sie morgen wieder ...»

«Wir wollen es jetzt», unterbrach ihn der Mann.

«Es ist auf der Bank, sage ich doch.»

Während dieses Wortwechsels hatte der Mann an der Tür ruhig in ein Handy gesprochen. Er steckte es in die Tasche, trat neben den Mann, der mit Coleman diskutiert hatte, und redete leise mit ihm. Daraufhin nickte der andere und sah Coleman mit einem schwachen Lächeln an.

«Wie ich höre, hast du ein neues Auto», sagte er.

Coleman verzog das Gesicht und sagte lauernd: «So?»

«Wir nehmen das als Bezahlung.»

Entsetzt starrte Coleman ihn an. Der Mercedes war sein ganzer Stolz, seine ganze Freude. «Das können Sie nicht tun! Er ist viel mehr wert als zehntausend!»

«Na ja, du schuldest uns was, weil du den Bogen nicht beschafft hast. Gib mir den Schlüssel.»

«Nein!»

Der Mann lehnte sich über den Schreibtisch und packte Coleman am Hemdkragen. «Den Schlüssel!», zischte er.

«Nein!»

Er drehte Colemans Kragen zusammen, bis er kaum noch atmen konnte. «Den Schlüssel!»

Halb erstickt musste er aufgeben. «In ... meinem ... Mantel», brachte er mühsam heraus.

«Wo ist der?»

«Hinter ... der ... Tür.»

Der Kerl ließ zu seiner großen Erleichterung den Kragen los und nickte dem anderen zu, der sofort den Mantel suchen ging. Coleman fasste sich an den Hals und rang nach Luft. Hilflos musste er zusehen, wie der andere in den Taschen herumsuchte, bis er am Ende den Schlüssel herauszog.

«Bring uns jetzt zum Auto», sagte der, der ihn befragt hatte.

Coleman sank in seinem Stuhl zurück und schüttelte den Kopf. Aber der Mann ließ nicht locker. Er kam um den Schreibtisch und riss seinen massigen Körper vom Stuhl hoch, als ob es nichts wäre.

«Führ uns zum Auto», befahl er.

Er drehte Coleman den Arm auf den Rücken und zwang ihn zur Tür, die der andere offen hielt.

«Wohin gehen Sie, Mr. Coleman?», fragte Sharon besorgt.

«Er muss nur kurz zu seinem Auto», antwortete der Mann.

Als Coleman die Männer durch die belebten Straßen von Soho führte, folgte ihnen mancher neugierige Blick. Es regnete heftig und ohne Mantel war er völlig durchnässt, bis sie das Parkhochhaus erreichten, wo er den Mercedes stehen hatte. Den Männern schien das Wetter gar nichts auszumachen. Sie drängten sich in den engen Lift und fuhren schweigend mit ihm in den zweiten Stock. Es war ein feuchter, zugiger Ort, voller Autos, aber menschenleer. Da sein Arm noch immer wie im Schraubstock festgehalten wurde, hatte Coleman keine andere Wahl, als die Männer zu dem Mercedes zu führen.

«Hübsches Auto», sagte der Mann, der den Schlüssel hatte. Er drückte den Entriegelungsknopf und nahm auf dem Fahrersitz Platz.

Der andere, der Coleman immer noch am Arm gepackt hielt, öffnete die Seitentür, zwang mit einer unerwarteten Bewegung seinen Kopf nach unten und schob ihn ins Auto. Er schlug die Tür zu und eilte auf die andere Seite. Als er neben Coleman saß, heulte der Motor auf.

«Wohin bringen Sie mich?», schrie Coleman alarmiert.

«Wir machen einen kleinen Besuch bei Monsieur Le Vid.»

EINE OBOE GAB DAS A AN UND FÜR KURZE ZEIT ERHOB SICH EIN WUNDERBARES DURCHEINANDERGETÖNE, WÄHREND SIE IHRE INSTRUMENTE STIMMTEN UND SCHWIERIGE STELLEN PROBIERTEN.

KAPITEL FÜNFUNDZWANZIG

«Wen haben wir denn da? Das Wunderkind!»

Lizzie wurde rot vor Verlegenheit und schob sich schnell durch den Gang an einen freien Platz.

Sie wusste, dass es nicht böse gemeint war, aber sie fühlte sich ein bisschen unsicher als Einzige aus der Unterstufe inmitten einer ganzen Busladung von Oberstufenschülern. Sie sahen alle viel größer und erwachsener aus als sie selbst. Sie hatte einen einfachen blauen Pullover und einen grauen Rock an. Aber die anderen Mädchen trugen modische Klamotten, Ohrringe und Make-up. Sie neckten sich gegenseitig mit den Jungen und begrüßten Neuankömmlinge, während sie still allein dasaß und sich in ihre wattierte Jacke und den Schal kuschelte. Der Motor lief wegen der Heizung, denn durch die offene Tür drang ein kalter Luftzug.

Schließlich kamen die letzten Teilnehmer der Gruppe, und Mr. Grimshaw stieg mit der Namenliste bewaffnet ein.

«Das sind alle», sagte er zu dem Fahrer und setzte sich vorne auf einen Platz.

Es gab lautes Gegröle, als die Tür ratternd zuging und der Bus sich langsam in Bewegung setzte. Hinter ihnen wurde das Tor geschlossen und die Schule lag im Dunkeln, denn die Ferien hatten vor einigen Tagen begonnen.

Lizzie wischte das beschlagene Fenster ab und blickte

auf die vorbeiziehenden Häuser und Lichter. Schon lange hatte sie sich auf diese Fahrt gefreut und sie konnte ihre Aufregung darüber, dass sie in ein Konzert in der Royal Festival Hall gehen durfte, kaum zügeln.

Eine Stimme riss sie aus ihren Gedanken: «Darf ich mich zu dir setzen?»

Sie blickte sich um und sah, dass ein großes Mädchen, das auch eine Brille trug, sie angesprochen hatte. Sie trug eine unförmige Kappe und einen weiten Anorak, in dem sie massig aussah.

Lizzie nickte und nahm ihre Tasche vom Nebensitz.

«Ich war auch allein», sagte das Mädchen und setzte sich. «Habe gedacht, du magst vielleicht Gesellschaft.»

«Danke.»

«Ich heiße übrigens Carrie.»

«Ich ...»

«Ach, ich kenne deinen Namen. Jeder kennt ihn.»

Lizzie lächelte zaghaft. Die ganze Geschichte beim Schulkonzert hatte ihr eine etwas traurige Berühmtheit verschafft.

«Ist es wahr, dass du Geigerin werden willst?»

«Wer hat dir das gesagt?»

«Das sagen alle.»

«Man muss nicht alles glauben, was man hört.»

«Ich wünschte, ich wäre so gut wie du.»

Lizzie sagte wegwerfend: «Ich bin überhaupt nicht gut.»

«Ich fand dich hervorragend», sagte Carrie, «es sah bei dir so leicht aus. Wie machst du das eigentlich?»

Wenn du nur wüsstest, dachte Lizzie.

Zum Glück kam in diesem Augenblick Mr. Grimshaw den Gang entlang, sodass ihr weitere unangenehme Fragen erspart blieben.

«Ist alles in Ordnung?», wollte er wissen.

«Ja, danke», antworteten beide.

«Freue mich, dass du Gesellschaft bekommen hast», sagte er zu Lizzie, und zu Carrie: «Behalte sie für mich im Auge.»

«Du solltest auf mich aufpassen», flüsterte Carrie, als Mr. Grimshaw weiterging. «Ich bin noch nie im Konzert gewesen.»

«Ich auch nicht», gestand Lizzie.

Carrie sah sie erstaunt an. «Wirklich nicht? Ich habe gedacht, dass du schon in vielen warst.»

«Meine Familie geht nicht in Konzerte.»

«Meine auch nicht», sagte Carrie und beide lachten.

Danach redeten sie über alles Mögliche und die Fahrt schien wie im Flug zu vergehen.

Auch nach dem Aussteigen trennten sie sich nicht. Sie gingen zusammen vom Bus zum Haupteingang der Royal Festival Hall und saßen im Konzertsaal nebeneinander. Ihre Plätze waren weit hinten, und so konnten sie die ganze Bühne überblicken.

Lizzie staunte über den riesigen Saal und die vielen Menschen. Das muss die Musiker doch nervös machen, dachte sie. Aber als sie auf das Podium kamen und sich setzten, sahen sie ganz entspannt aus. Eine Oboe gab das A an und für kurze Zeit erhob sich ein wunderbares Durcheinandergetöne, während sie ihre Instrumente stimmten und schwierige Stellen probierten.

Im Saal wurde noch geredet, als plötzlich aufbrausender Beifall den Dirigenten empfing. Er war eine lebhafte Erscheinung mit einem grauen Haarschopf und ganz in Schwarz gekleidet. Rasch betrat er das Dirigentenpult, verneigte sich vor dem Publikum und wandte sich dann zum Orchester. Mit erhobenen Armen wartete er, bis die Menschen ruhig wurden, und mit einer raschen Bewegung seines Taktstocks gab er das Zeichen zum Beginn.

Von diesem Augenblick an fühlte Lizzie sich in eine andere Welt versetzt. Sie liebte den Orchesterklang, der so viel mächtiger und überwältigender war als alles, was sie je auf dem CD-Player zu Hause gehört hatte. Kaum wandte sie den Blick von den Geigern. Sie war beeindruckt von ihrem Können und ihrem Zusammenspiel. Es war wunderbar, wie ihre Bögen in vollkommenem Gleichstrich hin und her gingen.

Sie war so in die Musik versunken, dass sie zu atmen vergaß und sich nicht bewegte, außer wenn sie sich am Ende jedes Stückes dem Beifall anschloss.

Nach dem ersten Teil, als alle Schüler sich ein Eis holen wollten, fragte Mr. Grimshaw Lizzie, wie es ihr gefalle.

«Es ist genial!», rief sie. «Einfach genial!»

«Warte, bis du den Sibelius zu hören bekommst», sagte er mit einem vielsagenden Lächeln.

Das Violinkonzert eröffnete den zweiten Teil, und als Publikum und Orchester wieder Platz genommen hatten, herrschte prickelnde Spannung im Saal. Die Solistin war eine Chinesin und sehr berühmt. Als sie zusammen mit dem Dirigenten das Podium betrat, wurde sie mit frenetischem Beifall begrüßt.

Lizzie beugte sich in ihrem Sitz vor und sah aufmerksam auf die schlanke Gestalt, die sich vor dem Publikum verneigte. Die Geigerin war jung und sah sehr exotisch aus, pechschwarzes Haar hing ihr über den Rücken. Sie trug ein rotes Seidenkleid, das sich in seiner Farbigkeit leuchtend gegen das feierliche Schwarz der Abendkleidung der Orchestermitglieder abhob.

Lizzie beobachtete genau, wie die Solistin die Geige unter das Kinn schob und sich zum Spielen bereit machte, mit leicht gespreizten Beinen, die Füße fest auf dem Boden. Sie bekam mit, wie die Zuhörer verstummten und das Orchester sich auf den Einsatz vorbereitete. Aber ihr Blick hing an der Gestalt in Rot: Sie stand jetzt einen Moment ganz still und konzentriert da. Dann wandte sie sich halb zum Dirigenten und bedeutete ihm, dass sie bereit sei. Er hob die Arme und nach einem raschen Blick auf alle Musiker führte er mit einer sanften Bewegung seines Taktstocks das Orchester und die Solistin zusammen.

Die ersten Töne der Sologeige sandten Schockwellen durch Lizzie. Nie zuvor hatte sie jemanden mit solcher Intensität spielen hören, nicht einmal Mr. Rostikoff.

Als sich das Stück entfaltete, saß sie auf der Stuhlkante, sie staunte über die technische Vollkommenheit der Solistin, deren kräftige, geschickte Finger auf dem Griffbrett in unglaublichem Tempo auf und ab liefen und die Töne mit bebendem Vibrato zum Klingen brachten. Es verschlug ihr den Atem, mit welcher Kraft und Genauigkeit sie den Bogen führte, der im Bruchteil einer Sekunde von der tiefsten zur höchsten Saite sprang. Sie fragte sich, ob die Solistin, als sie jung war, wohl mit dem magischen Bogen gespielt hatte. Ob sie schnell spielte oder langsam, zart oder kräftig – mit ihrem Bogenstrich brachte sie so ausdrucksvolle Töne auf den Saiten hervor, dass Lizzie ständig zwischen wechselnden Gefühlen hin und her gerissen war: Manchmal zitterte sie vor Erregung, manchmal lächelte sie vor Freude, manchmal war sie zu Tränen gerührt.

Sie hatte nie gedacht, dass man mit so viel Gefühl spielen kann, dass man vollkommen eins sein kann mit dem Instrument. Jeden Moment lebte sie mit. So konnte sie auch die körperliche Anstrengung, die das Spielen für die Solistin bedeutete, nachempfinden.

Es war die aufregendste, die anregendste Erfahrung ihres Lebens. Aber es war auch ernüchternd, denn es machte ihr bewusst, wie groß die Kluft zwischen ihrem eigenen Spiel und dem der Solistin war. Die Komplimente, die sie von allen Seiten bekam, hatten ihr so viel Auftrieb gegeben, dass sie schon davon geträumt hatte, solche Höhen erreichen zu können. Aber die schienen jetzt völlig außer Reichweite. Selbst das Spiel der Geiger vom Orchester war meilenweit entfernt von allem, was sie zu erreichen hoffen konnte.

Ein gewaltiger Aufschrei kam am Ende des Konzerts vom Publikum, langer Beifall und Jubel folgten, sodass die Solistin immer wieder auf das Podium trat, um sich zu verneigen.

«Das war großartig, nicht wahr?», sagte Carrie aufgeregt. Erschrocken sah sie, dass Tränen über Lizzies Gesicht flossen.

«Warum weinst du?»

«Sie war so gut!»

ES WAR DIE SCHWERSTE ENTSCHEIDUNG, DIE SIE JEMALS HATTE TREFFEN MÜSSEN. DENN DIE EINZIGE MÖGLICHKEIT, DEN BOGEN ZU SCHÜTZEN, BESTAND DARIN, NICHT MEHR MIT IHM ZU SPIELEN. ABER DER GEDANKE DARAN WAR ENTSETZLICH.

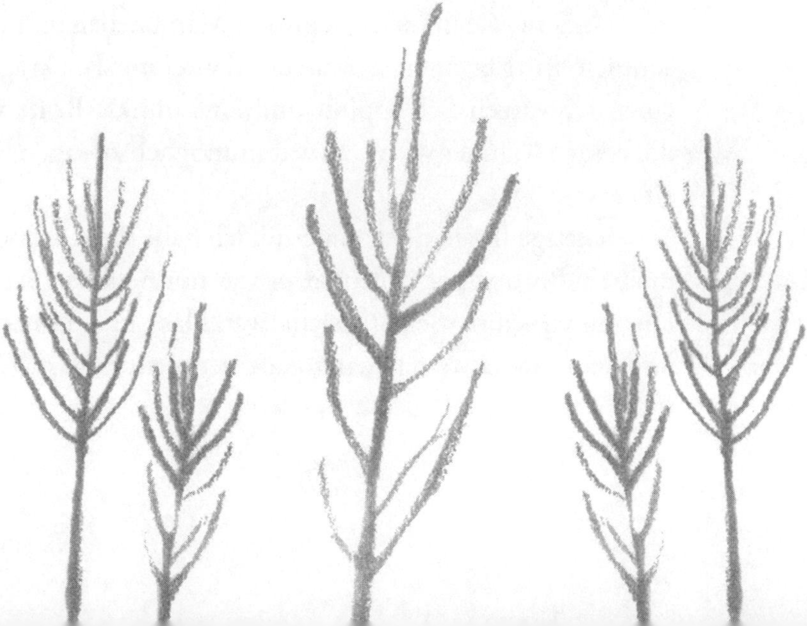

KAPITEL SECHSUNDZWANZIG

Der schwarze Mercedes kam um die Ecke und fuhr langsam durch die Straße. Es war Spätnachmittag und die Scheinwerfer des Autos waren eingeschaltet. Es hatte jetzt ein Schweizer Nummernschild und war dreckverschmiert von der langen Fahrt.

«Ist das die Straße?», fragte eine kalte, raue Stimme, in der Ungeduld mitschwang.

Coleman schaute durchs Fenster auf die vorbeiziehenden Häuser. Einige waren mit bunten Lichtern geschmückt, andere hatten beleuchtete Weihnachtsbäume im Vorgarten. Während der ganzen letzten Stunde waren sie ähnliche Straßen auf und ab gefahren. Er jammerte: «Ich weiß es nicht, für mich sehen alle gleich aus.»

«Aber du musst dich doch daran erinnern.»

«Ich kann es aber nicht! Ich war nur einmal dort, und das ist Monate her.»

«Unfähig wie immer», sagte der Mann neben ihm verächtlich. Er trug einen schwarzen Mantel mit Pelzkragen, einen schwarzen Schlapphut und eine dunkle Brille wie die beiden Männer vorne. Es war unmöglich zu sagen, wie alt er war.

«Ich sage Ihnen doch dauernd, ich habe die Adresse in meinem Büro», rief Coleman, er war nur noch ein Schatten seiner selbst. Sein Gesicht war blass und unrasiert und sein Nadelstreifenanzug ganz verknautscht. «Wenn

Sie mich endlich gehen lassen, hole ich sie Ihnen morgen. Heute ist es zu spät. Sharon ist bestimmt nicht mehr da und hat abgeschlossen. Und meine Schlüssel sind in der Tasche von meinem Mantel. Er hängt hinter der Tür – wie Ihre Männer sehr wohl wissen. Geben Sie denen die Schuld, nicht mir. Wenn sie es nicht so eilig gehabt hätten, hätte ich meinen Mantel angezogen, bevor wir weggegangen sind. *Bitte!* Lassen Sie mich gehen!», flehte er ganz außer sich, «ich schwöre, ich hole sie am Morgen. Oder schicken Sie einen von Ihren Leuten. Ich haue nicht ab! Ich schwöre es! *Bitte!* Ich habe ein Unternehmen. Weihnachten ist immer besonders viel los. Was sollen meine Kunden denken, wenn ich nicht da bin?»

Der Mann neben ihm blieb ungerührt und sagte nach einer kurzen Pause: «Fahr weiter.»

Der Mercedes beschleunigte und fuhr genau an Lizzies Haus vorbei.

Oben in ihrem Zimmer wurde der Bogen plötzlich rasend, er kratzte so heftig auf den Saiten, dass Lizzie ihn nicht mehr halten konnte und er auf den Boden fiel.

«Was ist los?», rief sie. «Bist du böse auf mich?»

Sie hatte versucht, die Haltung und die Armbewegungen der Solistin nachzuahmen, und das war ihr völlig misslungen. Aber der Bogen hatte sich noch nie so verhalten. Als sie sich bückte, um ihn aufzuheben, fielen ihr plötzlich Mr. Rostikoffs Worte ein: «Du musst auf den Bogen hören.»

Damals – es war der Tag gewesen, als er die Diebe daran

gehindert hatte, mit dem Geigenkasten wegzulaufen –, damals waren ihr die Worte seltsam vorgekommen. Sie hatte nie verstanden, was er gemeint hatte. Aber jetzt schien ihr die Bedeutung ganz klar zu sein. Der Bogen sagte ihr, dass er in Gefahr war, in *echter* Gefahr.

Aber durch wen? War es Barry Coleman? Sie dachte, dass er aufgegeben hatte, denn seit dem Konzert hatte man nichts mehr von ihm gehört. Und wenn er es nicht war, wer war es dann?

Sie fand keine Antwort darauf und wandte sich flehend an Mr. Rostikoff.

«Bitte kommen Sie», murmelte sie, «ich glaube, der Bogen ist in Gefahr. Bitte sagen Sie mir, was ich tun soll.»

Sie wartete ein paar Minuten. Aber es war klar, dass er nicht kam. Er überließ die Entscheidung ihr.

Es war die schwerste Entscheidung, die sie jemals hatte treffen müssen. Denn die einzige Möglichkeit, den Bogen zu schützen, bestand darin, nicht mehr mit ihm zu spielen. Aber der Gedanke daran war entsetzlich. Die Zeit, die ihr mit ihm blieb, war ohnehin nur noch kurz. Sie zählte schon die Tage, bis sie ihn zurückgeben musste.

Von ihrer eigenen Unentschlossenheit gequält, wünschte sie fast, dass Mr. Rostikoff auf der Stelle käme und den Bogen holte. Damit wäre das Problem wenigstens gelöst. Aber im tiefsten Inneren ihres Herzens wusste sie, dass er das nie tun würde, und sie wollte es auch gar nicht. Der Bogen gehörte ihr bis zum sechsten Januar, und sie wollte jede Gelegenheit nutzen, um mit ihm zu spielen.

«Höre auf den Bogen!»

Die Worte gingen ihr nicht aus dem Kopf, es blieb ihr keine Wahl. Sie musste den Bogen so bald wie möglich aus dem Haus und in Sicherheit bringen.

Am nächsten Morgen hielt der Mercedes vor dem griechischen Restaurant in Soho. Colemans Büro befand sich darüber im dritten Stock. Er hatte es von dem Besitzer gemietet. Überrascht sah er, dass das Lokal noch mit Holzläden verschlossen war, denn normalerweise wurden schon am frühen Morgen Kaffee und Snacks angeboten. Sharon holte hier immer den Kaffee und das Schinkenbrötchen für ihn. Er stieg streng bewacht von einem der Männer aus dem Auto und sah gleich, warum das Restaurant zu war. Ein Zettel steckte zwischen dem heruntergelassenen Rollladen und der Scheibe in der Tür.

WEGEN EINES TRAUERFALLS IN DER FAMILIE GESCHLOSSEN.
AB 6. JANUAR WIEDER GEÖFFNET
ALLEN UNSEREN KUNDEN FROHE WEIHNACHTEN

Er stöhnte bei dem Gedanken, dass Sharon jetzt seinen Kaffee und das Brötchen woanders holen musste, und marschierte zu dem Eingang, von dem eine Treppe zu seinem Büro führte. Auf einem angelaufenen Messingschild stand: COLEMAN DIREKTION 3. STOCK. Als er öffnen wollte, musste er feststellen, dass die Tür abgeschlossen war.

«Ich glaube es nicht!», rief er und hob entnervt die

Hände. «Wo zum Teufel ist Sharon? Sie sollte längst aufgemacht haben.»

Er wusste nicht, dass sie die Schlüssel nach dem Abschließen der Tür bei dem Restaurantbesitzer hinterlassen hatte, zusammen mit einem Zettel, auf dem stand:

DIE WARTEREI REICHT MIR.
ICH KÜNDIGE!
SIE SCHULDEN MIR NOCH EINEN WOCHENLOHN.

Der eine Mann warf sich mit der Schulter gegen die Tür, um sie gewaltsam zu öffnen. Aber es war eine dicke Holztür mit schweren Schlössern, und obwohl er beträchtlich stark war, konnte er sie nicht von der Stelle bewegen.

«Ab ins Auto», zischte er.

Niemand war im Laden des Geigenbauers, als Lizzie am späten Morgen eintrat. Sie läutete mit der Glocke auf dem Ladentisch, und kurz darauf tauchte Mr. Bartoli aus der Werkstatt auf. Er strahlte bei ihrem Anblick.

«Elizabeth! Ich hatte gehofft, dass du zu mir kommst.»

Lizzie hatte verschiedene Stellen erwogen, wo sie den Bogen lassen könnte, und sich schließlich für den Laden entschieden. Sie wusste, dass Greg entlassen worden war, von ihm ging also keine Gefahr mehr aus. Mrs. Stokes kam ja leider nicht infrage. Sie war nach Deutschland gereist, um mit ihrer Schwester Weihnachten zu verbringen.

Ihrer Mutter hatte Lizzie gesagt, dass der Steg der geliehenen Geige kaputt sei und dass sie Mr. Bartoli zum

Reparieren brauche, bevor sie die geliehene Geige nach Neujahr zurückgab. Die Mutter war mit der Vorbereitung des Weihnachtsessens so beschäftigt, dass sie Lizzie nicht begleiten konnte. Zum Glück hatte Sebastian verkündet, dass er mit Jason ins West End wolle, um letzte Einkäufe zu erledigen, und sich nach einigem Hin und Her bereitgefunden, sie mitzunehmen. An einem Geschäft, in dem die beiden Freunde Videospiele anschauen wollten, hatte sich Lizzie von ihnen getrennt.

Es war Heiligabend und Mr. Bartolis Laden war eine Oase der Ruhe und des Friedens nach dem Lärm und den vielen Menschen in der Oxford Street. Aber jetzt, als sie da stand, wusste sie nicht, wie sie anfangen sollte.

Verwundert über ihr Schweigen fragte Mr. Bartoli: «Stimmt etwas nicht mit deiner Geige?»

Lizzie schüttelte den Kopf.

«Ist es der Bogen?»

Sie nickte.

«Er ist doch nicht kaputt?», fragte er besorgt.

«Oh, nein», antwortete sie, «er ist ganz in Ordnung.»

«Da bin ich erleichtert.» Er sah sie ernst an und fuhr fort: «Du weißt, dass es keine Kopie ist, nicht wahr?»

Lizzie nickte.

«Und du weißt, dass er sehr wertvoll ist?»

Wieder musste Lizzie nicken.

«Hast du ihn wirklich bei einem Trödler gekauft?»

Lizzie errötete schuldbewusst und schüttelte den Kopf. «Jemand hat ihn mir geliehen.»

«Kannst du mir sagen wer?»

«Nein. Es ist ein Geheimnis.»

Mr. Bartoli lächelte nachsichtig. «Keine Angst. Ich werde dich nicht in Verlegenheit bringen und fragen warum. Aber ich muss dir sagen, es war sehr vertrauensvoll von dem Besitzer, dir den Bogen zu leihen. Ein François Tourte-Bogen sollte in einem Museum sein oder in einem Banktresor aufbewahrt werden.»

«Deshalb möchte ich fragen, ob Sie für mich auf ihn aufpassen», sagte Lizzie und ging damit auf das Angebot ein, das er ihr indirekt eröffnet hatte.

«Bist du immer noch wegen Mr. Coleman besorgt?»

«Ja. Es ist nur bis nach Neujahr.»

«Und dann?»

«Ich muss ihn zurückgeben.»

«Ich verstehe.» Mr. Bartoli lächelte. «Natürlich passe ich für dich auf ihn auf. Es ist mir eine Freude.»

«Das ist sehr lieb von Ihnen», sagte sie dankbar. Aber nach einem Moment fügte sie besorgt hinzu: «Sie spielen nicht mit ihm?»

«Nein, ich lege ihn zusammen mit anderen Wertsachen in den Safe.»

«Das ist gut», sagte sie erleichtert. «Kann ich die Geige vielleicht auch bei Ihnen lassen? Ich habe meiner Mutter nämlich gesagt, dass der Steg kaputt ist.» Es klang etwas beschämt.

Er lachte. «Ja, man kann wohl sagen, dass du gut weißt, wie man ein Geheimnis bewahrt. Aber brauchst du sie denn nicht?»

«Ich habe im Moment nicht viel Zeit zum Spielen.»

«Ich verstehe. Jedenfalls wird dir eine Pause gut tun. Ich habe Musiker gekannt, die vom vielen Üben ganz blockiert waren. Du willst ja nicht, dass dir das passiert. Du musst auf deine Begabung aufpassen. Sie ist etwas Besonderes.»

Lizzie wurde rot. *Wenn das nur stimmte.*

In diesem Augenblick ging die Tür auf und eine junge Frau trat beladen mit Weihnachtseinkäufen ein.

«Isabelle!», begrüßte sie Mr. Bartoli. «Alles ist fertig für Sie. Sie brauchen nicht zu warten.» Er wandte sich wieder Lizzie zu. «Soll ich den Geigenkasten nehmen?»

Sie gab ihn ihm.

«Ich bringe ihn vorläufig in die Werkstatt und kümmere mich später um den Bogen. Frohe Weihnachten und auf Wiedersehen im neuen Jahr.»

«Ich komme am 5. Januar wieder, ist das okay?»

«Ich bin da.»

«Fröhliche Weihnachten», rief sie ihm nach, als er mit dem Geigenkasten in der Werkstatt verschwand.

Sie verließ den Laden und machte sich auf die Suche nach den Jungen, mit dem Gefühl, dass ihr ein schwerer Stein vom Herzen genommen war.

EIN- ODER ZWEIMAL PACKTE SIE IHRE GEIGE AUS UND SCHOB SIE UNTER IHR KINN. ABER SIE FAND NICHT DEN MUT, DEN BOGEN HERAUSZUNEHMEN UND ZU SPIELEN.

KAPITEL SIEBENUNDZWANZIG

Der Weihnachtstag verlief wie immer. Am Morgen gingen Lizzie und ihr Vater zu einem kurzen Familiengottesdienst in ihrer Kirchengemeinde. Sebastian, der verkündet hatte: «Ich glaube nicht mehr an Religion», blieb zu Hause, beschäftigte sich mit Videospielen und half der Mutter beim Vorbereiten des Mittagessens. Sie ließen sich gebratenen Truthahn und Christmas Pudding schmecken, zogen Knallbonbons und setzten sich Papierhüte auf. Dann hieß es «Alle Hände an den Abwasch», bevor sie sich ins Wohnzimmer zum Auspacken der Geschenke begaben.

Sebastian bekam seinen Herzenswunsch erfüllt: ein Smartphone.

«Du hast dieses Jahr gut gearbeitet», sagte der Vater. «Deshalb haben wir beschlossen, großzügig zu sein.»

Sebastian war ganz aus dem Häuschen und bedankte sich begeistert bei den Eltern. Er fing gleich an, die verschiedenen Funktionen auszuprobieren.

Lizzie bekam eine Ledertasche für ihre Noten geschenkt.

«Keine Plastiktüten mehr für dich, mein Mädchen», sagte ihr Vater gut gelaunt.

«Wir wollten dir eine neue Violine schenken», sagte ihre Mutter. «Aber wir hatten vor Weihnachten keine Zeit, uns darum zu kümmern. Wir dachten, wir gehen im neuen Jahr zu Mr. Bartoli und sprechen mit ihm.»

«Sie soll nicht zu teuer sein», fügte ihr Vater hinzu, «aber um dich zu fördern, schon etwas Besseres.»

Lizzies Augen füllten sich mit Tränen, sie war hin und her gerissen zwischen dem Bedürfnis, ihnen zu sagen, dass sie vielleicht nicht weitermachen würde, und der Begeisterung, eine gute Geige zu bekommen, die ihr gehörte. *Oh! Wenn doch nur ...*

«Innen findest du ein kleines Zeichen für deinen weiteren Weg», sagte ihre Mutter.

Lizzie tastete in der Tasche und zog eine CD heraus. Es war eine Aufnahme von dem Sibelius-Violinkonzert mit derselben Solistin, die sie im Konzert erlebt hatte.

«Das ist wundervoll!», stieß sie hervor.

Sie umarmte beide und gab ihnen rasch ihre eigenen, bescheidenen Geschenke: ein Gartenbuch für Dad und Badegel und einen Lippenstift für Mum.

Die Tage nach Weihnachten waren schrecklich schwer für Lizzie. Sie hatte nicht gedacht, dass sie das Geigenspiel so sehr vermissen würde. Es war eine große Lücke in ihrem Leben, die selbst die neue CD nicht füllen konnte. Im Gegenteil, das Violinkonzert erinnerte sie noch viel mehr an all das, was ihr so fehlte. Sie hing in ihrem Zimmer herum und war froh über jede Gelegenheit, etwas für ihre Mutter zu erledigen. Ein- oder zweimal packte sie ihre Geige aus und schob sie unter ihr Kinn. Aber sie fand nicht den Mut, den Bogen herauszunehmen und zu spielen. Sie hatte schreckliche Angst zu erkennen, dass sie ohne den magischen Bogen genauso schlecht geigte wie damals.

Natürlich blieb es der Familie nicht verborgen, dass sie nicht spielte. Als ihr Vater, der bis nach Neujahr Urlaub hatte, nach dem Grund fragte, konnte sie ehrlich antworten, dass Mr. Bartoli ihr geraten hatte, einmal ganz auszusetzen.

«Ich denke, dass er recht hat», meinte ihre Mutter. «Von dem vielen Üben bist du ganz erschöpft.»

Das stimmte nicht. Aber Lizzie konnte es ihren Eltern nicht sagen.

Gegen Ende der Woche radelte sie vom Nachmittagstee bei Alice zurück, als sie vor sich ein großes schwarzes Auto langsam die Straße entlangfahren sah. Sie war überzeugt, dass es Colemans Mercedes war, und als sie nach Hause kam, rannte sie sofort nach oben zu Sebastians Zimmer.

Sie platzte herein und rief: «Ich habe es gesehen!»

Sebastian saß, wie oft, bei einem Videospiel am Computer und ohne den Blick vom Bildschirm zu lösen grunzte er: «Was gesehen?»

«Colemans Auto!»

«Sei nicht dumm. Du weißt, dass die Polizei ihn nicht findet. Er ist verduftet.»

«Ich bin nicht dumm. Ich habe es gesehen.»

Sebastian drückte schnell auf ein paar Tasten und dann warf er wütend die Hände hoch. «Siehst du, was ich wegen dir gemacht habe!» Er schnaubte verärgert und drehte sich um. «Hat er drin gesessen?»

Lizzie musste den Kopf schütteln. «Das konnte ich nicht sehen. Es war zu weit weg. Aber ich bin sicher, dass es sein Auto war.»

Sebastian explodierte: «Hör auf, Lizzie! Du ziehst voreilige Schlüsse. In London gibt es bestimmt eine Million schwarze Mercedes. Hau ab und lass mich in Ruhe.»

Lizzie schimpfte auf ältere Brüder im Allgemeinen und auf Sebastian im Besonderen und verzog sich in ihr Zimmer, um für die Reise nach Somerset zu packen, wo die Familie bei den Verwandten Neujahr verbringen wollte.

Es war ein jährlich wiederkehrendes Ritual, das sie fürchtete. Aber in diesem Jahr war sie ganz überrascht, dass es ihr gefiel. Die Cousins ließen sie in Ruhe, vielleicht war es ihnen befohlen worden, oder sie spürten, dass sie erwachsen wurde. Jedenfalls versuchten sie nicht, ihr böse Streiche zu spielen oder sie zu nerven. Am Silvesterabend gingen sie zu einem fröhlichen Beisammensein in die Dorfhalle, wo es Schottischen Tanz und Wettspiele gab. Und auch mit dem Wetter hatten sie Glück – es war kalt aber sonnig. So wanderten sie auf Reitwegen und über die Felder, und das trug zu Lizzies guter Stimmung bei und verschaffte ihr einen klaren Kopf.

Vor der Abreise war sie selbst überzeugt gewesen, dass sie sich wegen Colemans Auto getäuscht hatte und dass es unnötig war, bis zum Wochenende zu warten, um den magischen Bogen zu holen. Aber sobald sie zu Hause ankamen, musste sie ihre Meinung ändern.

«Das ist das zweite Mal, dass bei uns eingebrochen wurde», sagte Mrs. Barrett verzweifelt zu den beiden Polizisten, die in die Küche kamen, nachdem sie das Haus kontrolliert hatten.

«Es tut mir leid, das zu hören», sagte der Wachtmeister. «Ich nehme an, dass das kein Trost ist, aber Sie sind nicht die Einzigen. Wir hatten über Weihnachten und Neujahr eine ganze Menge Einbrüche in den Straßen hier. Und alle in Häusern, wo die Leute abwesend waren.»

«Ein Haufen Unordnung, aber nichts entwendet», fügte der andere Polizist hinzu. «Wie bei Ihnen.»

«Sind es Jugendliche, die hinterm Geld her sind?», wollte Mr. Barrett wissen.

Der Wachtmeister schüttelte den Kopf. «Wir denken nein. Niemand hat gemeldet, dass Geld fehlt. Und der Dieb hat peinlich darauf geachtet, keine Fingerabdrücke zu hinterlassen. Er wusste, was er tat. Wir glauben, dass er etwas sucht, etwas Bestimmtes. Aber *was* das ist ...», er zuckte die Achseln, «das wissen wir nicht.»

Lizzie war sich ziemlich sicher, was das war, aber sie war zu schockiert, um etwas zu sagen. Als sie beim Nachhausekommen den Einbruch festgestellt hatten, war sie in ihr Zimmer hinaufgegangen und hatte ihren alten Geigenkasten offen auf dem Bett gefunden – die Geige und der Bogen waren auf die Seite geworfen worden.

«Wir schreiben selbstverständlich einen Bericht und Sie bekommen eine Registriernummer für Kriminalfälle und Informationen über die Unterstützungsorganisation für Opfer. Es kann auch sein, dass Sie noch Besuch von Zivilbeamten bekommen, aber das bezweifle ich eher.»

«Wir können also aufräumen?», fragte Mrs. Barrett.

«Ja natürlich. Und vergessen Sie nicht, die Hintertür zu sichern.»

Mr. Barrett lächelte schwach. «Das müsste ich inzwischen ja gut können.»

Der Wachtmeister brummte mitfühlend und sagte: «Es tut mir leid, dass Sie so nach Hause kommen mussten. Haben Sie Neujahr an einem schönen Ort verbracht?»

«In Somerset mit meinem Bruder und seiner Familie.»

«Ein hübscher Teil der Welt. Nun, wir gehen. Ich bedaure, dass wir nicht mehr tun können.»

Mit einer Kopfbewegung forderte er seinen Kollegen zum Aufbruch auf.

Die Polizisten wünschten der Familie eine gute Nacht und gingen zur Tür. Mr. Barrett begleitete sie hinaus.

Als Lizzie ihr Zimmer aufräumte, wanderten ihre Gedanken zu dem ersten Einbruch, den sie bis eben fast vergessen hatte. Es war nichts entwendet worden, aber der Dieb musste nach etwas gesucht haben. War es Mr. Coleman gewesen oder seine Kerle auf der Suche nach den magischen Bogen? Damals hatte sie ihn glücklicherweise mit nach Somerset genommen.

Und dieses Mal hatte sie ihn Gott sei Dank bei Mr. Bartoli gelassen.

Wenn aber Mr. Coleman immer noch hinter dem Bogen her war, warum war er in andere Häuser eingebrochen, statt sofort zu ihrem zu kommen? Er wusste doch bestimmt, wo sie wohnte? Bedeutete es, dass ein anderer danach suchte, jemand, der ungefähr wusste, wo sie lebte, aber nicht das exakte Haus kannte?

Mitte der Woche brachte Mr. Barrett abends beim Essen den Kauf einer neuen Geige für Lizzie zur Sprache. «Wie wäre es, wenn wir am Samstag Mr. Bartoli aufsuchen», sagte er.

Das war genau der Tag, an dem Lizzie den Bogen zurückgeben musste. Sie rief: «Da geht es nicht!»

«Warum nicht?»

«Weil ... es ist Dreikönig und da müssen wir den Weihnachtsschmuck abnehmen.»

«Macht das doch am Freitag.»

Das war der Tag, an dem sie den Bogen von Mr. Bartoli holen wollte.

«Aber wir machen es immer an Dreikönig, nicht wahr, Mum?», beharrte sie und wurde zunehmend beunruhigt.

Mrs. Barrett nickte.

«Und du putzt danach immer gerne das Haus?»

Mrs. Barrett musste zugeben, dass es so war.

«Freitag kommt für mich nicht in Frage», erklärte Sebastian. «Ich will den Tag mit Jason verbringen, es ist unsere letzte Chance, bevor die Schule wieder anfängt.»

Das waren gute und schlechte Nachrichten für Lizzie. Sie hatte gehofft, Sebastian dazu zu überreden, dass er den Bogen mit ihr zusammen abholte.

«Warum gehen wir nicht nächsten Samstag», schlug Mrs. Barrett vor. «Es ist doch dumm, es zu überstürzen.»

«Damit bin ich einverstanden», sagte Lizzie froh.

«Ich auch», fügte Sebastian hinzu.

Mr. Barrett seufzte. «Wie immer bin ich einer gegen alle.»

Lizzie war erleichtert, dass das Problem beigelegt war.

Aber am nächsten Morgen gab es ein anderes Problem, als sie ihrer Mutter sagte, dass sie an diesem Freitag zu Mr. Bartoli wollte.

«Ach, Schatz», sagte die Mutter, «ich habe mich mit Mrs. Rayner zum Kaffee verabredet.»

Mrs. Rayner war eine ältere Nachbarin.

«Das macht nichts», meinte Lizzie, «ich kann allein gehen.»

«Auf keinen Fall.»

«Warum nicht? Hast du Angst, dass ich mich allein verirre? Ich weiß den Weg.»

«Nein, Lizzie, ich habe einfach kein gutes Gefühl dabei.»

«Bitte, Mum. Ich komme wirklich zurecht.»

Mrs. Barrett seufzte. «Muss es denn am Freitag sein?»

«Ja, Mr. Bartoli erwartet mich.»

«Dann muss ich eben mit Mrs. Rayner einen anderen Termin ausmachen.»

«Nein, tu das nicht! Sie wird sehr enttäuscht sein. Warum kann ich nicht Alice fragen, ob sie mitkommt?»

«Nun ...»

«Sie ist sehr verantwortungsbewusst», schob Lizzie rasch nach, als sie merkte, dass ihre Mutter schwach wurde.

«Nun ... vielleicht ihr beide zusammen ...»

«Danke, Mum! Ich rufe sie gleich an.»

«Aber nur, wenn ihre Mutter einverstanden ist.»

Alice hüpfte vor Freude über die Gelegenheit, den «mysteriösen Mr. Bartoli», wie sie ihn nannte, kennenzulernen.

Und sie hatte kein Problem, ihre Mutter zu überreden, dass sie Lizzie begleiten durfte. Vorausgesetzt, dass die beiden den ganzen Weg mit dem Bus fuhren, damit sie auf keinen Fall in der U-Bahn ins Gewühl gerieten.

Nachdem Lizzie am Freitagmorgen versprochen hatte, vorsichtig zu sein und gleich anschließend nach Hause zu kommen, machte sie sich auf den Weg, um Alice an der Bushaltestelle zu treffen. Es war bitterkalt und die Luft roch nach Schnee. Lizzie war in einen Anorak, Schal, Handschuhe und eine Wollkappe eingepackt, die bis über die Augenbrauen und Ohren gezogen war. Sie war sehr glücklich und aufgeregt darüber, dass sie den magischen Bogen endlich holen konnte.

Als sie das Ende der Straße erreichte, kam ein großes schwarzes Auto um die Ecke und fuhr vorbei, ehe sie erkennen konnte, wer drinnen saß. Es sah wie Colemans Mercedes aus, aber das Nummernschild konnte sie aus der Entfernung nicht mehr lesen. Sie floh um die Ecke und rannte den ganzen Weg bis zur Bushaltestelle.

LIZZIE WUSSTE, DASS JETZT DER AUGENBLICK GEKOMMEN WAR, WO SIE IHRER FREUNDSCHAFT ZULIEBE ETWAS SAGEN MUSSTE. SIE ATMETE TIEF DURCH UND LEGTE LOS: «DU ERINNERST DICH AN DEN TAG, ALS SIE MICH AUS DEM ORCHESTER GEEKELT HABEN?»

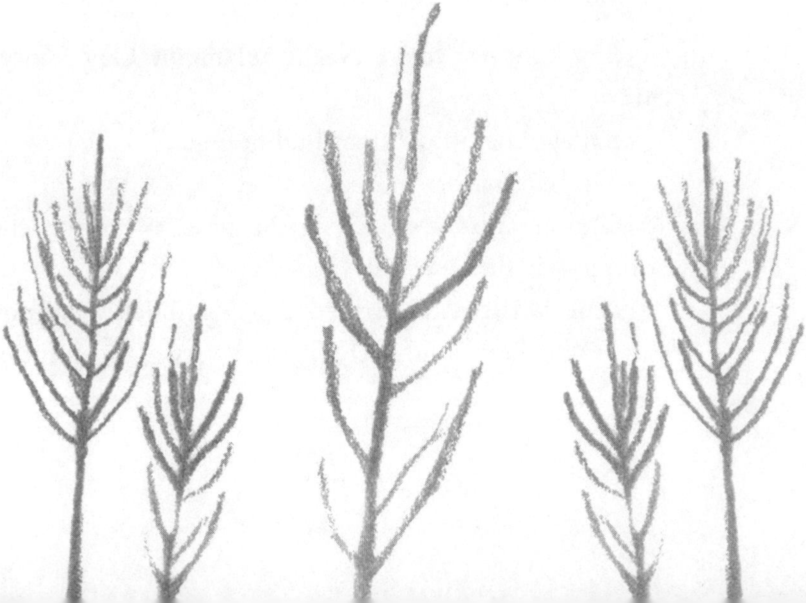

KAPITEL ACHTUNDZWANZIG

«Was willst du tun?», dröhnte Alice, als Lizzie ihr von dem Einbruch und der Begegnung mit dem Auto erzählte.

«Red doch leise», beschwor Lizzie sie – sie wollte nicht, dass die anderen Fahrgäste im Bus mithörten.

«Meldest du es der Polizei?», flüsterte Alice mit heiserer Stimme.

«Nein.»

«Warum nicht?»

«Weil ich nicht will.»

«Was machst du dann?»

Lizzie presste die Lippen aufeinander. Sie hatte sich so sehr auf den letzten Tag mit dem magischen Bogen gefreut. Aber nachdem sie das Auto gesehen hatte, war ihr wohl nicht einmal das gegönnt. Sie konnte es nicht riskieren, ihn jetzt noch zu verlieren.

«Willst du mir helfen?»

«Wie?»

«Du könntest heute Nacht auf meine Geige aufpassen.»

«Okay. Aber unter einer Bedingung.»

«Und die wäre?»

«Du erzählst mir alles. Du hast es versprochen. Erinnerst du dich?»

Lizzie wusste, dass jetzt der Augenblick gekommen war, wo sie ihrer Freundschaft zuliebe etwas sagen musste.

Sie atmete tief durch und legte los: «Du erinnerst dich an den Tag, als sie mich aus dem Orchester geekelt haben?»

Alice nickte.

«Ich bin mit dem Rad in den Park gefahren. Es war sehr nass und ich habe mich in dem Musikpavillon untergestellt. Dort habe ich einen Mann getroffen, und der hat mir einen besonderen Geigenbogen geliehen.»

«Einfach so, aus heiterem Himmel?»

«Ja.»

«Was ist denn so besonders daran?»

«Also, erst einmal ist er über zweihundert Jahre alt und dann ist er wahrscheinlich sehr wertvoll.»

«Stark!» Alice verschlug es den Atem und dann fragte sie ganz verwirrt: «Hast du nicht gesagt, dass Coleman deine *Geige* kaufen wollte?»

«Das stimmt auch. Aber das habe ich nur so gesagt. Er will den *Bogen*. Das Problem ist: den muss ich morgen zurückgeben, und dann kann er ihn nicht mehr kriegen.»

«Wer ist der Mann, ich meine ... der dir den Bogen geliehen hat?»

Lizzie verzog das Gesicht. «Ich wollte, du hättest das nicht gefragt. Ich kann es dir nicht sagen. Ich musste es ihm versprechen.»

Alice stöhnte verärgert. «Wie langweilig von ihm. Wieso hat er ihn dir geliehen?»

Lizzie zuckte die Achseln. «Wir haben einfach miteinander geredet.»

«Und das ist alles? Ich wollte, das würde mir passieren», sagte Alice neidisch.

«Das ist nicht sehr wahrscheinlich. Du spielst ja nicht Geige.»

«Ich wollte nur sagen, dass ich gerne jemandem begegnen würde, der mir eine große Rolle in einem Film anbietet und mich zum Star macht.»

Lizzie lachte. «Vielleicht kommt das ja. Ist es also okay mit heute Nacht?»

«Ja ... ich denke schon.»

«Verstecke den Geigenkasten gut.»

Alice lächelte, ihre Augen leuchteten wegen des ganzen Abenteuers. «Ich schiebe ihn unter mein Bett. Dann muss Coleman über mich steigen, wenn er ihn kriegen will.»

Als die beiden Mädchen den Laden betraten, war Mr. Bartoli gerade mit einem Kunden beschäftigt. Er lächelte Lizzie zu und widmete sich dann wieder dem Mann, der sein Cello neu besaiten lassen wollte.

«Ich erledige es, sobald ich kann», sagte er. «Aber ich bin im Augenblick allein.»

«Kein Gregory?»

«Nein. Er ist ganz plötzlich gegangen.»

«Das klingt ganz nach Gregory. Sie sind ohne ihn besser dran.»

Mr. Bartoli nickte betrübt. «Vielleicht.»

Er begleitete den Kunden zur Tür und kam dann zu den Mädchen zurück. «Wie ich sehe, hast du eine Freundin mitgebracht», sagte er zu Lizzie.

«Das ist Alice», erklärte sie.

«Spielst du auch Geige?», fragte er freundlich.

Alice errötete bei dem Gedanken daran, wie sie ihn am Telefon getäuscht hatte. Sie hoffte, dass er ihre Stimme nicht erkannte. «Nein», sagte sie und ließ ihre Stimme so hell wie möglich klingen.

«Macht es dir etwas aus, wenn ich Lizzie kurz mit in die Werkstatt nehme? Ich will ihr etwas zeigen, es dauert nicht lange.»

Lizzie wechselte einen fragenden Blick mit Alice und folgte Mr. Bartoli in die Werkstatt. Als sie die vielen Werkzeuge sah und eine Violine, die gerade gebaut wurde, leuchteten ihre Augen auf. Sie fühlte sich sehr geehrt, dass sie hier sein durfte.

Mr. Bartoli schloss die Tür und ging zu einer Werkbank, wo ihr Geigenkasten zum Abholen bereitlag. Daneben befand sich ein dickes, viel benutztes, in Leder gebundenes Buch. Er sagte: «Komm und schau dir das an.» Mr. Bartoli schlug das Buch auf einer Seite auf, die er schon mit einem Papierstreifen gekennzeichnet hatte.

Lizzie trat rasch neben ihn.

«Über Weihnachten habe ich ein paar Nachschlagewerke und Bücher durchgesehen und bin auf das hier gestoßen», damit deutete er auf einen leicht verblassten Stahlstich, der einen Geigenbogen zeigte.

Lizzie warf einen Blich darauf und es entfuhr ihr: «Das ist ja mein Bogen!»

«Nun, vielleicht ist es nicht genau derselbe. Zweifellos hat François Tourte mehrere nach dem gleichen Muster gemacht. Aber er ist deinem sehr ähnlich. Er hat die gleichen Perlmuttsterne am Frosch. Offensichtlich war er für den Sohn eines Adligen zur Zeit der Französischen Revolution gemacht worden. Eine traurige Geschichte, der Junge war erst zwölf oder dreizehn Jahre alt, als er starb. Er wurde mit seiner übrigen Familie hingerichtet. Er galt als hochbegabter Geiger, der für sein jugendliches Alter hervorragend war. Es heißt, dass er noch auf dem Weg zur Guillotine spielte. Das ist wahrscheinlich nur eine Legende. Aber sie ist trotzdem gut, meinst du nicht auch?»

«Ich finde sie sehr traurig», sagte Lizzie. Sie betrachtete das Bild noch einmal und wünschte, sie könnte den Text darunter, der auf Italienisch verfasst war, verstehen. «Woher weiß man, dass dieser Bogen seiner war?»

«In einem von Tourtes Notizbüchern gibt es eine Zeichnung davon und daneben stehen der Name der Familie sowie einige Angaben dazu.»

Lizzie nickte nachdenklich. «Und was ist später aus dem Bogen geworden?»

«Das weiß man nicht genau. Wahrscheinlich hat sich der Pöbel darauf gestürzt, um ihn zusammen mit der Geige zu zerbrechen. Aber einem Bericht nach ist der Bogen heil davongekommen. Jemand, der Zeuge dieser Szene war, soll ihn gerettet haben ...»

RASCH LÖSTE SIE DEN BOGEN AUS DER HALTERUNG, SPANNTE IHN UND RIEB DIE HAARE MIT KOLOPHONIUM EIN. SIE NAHM DIE GEBORGTE GEIGE HERAUS, STIMMTE FLÜCHTIG DIE SAITEN UND LEGTE LOS MIT DER CORELLI-SONATE.

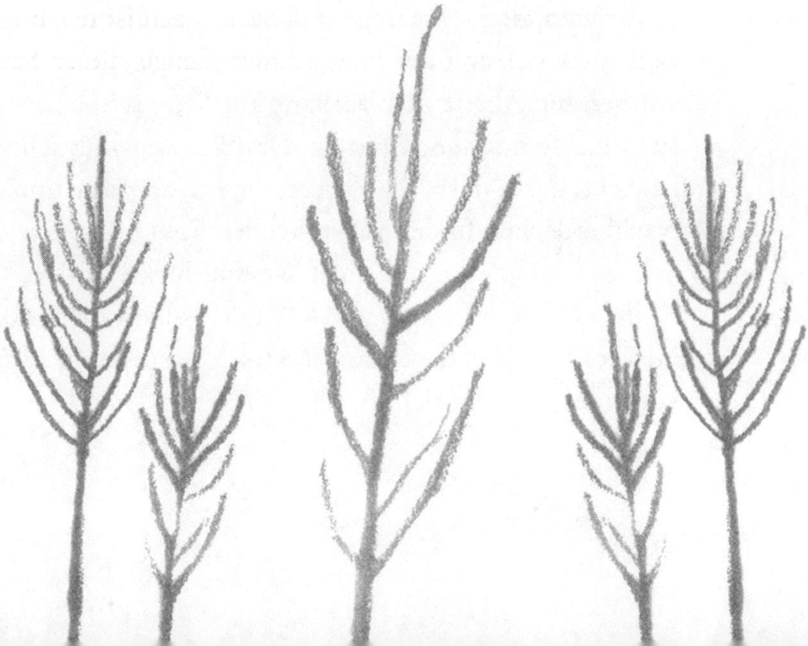

KAPITEL NEUNUNDZWANZIG

Lizzie öffnete die Augen und schloss sie gleich wieder. Nun war der Tag, den sie seit Wochen gefürchtet hatte, da, und sie wollte nicht, dass er anfing.

Außerdem quälte sie die Geschichte, die Mr. Bartoli von dem französischen Jungen erzählt hatte, der Geige spielend in den Tod gegangen war. Sie wurde den Gedanken nicht los, dass sie vielleicht seinen Bogen benutzt hatte. Ob etwas von seiner großen Begabung an ihm haftete? War das der Grund für seine Magie?

Die Geräusche, die sie jetzt hörte, hatten gar nichts Magisches an sich. Sie zog sich die Decke über den Kopf, um die dumpf pochende Musik aus Sebastians Zimmer auszuschalten. Aber das nutzte kaum etwas. Als sie ihren Vater «Bad ist frei!» rufen hörte, beschloss sie aufzustehen. Wohl oder übel musste sie sich dem Tag stellen.

Sie warf die Decke zurück, schwang die Beine aus dem Bett, fuhr sich mit der Hand durch das Haar und tapste ans Fenster. Als sie den Vorhang zur Seite schob, musste sie vor Überraschung blinzeln. Draußen war alles schneebedeckt: der Garten, die Bäume, die Fenstersimse und die Nachbardächer. In der tief stehenden Sonne glitzerte der Schnee wie auf dem Bild einer Weihnachtskarte.

Ihr erster Gedanke war, dass Mr. Rostikoff nicht kommen konnte. Aber das tat sie sofort als Unsinn ab. *Natürlich kommt er,* sagte sie sich, *er ist ein Magier.*

Doch ihre Pläne wurden durch den Schnee zweifellos erschwert. Sie hatte ausgemacht, dass sie nach dem Frühstück mit dem Rad zu Alice fahren wollte, um den Geigenkasten zu holen. Ob sie das jetzt noch konnte?

Sie ließ das Waschen aus, zog sich rasch etwas über und rannte die Treppe hinunter zur Haustür. Ihre schlimmste Befürchtung wurde bestätigt, als sie hinausschaute. Der Schnee war bis an den Eingang geweht worden und lag auf den Stufen, und vom Weg zum Gartentor war nichts zu sehen. Ein paar Autofahrer hatten dem Schnee getrotzt und Reifenspuren auf der Straße hinterlassen. Aber für einen Radfahrer sah es zu gewagt aus.

Sehr beunruhigt ging sie wieder ins Haus zurück.

Schweigend saß sie am Frühstückstisch und überlegte, wie sie den Bogen wohl holen könnte, während die anderen nur vom Schnee redeten. Ihr Vater, der sich nach draußen gewagt hatte, erklärte, dass er im Garten mindestens zehn Zentimeter hoch lag.

«Das hat noch gefehlt», seufzte ihre Mutter. «Ich wollte heute Morgen zum Supermarkt, wir haben fast nichts mehr im Haus.»

«Warte bis heute Nachmittag», riet er, «die Straßen werden bis dahin weitgehend frei sein. Ich kann dich fahren, wenn du möchtest.»

«Das ist sehr lieb von dir, John», sagte sie, «ich muss dann um euch herum Staub wischen und saugen», wandte sie sich an die Kinder. Das hatte sie eigentlich am Nachmittag erledigen wollen, wenn die beiden die Weihnachtsdekorationen abgenommen hatten.

Da klingelte das Telefon. Lizzies Mutter, die am nächsten war, erhob sich, um den Hörer abzunehmen.

«Hallo? Ach, hallo Alice ...»

Lizzie war sofort auf den Beinen.

«Ja, natürlich kannst du das», hörte sie ihre Mutter sagen, «ich reiche dich weiter.»

Lizzie nahm den Hörer.

«Hallo, Alice ... ja, ich weiß ... Macht er das? Das wäre super! Danke!»

Mit fröhlichem Gesicht legte sie auf und ging an ihren Platz.

«Ist alles in Ordnung?», fragte die Mutter.

«Ja, danke. Alices Vater bringt meinen Geigenkasten.»

«Was macht er denn dort?», wunderte sich der Vater.

«Ach ... sie wollte ihn ihren Schwestern zeigen.»

«Bekommen sie denn Unterricht?», fragte die Mutter.

«Kann sein», erwiderte Lizzie ausweichend.

Nach dem Frühstück begab sich Mr. Barrett nach draußen, um die Wege frei zu räumen, und Sebastian und Lizzie begannen, den Weihnachtsschmuck abzunehmen. Sie waren gerade im Wohnzimmer mit dem Weihnachtsbaum beschäftigt, als es an der Haustür klingelte.

«Ich gehe!», rief Lizzie und eilte hinaus in den Flur.

Sie öffnete die Haustür und Alices Vater stand vor ihr. In seinem weißen Wollpullover mit Zopfmuster und mit einem rosa Schal um den Hals sah er sportlich aus. Eine Dampfwolke stieg aus dem Auspuff seines Range Rovers in die Luft, er hatte den Motor laufen lassen.

«Morgen, Lizzie», grüßte er herzlich. «Ich glaube, du willst das hier» – damit hielt er den Geigenkasten hoch.

«Vielen, vielen Dank», sagte sie glücklich.

«Möchten Sie eine Tasse Kaffee?», fragte Mrs. Barrett, die neben ihre Tochter getreten war.

Alices Vater lächelte und schüttelte den Kopf. «Das ist sehr freundlich von Ihnen. Aber ich kann nicht bleiben. Die Mädchen wollen einen Schneemann bauen.»

Als er sich den Weg zum Auto bahnte, lehnte Alice sich aus dem Fenster des Range Rovers und rief: «Viel Glück, Lizzie!» Lizzie winkte ihr zu.

«Warum hat sie das gesagt?», wollte ihre Mutter von ihr wissen, während sie zusah, wie sich der Wagen langsam vom Randstein löste.

«Das sagt sie immer», antwortete Lizzie und rannte nach oben in ihr Zimmer.

Sie legte den Kasten auf ihr Bett und öffnete den Deckel, um den Inhalt zu überprüfen. Es war unmöglich, dem Anblick des magischen Bogens zu widerstehen. Rasch löste sie ihn aus der Halterung, spannte ihn und rieb die Haare mit Kolophonium ein. Sie nahm die geborgte Geige heraus, stimmte flüchtig die Saiten und legte los mit der Corelli-Sonate.

Nach über einer Woche Pause war es eine große Freude, wieder zu spielen. Der magische Bogen ging auf die geringste Bewegung ihrer Hand und ihres Arms ein und erfüllte das Zimmer mit einer Musik, die so schön war, dass ihr Herz vor Sehnsucht schmerzte. *Oh! Wenn sie ihn doch für immer behalten könnte!*

Aber ihre Freude wurde durch den Ruf von Sebastian jäh unterbrochen.

«Hör auf, Lizzie! Du sollst mir doch helfen!»

Mit dem Spielen aufzuhören war das Letzte auf der Welt, was sie wollte. Aber nachdem sie wegen der Dekoration so ein Theater gemacht hatte, konnte sie sich kaum weigern.

Betrübt legte sie die Geige in den Kasten. Ganz kurz hielt sie den Bogen mit beiden Händen. Ihre Augen füllten sich mit Tränen, als sie ihn betrachtete.

Sie hatte das Gefühl, sich von ihm und all ihren Träumen, eine gute Geigerin zu werden, zu verabschieden.

«Ich werde dich nie vergessen», murmelte sie und steckte ihn zurück in die Halterung.

Den Rest des Morgens verbrachten sie damit, den Weihnachtsschmuck abzunehmen und bis zum nächsten Jahr in Pappkartons zu verstauen. Als alle Zimmer aufgeräumt waren, machte sich Mrs. Barrett mit Staubtuch und Staubsauger an die Arbeit. Lizzie saß wie auf glühenden Kohlen, aus Sorge, Mr. Rostikoff könnte auftauchen, während alle da waren. Als sie sich zum Mittagessen setzten, gab es immer noch kein Zeichen von ihm.

Ihr Vater behielt recht mit seiner Voraussage: Inzwischen hatten Sonne und Verkehr den Schnee auf den Straßen in Matsch verwandelt. So machten sich die Eltern nach dem Essen mit dem Auto auf den Weg zum Supermarkt. Sebastian ging nach oben an seinen Computer und Lizzie zog sich in Erwartung auf Mr. Rostikoff in ihr Zimmer zurück. Aber als die Zeit verrann, musste sie einsehen, dass sie am falschen Ort war.

«Wo werden wir uns treffen?», hatte sie am Ende ihrer ersten Begegnung gefragt.

Seine Antwort hatte sich ihr unauslöschlich eingeprägt: *«Du wirst es wissen ...»*

Und sie wusste es ja eigentlich. Sie hatte nur gehofft, er würde zu ihr ins Haus kommen und ihr das Problem, in den Schnee hinaus zu müssen, ersparen.

Jetzt wollte sie keine Zeit mehr verlieren. Rasch überlegte sie sich, wie sie den magischen Bogen am besten tragen könnte. Zuerst nahm sie ihre alte Geige und den alten Bogen aus dem Kasten und legte beides auf ihr Bett. Dann nahm sie den magischen Bogen aus dem geliehenen Kasten und tat ihn in ihren alten. Es war ihr egal, ob der Geigenkasten nass oder zerkratzt wurde, solange der Bogen darin sicher war. Sie schloss den Kasten und nahm ihn mit in Sebastians Zimmer.

«Ich gehe weg», sagte sie zu ihm.

Er grunzte etwas und spielte weiter.

Lizzie war plötzlich außer sich über sein geringes Interesse. Ihre ganze Zukunft stand auf dem Spiel, und er grunzte bloß.

«Willst du nicht wissen, wo ich hingehe?», fragte sie wütend.

«Los, sag es schon», murmelte er und tippte weiter auf den Tasten herum.

«Ich gehe in den Park. Den Bogen zurückgeben.»

Er wirbelte herum. «Jetzt?»

«Genau, jetzt. Und sag es ja nicht Mum und Dad ...»

«Das schaffst du nie!», rief er ihr hinterher.

«Er erwartet mich!»

Sie hatte den Geigenkasten an der Fahrradstange befestigt und war gegen die Kälte warm eingepackt. Ganz vorsichtig fuhr sie über die Straßen zum Park, denn sie spürte, wie die Reifen auf dem Matsch und dem zusammengepressten Schnee rutschten. Viele Leute waren von dem Sonnenschein und dem Schnee in den Park gelockt worden, und die Parkplätze waren besetzt. Die weiten Schneeflächen waren von dunklen Gestalten gesprenkelt und weiter hinten rodelten Kinder einen Hang hinunter. Lizzie musste sich zu sehr auf die Fahrbahn konzentrieren, um sie zu beachten.

Sie traute sich nicht, den Hügel hinaufzufahren, und schob ihr Rad bis nach oben und weiter, bis der Musikpavillon in Sicht kam. Erleichtert stellte sie fest, dass niemand darin war, denn sie hatte befürchtet, dass sie Mr. Rostikoff hatte warten lassen. Sie nahm den Geigenkasten ab, ließ ihr Fahrrad am Rand stehen und lief mit dem Kasten durch den unberührten Schnee zum Pavillon.

Sebastian war ganz in sein Spiel vertieft, als die Stille um ihn plötzlich durch heftiges Klingeln an der Haustür durchbrochen wurde. Ärgerlich über die Störung, stellte er den Computer in den Ruhezustand und ging gemächlich hinaus.

Er öffnete die Tür und konnte gerade noch zwei große Männer in schwarzen Anzügen und dunkler Brille wahrnehmen, bevor er zur Seite gestoßen wurde und sie an ihm vorbei ins Haus stürmten. Einer warf rasch einen Blick in die unteren Zimmer und rannte hinauf in die Schlafräume. Der andere blieb im Flur.

«Was soll ...?», begann Sebastian.

«Halt's Maul», schnitt ihm der Mann das Wort ab.

«Aber Sie dürfen doch nicht ...»

«Maul halten, hab ich gesagt», fauchte der Mann.

Einen Moment herrschte angespanntes Schweigen. Sebastian hörte den anderen im ersten Stock herumgehen. Schließlich kam er wieder herunter und schüttelte den Kopf.

Der Mann neben Sebastian packte ihn plötzlich am Halskragen und fragte drohend: «Wo ist der Bogen?»

«Welcher Bogen?», keuchte Sebastian alarmiert.

«Keine faulen Tricks, Freundchen», warnte er und packte fester zu, sodass er Sebastian fast vom Boden hob. «Der Bogen, den man deiner Schwester geliehen hat. Wir wissen, dass er hier ist. Wo ist er also?»

«Lassen Sie mich los», flehte Sebastian mit erstickter Stimme. «Er ist nicht hier.»

«Lüg mich nicht an, Freundchen.»

«Ich lüge nicht», Sebastian brachte die Worte kaum heraus. In seiner Todesangst wusste er, es blieb ihm nichts anderes übrig, als die Wahrheit zu sagen. «Meine Schwester ... hat ihn ... zum Park mitgenommen ... Sie ... gibt ihn zurück», keuchte er.

Das Gesicht des Mannes bekam einen harten Ausdruck. «Gibt ihn zurück?», fragte er. «Wo ist der Park?»

«Die Straße hoch ... dann ... links abbiegen ...»

Abrupt ließ der Mann seinen Kragen los, sodass er gegen die Wand geschleudert wurde. «Auf», knurrte er den anderen an, und beide verließen sie das Haus.

Sebastian stolperte schwer atmend und schockiert zur Tür und sah sie in ein Auto steigen Vorhin war alles so schnell gegangen, dass er das Auto nicht bemerkt hatte. Aber jetzt sah er unmittelbar, dass es ein schwarzer Mercedes war. Als der Wagen davonfuhr, konnte er flüchtig das verstörte Gesicht von Barry Coleman erkennen.

AUF DER BÜHNE SAßEN VIER STREICHER - ZWEI VIOLINEN, EINE VIOLA UND EIN CELLO. SIE ZUPFTEN DIE SAITEN IN EINEM SYNKOPISCHEN RHYTHMUS.

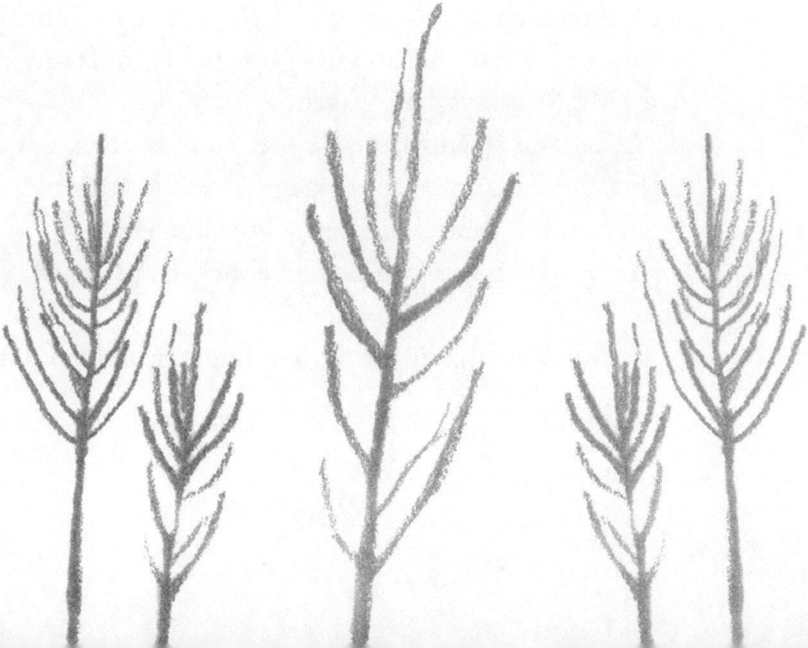

KAPITEL DREIßIG

Lizzie stampfte mit den Füßen, sie fror. Inzwischen wartete sie schon fast zwanzig Minuten und die feuchte Kälte ihrer durchnässten Schuhe stieg ihr in die Knochen.

«Warum kommt er nicht?» murmelte sie zum x-ten Mal vor sich hin.

Sie drehte sich im Kreis und schaute noch einmal über den ganzen Park. Keine Spur weit und breit von Mr. Rostikoff.

Als ihr Blick wieder auf die Straße fiel, tauchte ein großes schwarzes Auto über dem Hügelrand auf. Voll ängstlicher Spannung sah sie es langsam die Straße entlangfahren und stieß einen Seufzer der Erleichterung aus, als es an ihrem Fahrrad vorbeiglitt. Aber dann hielt es an und fuhr an die Stelle zurück, wo sie ihr Rad gelassen hatte.

Sie war überzeugt, dass es Mr. Coleman war, und hielt sich fluchtbereit. Als die Seitentür aufging, wollte sie schon weglaufen, aber zu ihrer großen Überraschung entstieg Mr. Rostikoff dem Wagen.

Lizzie war so aufgeregt darüber, ihn zu sehen, dass sie sich gar nicht fragte, wie er eigentlich in dieses Auto kam.

Sie winkte ihm zu und rief: «Hier bin ich!»

Er hob kurz die Hand und machte sich auf den Weg zu ihr.

Fröhlich sprang sie die Stufen hinunter und lief durch den Schnee zu ihm.

Sie waren fünfzig Meter voneinander entfernt, als hinter ihr eine Stimme rief: «Elizabeth! Halt!»

Rutschend blieb sie stehen und drehte sich um. Jetzt war Mr. Rostikoff im Musikpavillon und machte ihr heftig Zeichen.

Verwirrt drehte sie sich noch einmal zurück und sah ihn von der anderen Seite wieder auf sich zukommen.

«Will er sich über mich lustig machen?», fragte sie sich verunsichert.

Rasch blickte sie vom einen zum anderen und mit einem Mal merkte sie, dass hier kein Streich gespielt wurde. Da waren *zwei* Mr. Rostikoffs!

Sie konnte sich nicht erklären, wie das möglich war. Aber etwas in ihr sagte ihr, dass es nur einen *echten* Mr. Rostikoff gab. Aber welcher war es? Sie sahen beide völlig gleich aus. Es war absolut wichtig, sich richtig zu entscheiden, denn davon hing die Sicherheit des magischen Bogens ab.

«Schnell, Kind», drängte der eine, der zu ihr gelaufen kam. «Gib mir den Bogen!»

Lizzie überlegte: War das wirklich die Stimme von Mr. Rostikoff?

Im selben Moment hörte sie Musik vom Pavillon, und als sie herumschnellte, sah sie Mr. Rostikoff Geige spielen.

«Hör nicht auf ihn», zischte hinter ihr der andere. «Gib mir den Bogen!»

Lizzie wandte sich ihm halb zu – und plötzlich erkannte sie die Musik. Es war die gleiche wilde Musik, die Mr. Rostikoff bei ihrer ersten Begegnung gespielt hatte. Kein anderer als der echte Mr. Rostikoff konnte so spielen. Er *musste* es sein.

Sie spürte eine eisige Hand an ihrem Handschuh, als der Falsche den Geigenkasten packte. Sie konnte ihn seinem Griff entreißen und sprang durch den Schnee davon.

«Komm zurück!», forderte er.

Jetzt aber konnte sie nichts mehr aufhalten. Sie rannte so schnell zum Pavillon, dass der Schnee in einer Wolke aufsprühte. Als sie die Stufen hinaufsprang, ertönte Mr. Rostikoffs Stimme. «Fort mit dir!», donnerte er und deutete mit seinem Bogen auf die Gestalt im Schnee. Am Fuß der Treppe brachte er sie zum Stehen.

Lizzie klammerte sich an Mr. Rostikoff. Mit weit aufgerissenen Augen sah sie, wie sich sein Ebenbild im Schnee zu einem kleinen Mann in einem langen schwarzen Mantel mit Pelzkragen und einem schwarzem Filzhut wandelte. Seine Augen waren hinter dunklen Brillengläsern versteckt.

«Fort mit dir!», donnerte Mr. Rostikoff noch einmal. «Der Bogen ist bei mir in sicheren Händen.»

Der Mann starrte ihn vor Wut zitternd einen Moment lang an. Dann machte er kehrt und ging langsam fort.

Lizzie klammere sich noch immer an Mr. Rostikoffs Arm. Ihr war schwach in den Knien und sie fragte keuchend: «Wer war das?»

«Er nennt sich Le Vid. Er wird dich nicht mehr belästigen. Komm und setz dich.»

Mr. Rostikoff half ihr zu einer Stelle auf den Stufen, wo kein Schnee lag, und sie ließen sich nebeneinander nieder.

Lizzie sah der sich entfernenden Gestalt von Le Vid nach und fragte: «Wer ist er?»

«Ein Mann ohne auch nur einen Funken von Gefühl für die Musik.»

«Warum wollte er dann den Bogen?»

«Aus Gier. Er wollte ihn, seit er gemacht worden ist.»

«Ist er denn *so* alt?»

«Älter, viel älter. Er erschafft sich ständig neu und immer wieder. Glücklicherweise ist seine Macht begrenzt. Darum stellt er solche Menschen wie Coleman an, die seine schmutzige Arbeit für ihn erledigen sollen. Ich habe geahnt, dass er hinter all dem steckt.»

«Er hat sich sogar in Sie verwandelt.»

«Ja, ja. Er tritt in verschiedenen Gestalten auf. Es kommt darauf an, was er vorhat. Und er hört nie auf, etwas zu wollen.»

Lizzie zitterte bei dem Gedanken, wie nah sie daran gewesen war, dem falschen Mann den Bogen zu geben. Plötzlich fragte sie: «War er dabei?»

«Wo dabei?»

«Bei der Guillotine – als der Junge, der Geige spielte, hingerichtet wurde?»

Mr. Rostikoff warf ihr einen seltsamen Blick zu. «Woher weißt du von ihm?»

«Ein Geigenbauer hat es mir erzählt.»

Mr. Rostikoff lächelte. «Das war sicher Signore Bartoli. Weißt du, diese Frage hat mir noch keiner gestellt.»

«Ist er also dort gewesen?», beharrte Lizzie. «Sind *Sie* dort gewesen?»

In diesem Augenblick wurden sie durch das entfernte Zuschlagen einer Tür abgelenkt und sie sahen zu dem Auto hin. Als es mit Le Vid im Inneren losfuhr, ging eine Tür auf und eine korpulente Gestalt fiel heraus.

«Das ist Barry Coleman!», rief Lizzie.

Mr. Rostikoff hielt sie am Arm zurück. «Lass ihn. Du kannst ihm jetzt nicht helfen.»

Besorgt sah sie zu, wie sich der zerzauste Coleman mühsam aufrichtete und dem Auto hinterherhumpelte. Er schwenkte seine Arme und schrie gellend: «Halt! Halt! Gebt mir mein Auto zurück!» Er schrie immer noch, als er hinter dem Abhang des nächsten Hügels verschwand.

«Vergiss ihn», sagte Mr. Rostikoff, «er ist jetzt aus deinem Leben verschwunden.»

Das Licht schwankte plötzlich, als die Sonne hinter den Bäumen unterging.

«Ich denke, es ist an der Zeit», sagte Mr. Rostikoff mit feierlicher Stimme.

Lizzie, die wusste, was er meinte, nickte. Sie nahm den Geigenkasten, der neben ihr gelegen hatte, und hob ihn auf ihre Knie. Sie schaffte es, den Verschluss zu öffnen, aber dann musste sie innehalten. Die Vorstellung, dass sie den magischen Bogen herausnahm und ihm gab, war mehr, als sie ertragen konnte.

«Machen Sie es», sagte sie und gab ihm den Kasten.

«Wie du wünschst», sagte er und nickte verständnisvoll.

Sie sah zu, wie er den Deckel öffnete. Beim Anblick des magischen Bogens in seiner Halterung musste sie herzzerreißend schluchzen. Alle Befürchtungen und Ängste, die sich wochenlang in ihr gestaut hatten, brachen nun hervor.

«He», tadelte er mit sanfter Stimme, «es gibt keinen Grund für Tränen. Du hast alles großartig gemacht. Jeder ist erfreut. Ich könnte nicht stolzer auf dich sein.»

«Aber was soll ich jetzt tun?», rief sie verzweifelt.

Mr. Rostikoff beugte sich vor und sah ihr direkt in die Augen. «Wie sehr wünschst du dir, weiter zu spielen?»

«Mehr als alles auf der Welt. Aber was hat es für einen Sinn? Ohne den Bogen bin ich hoffnungslos.»

«Wirklich?»

«Sie wissen, dass es so ist. Oh, warum haben Sie ihn mir gegeben? War es nur aus Mitleid?»

«Bestimmt nicht.» Mr. Rostikoff klang ziemlich verärgert.

«Warum dann?», drängte Lizzie, sie war tieftraurig.

«Wir konnten es nicht riskieren, dass du für die Musik verloren gehst», sagte er einfach.

Lizzie schaute ihn mit tränenüberströmtem Gesicht an. «Das verstehe ich nicht. Was meinen Sie mit ‹verloren für die Musik›?»

«Mmh ...» Mr. Rostikoff spitzte die Lippen und überlegte einen Moment. Dann kam er zu einem Entschluss: Er machte den Deckel zu und stand auf, streckte die Hand aus und sagte: «Komm mit mir.» Das klang nach einem Befehl. Lizzie schluckte die Tränen herunter, stand auf und nahm seine Hand. Er führte sie die Treppe hinauf.

Als sie auf das Podium trat, stand sie plötzlich hinten in einem Konzertsaal. Er war nicht so groß wie die Royal

Festival Hall, aber dennoch groß. Erstaunt blickte sie ringsum und sah, dass er voll besetzt war. Auf der Bühne saßen vier Streicher – zwei Violinen, eine Viola und ein Cello. Sie zupften die Saiten in einem synkopischen Rhythmus. Dann wechselte die erste Geige zum Bogen und mit einem atemberaubenden Triller fiel sie in eine Zigeunermelodie, die Lizzie vor Erregung zittern ließ.

«Was spielen sie?», flüsterte sie.

«Das Streichquartett von Ravel. Wie findest du die erste Geigerin?»

«Fantastisch!»

«Erkennst du sie?»

Lizzie betrachtete die braunhaarige junge Frau, die eine Brille mit schmalem Rand trug und ein ärmelloses weißes Oberteil und einen langen schwarzen Rock anhatte.

«Nein, wer ist sie?»

Mr. Rostikoff zwinkerte mit den Augen. «Kannst du es dir nicht denken?»

Lizzie schüttelte den Kopf.

Mr. Rostikoff lächelte breit. «Das bist du!»

«Ich?» Ungläubig schaute sie ihn an und dann wieder die junge Frau, die mit so großer Sicherheit und künstlerischer Vollendung spielte. «Ich?»

«Ja, ganz richtig, mein Mädchen!», sagte er mit seinem warmen amerikanischen Akzent und schenkte ihr sein strahlendstes Lächeln. Im nächsten Augenblick war der Konzertsaal verschwunden, und sie befand sich wieder im Pavillon. Ihr schwindelte von der Aufregung, und als sie sich umsah, war sie allein.

«Viel Glück!», tönte Mr. Rostikoffs Stimme aus der Luft.

«Warten Sie, Sie haben den Bogen vergessen!»

Sie eilte zu den Stufen, nahm den Kasten und schlug den Deckel auf. Die Halterung, in der der Bogen gesteckt hatte, war leer.

«Du brauchst ihn jetzt nicht mehr», seine Stimme wurde schwächer.

«Sie haben mir nicht gesagt, ob er für den französischen Jungen gemacht worden ist!», rief sie verzweifelt.

«Du musst nur an die Musik denken …» Jetzt schwebte seine Stimme wie eine leichte Sommerbrise in der Luft.

«Werde ich Sie wiedersehen?», rief Lizzie. Sie schaute in den Himmel und lauschte angestrengt, in der Hoffnung, seine Stimme zu hören. Aber da war nur Schweigen.

Sie war sehr traurig und bezweifelte, ihn jemals wiederzusehen. Aber in ihrem tiefsten Inneren, dort, wo es wirklich darauf ankam, war sie vollkommen glücklich. Ihre Zeit mit dem magischen Bogen war vorbei. Aber sie wusste, das bedeutete nicht das Ende des Geigespielens. Es war gerade der Anfang. Sie brauchte keine Angst zu haben. Die Zukunft war leuchtend hell und voller Musik. Sie ging die Stufen vom Musikpavillon herunter und zurück zu ihrem Fahrrad, und sie war begierig darauf, mit der Arbeit anzufangen, gleich was für einen Bogen sie in die Hand bekam.

Angeregt von der Musik aus dem Streichquartett von Ravel sang sie: *«Ta ta ta-ta-ta ta ta ta …»*, als sie nach Hause radelte.

«Lizzie! Halt!», rief ihr jemand nach.

Mit quietschenden Bremsen blieb sie stehen und wartete, bis Sebastian sie eingeholt hatte.

«Ich habe überall nach dir gesucht», keuchte er und bremste neben ihr. «Haben dich zwei Männer verfolgt?»

Lizzie schüttelte den Kopf.

«Und Coleman?»

«Nein.»

«Was ist mit dem Bogen?»

«Ich habe ihn zurückgegeben.»

Gerade als sie weiterfahren wollte, fing sie seinen fragenden Blick auf. Da fühlte sie sich plötzlich schuldig. Sie ließ sich auf einer Woge des Glücks dahintragen und lief Gefahr zu vergessen, dass er ihr so viel geholfen hatte und sich ganz bestimmt Sorgen um sie gemacht hatte. Es war nicht fair, ihn weiterhin im Dunkeln zu lassen.

«Ich erzähle dir alles, wenn wir nach Hause kommen», sagte sie. «Und vielen Dank, dass du mich gesucht hast.»

Mit den Worten fuhr sie weiter und Sebastian hinter ihr her.

«Ta ta ta-ta-ta ta ta...», sang sie vergnügt, als sie in der Dämmerung auf das Parktor zufuhren.